REMOVIDAS

MÍRIAM TIRADO

RemoVidas

HISTORIAS A FLOR DE PIEL

URANO

Argentina – Chile – Colombia – España
Estados Unidos – México – Perú – Uruguay

ISBN: 978-84-17694-25-8
E-ISBN: 978-84-18259-61-6
Depósito legal: B-1.471-2021

Fotocomposición: Ediciones Urano, S.A.U.

Impreso por: Rotativas de Estella – Polígono Industrial San Miguel Parcelas E7-E8
31132 Villatuerta (Navarra)

Impreso en España – *Printed in Spain*

A Mr. M., por remar conmigo.

SUMARIO

NOTA DE LA AUTORA

Tienes en tus manos un libro centrado en las removidas internas de un montón de personas en un momento personal, social, cultural y global de gran intensidad. Todos los personajes y todas las historias son inventadas mientras yo misma experimentaba mi propia removida interna, mientras la vivía, la imaginaba. Mientras aprendía y crecía, inventaba. Mientras me removía, se removían conmigo los personajes que me han acompañado durante esos mismos meses de los que habla el libro.

De ahí el título: vidas absolutamente en ebullición por dentro, emocionándose, desmoronándose y construyéndose de nuevo, desaprendiendo y aprendiendo... y, a la vez, remando. Remando sin parar porque de eso es de lo que va la vida, de remar y removerse. Removerse y remar.

Porque, cuando nos permitimos removernos y tomamos consciencia de ello, aprendemos, evolucionamos y trascendemos. Puede que llores mientras leas, y que rías, y que te indignes o vueles. Todo está permitido y todo puede ocurrir.

Va siendo hora de que nos permitamos, no solo en las lecturas, sino en la vida misma, SENTIR, aunque no comprendamos qué se remueve exactamente, ni qué tecla ha sonado dentro de nosotros. Aunque nada tenga sentido aún y haya un montón de piezas del puzle por encajar, recuerda que sentir (lo que sea que sientas) es válido.

Tu sentir es legítimo, aunque parezca que nadie a tu alrededor sienta lo mismo que tú. Tus emociones son tuyas y son válidas. Dales la bienvenida cuando vengan a verte, hazles espacio, escucha qué han venido a contarte y luego, cuando lo sepas, respíralas y suéltalas.

Puede ser un buen ejercicio para hacer después de cada página en este *RemoVidas*: parar, respirar, escuchar, hacer espacio y luego, soltar y seguir.

Removerse y remar hacia la incertidumbre y lo desconocido puede dar miedo. Es normal, el ser humano quiere y busca siempre la seguridad y esa sensación ilusoria de control. Pero vivimos una época que requiere, más que nunca, confiar y fluir en el presente.

Ojalá estas páginas te ayuden en tu propia removida tanto a confiar en que remar hacia lo desconocido puede ser apasionante y el gran aprendizaje de nuestras vidas, como también a aceptar tus emociones, cambios y sentires tal y como vengan.

No estás sola/o. Estamos todos en el mismo barco.

Disfrutemos remando y aprendamos de la travesía ;)

MÍRIAM

CLARA

«Mamá, no vamos a venir por Nochebuena, lo siento». Dijo eso y le entraron ganas de llorar. Agradeció que su madre estuviera al otro lado del teléfono. *«¿Cómo que no? Pero si vamos a estar todos».*

Clara odia esta parte, esa en la que ella tiene que justificar cada decisión que toma. La odia porque jamás encuentra la comprensión de su madre, ya no digamos su validación.

«Mamá, solo tiene dos meses y no creo que ir a una cena con quince personas sea lo que necesite ahora mismo. Todavía llora por las noches cuando tiene sueño...». *«Pero se va a tener que acostumbrar, es su familia».*

Boom. La familia. Ese ente que, para su madre, lo era TODO y lo justificaba TODO. Daban igual las circunstancias, deseos o necesidades de los demás. La familia pasaba por encima de eso.

«Mamá, es nuestra decisión y me gustaría que la entendieras».

«No puedo, hija, no puedo».

Y colgó.

Clara se quedó atónita: su madre le había colgado el teléfono. Pero a la vez, qué bien, porque ahora ya no necesitaba aguantarse nada, así que empezó a llorar. ¿Tan difícil era entenderla, en pleno posparto, con un bebé, primeriza y con cero ganas de Navidad? Entró Carlos con el bebé en brazos. La miró y le dijo: *«Lo siento».*

Ella también. Lo sentía todo. Sentía ese vacío de cuando tu madre se aleja, como si volviera a ser pequeñita y la viera saliendo por la puerta el primer día de cole. Sentía tanto todo —sobre todo culpa, culpa de escucharse y de pedir lo que necesitaba— que se preguntaba si sería capaz de sostenerse sintiendo así.

En ese instante, miró al bebé que tenía los ojos clavados en ella y se le erizó la piel. Sintió, con la misma fuerza que había sentido el vacío, que todo, absolutamente todo... estaba bien.

PAU

Le daba pánico ese momento: entrar en casa de sus padres el día de Navidad y que él no estuviera. Pero lo que más le aterraba era la mesa. Cómo se sentarían. Quién ocuparía su lugar. Entró y notó el nudo en la garganta, pero tragó fuerte. Nadie dijo «*Feliz Navidad*». Pau era el mayor de sus hermanos y él, su mujer África, su hija Lia de cinco años y su hijo Leo de seis meses, fueron los primeros en llegar.

Miró la mesa, preciosa como siempre, y el lugar que ocupaba su padre, en la punta, sin silla. Misterio resuelto, nadie se sentaría allí. Pau no supo si eso le había sentado bien o no.

Al cabo de un buen rato, y con el caldo de Navidad ya servido, la tensión se podía cortar con un cuchillo. Es muy difícil celebrar algo cuando los presentes sienten que no hay nada que celebrar. Cuando lo único que hay son ganas de llorar. Pero se las tragaron. Todos.

De repente, Lia empezó a comer la sopa haciendo ese ruido tan molesto. Su madre le llamó la atención, pero ella siguió. A cada sorbo, ese ruido. Todos la miraron y de repente ella dijo: «*¿Quién soy?*».

Era él, el abuelo, que siempre tomaba la sopa de la forma más ruidosa posible. Y cuando alguien le decía «*Abuelo, ¿es necesario?*», respondía «*La sopa, sin ruido, no es sopa*».

En un sonido, el abuelo se hizo presente. Una de las hermanas de Pau empezó a reír con esa risa nerviosa de cuando uno no puede parar. Los demás se contagiaron. Y, con la risa, empezaron a llorar sin freno, y a reír, y a llorar, todo junto y a la vez. Y, poco a poco, toda esa tensión se fue desvaneciendo. Porque en la risa también estaba él, y en la sal de las lágrimas, y en la mismísima sopa. Y, al hacerse presente, fue como si todo encajara de nuevo, porque podían recordarlo y celebrarlo. Porque ya no tenían nada que reprimir tragando, porque había salido en forma de lágrimas, risa y pena.

Volviendo a casa, Pau abrazó a Lia y le dijo: «*Gracias*». «*¿Por qué?*», preguntó ella. «*Por ser tú y por ayudarme a ser yo*».

MARISA

Marisa no puede aparcar. Es el día del concierto de Navidad y todo está lleno. «*Tenía que haber salido antes*», gruñe. Está nerviosa, parece que sea ella la que tiene que subir al escenario. Y no. Pero es que no quiere llegar tarde. Teme que su hijo la busque y no la vea. Es lo que hacía ella de pequeña: buscar a sus padres, que nunca acudían. Tenían un restaurante y se lo perdieron todo. «*No podemos, ya lo sabes*», le decían siempre, y ella asentía.

«*Ahí, eureka*». Aparca rápido y mal, y sale volando. Cuando llega, acaban de abrir la puerta y, como si le fuera la vida en ello, se escurre entre la multitud para sentarse en un buen sitio. «*Ni que fueras a ver a Rosalía*», dice una pareja a la que Marisa acaba de empujar.

No saben que, para ella, ese concierto es EL concierto. Se ha prometido que no va a llorar, pero al ver subir al escenario a los peques de tres años (entre ellos, a Martín), se emociona.

«*Respira, Marisa*», se dice. Pero qué va, sigue llorando. Un niño se mete los dedos en la nariz mientras otro habla con el de al lado. Una niña llora y se va con la maestra. Otra grita «*¡Mamá!*» y saluda. Es un festival en todos los sentidos. Pero verles ahí, con ese caos tan armónicamente delicioso y tierno, hace que Marisa tenga que sacar el pañuelo.

De repente, le viene un *flash* y se ve a ella misma con tres años, buscando a sus padres entre el público. Con vergüenza, miedo y, luego, decepción. Conecta, en un instante, con esa escena y la invade un tsunami de ternura por esa niña y por todos los peques que suben a escenarios y buscan a sus padres entre el público. Llora más, y la mujer que tiene al lado le pregunta: «*¿Estás bien?*». Responde que sí, aunque no, pero sí. ¿Cómo contarle lo que le pasa?

No puede quitarse a esa niña de la cabeza, como si estuviera delante de ella y le impidiera ver el concierto. Al fin, de su interior nace una voz que le dice: «*Solo querías ser vista. Como todos, ni más ni menos, y tu deseo era legítimo. Así como tu tristeza después*».

Los aplausos la sacan de su mundo. Busca la mirada de Martín. Ella le lanza un beso y le dice por dentro «*Te veo, Martín, yo te veo*», y él, feliz, le devuelve la sonrisa.

CARLOTA

Estaban todos delante del árbol de Navidad. Los nietos leían los nombres de los paquetes y repartían los regalos. Entre ellos, había sobres. Todos del mismo color y con un nombre distinto. Eva dijo: «*¡Los sobres, lo último!*», y todo el mundo pensó: «*Estos se casan*».

Cuando le dieron el sobre a Carlota, su hermana mayor, lo abrió con ganas de saber cuál sería la fecha elegida. Pero, en vez de eso, vio una ecografía.

Todo el mundo empezó a gritar y a felicitar a Eva y a Piero (su novio italiano). Sin embargo, Carlota estaba en *shock*. Hacía dos años y medio que buscaban el bebé que no llegaba y esa eco se le clavó en el alma como un puñal. Lo vivió como un «*Tú no*» y sintió un dolor dentro que la paralizó.

Rubén, su marido, se acercó a ella y le dio la mano. La conocía lo suficiente como para saber que ella tenía unas ganas inmensas de llorar. Le apretó la mano mientras veía cómo Eva se les acercaba. Rubén la abrazó primero para que Carlota tuviera tiempo de reponerse. «*Felicidades, Eva, qué guay, me alegro mucho*». «*Gracias, Rubén, estamos muy contentos*».

Eva miró luego a Carlota, que también la abrazó. «*¡Serás tía!*». Y Carlota, al sentir ese abrazo, no pudo evitar romper a llorar.

«*Sabía que te emocionarías*», dijo Eva, y también ella se emocionó. Pero Carlota lloraba la pena de aún no poder ser madre ni alegrarse por Eva, a quien quería con todo su corazón. Lloraba la culpa de no poder celebrar como los demás la gran noticia. «*Te quiero*», le dijo Eva, y se miraron a los ojos. Carlota se secó las lágrimas como pudo, la miró, respiró, y finalmente consiguió decirle: «*Felicidades, hermanita*».

SANTI

Santi se ha ido al monte. No quería pasar el día de Navidad en familia sin sus hijos, así que le pidió la *camper* a su hermano y, el veinticuatro por la tarde, se escapó. Le gustaba la montaña y estar solo, así que pensó que la combinación de las dos cosas podría alejar un poco el dolor de la primera Navidad sin ellos.

Santi y Elia (la madre de sus hijos) se separaron hace cinco meses y ha sido duro para todos. Pero ahora no quiere pensar en eso. Es Navidad y está a punto de hacer algo que le apetece: subir una cima solo. Así que empieza a andar.

Se siente raro. Jolín, qué extraño es esto. Nunca les había echado de menos, aunque estuviera de viaje, seguramente porque sabía que podía estar con ellos cuando quisiera. O porque creía que la realidad que vivía sería para siempre.

Se siente distinto porque todo es nuevo: por un lado, le gusta esta nueva sensación de haber terminado algo que no funcionaba. Cerrar etapas es liberador. Pero no es como antes, como le pasaba con sus antiguas novias. Ahora esa sensación convive con una añoranza casi permanente. Y una nostalgia de lo que ya no es.

Llega a la cima y todo es precioso. Está solo y hace un día espectacular. Respira y se llena de ello. Intenta sentirse feliz, pero le cuesta… Justo en ese momento, en el instante en que piensa «*Joder, ojalá estuviera con ellos*», recibe un audio de WhatsApp. Supone que será su hija Claudia y acierta.

«*Papi… ¿sabes qué me ha traído Papá Noel? ¡Lo que pedí, papi, lo que pedí! Es chulísimo, ya verás. Espera. ¡Maaaax! ¿Le quieres decir algo a papá?… Buf, no se entera, está poseído con los coches nuevos. ¿Dónde estás? ¿Qué haces? Te quiero, papi».*

Respira hondo y graba: *«Cariño, he salido a caminar. ¡Qué bien, lo que pediste, me alegro! Mañana me lo enseñas, ¿vale? Yo también te quiero. Más, mucho más. Dale un beso a Max de mi parte. Muá».* Guarda el móvil y se da cuenta de que escapar no sirve. Así que se rinde.

Respira toda la añoranza, la nostalgia, el recuerdo… como nunca lo había hecho antes, y acepta que los echa de menos. Que es lo que hay y que está bien así. Se sienta, contempla el paisaje y dice en voz alta *«Feliz Navidad»* mientras le cae una tímida lágrima por la mejilla.

MIGUEL

Miguel se ha pillado tal cabreo que ha tenido que salir al patio. Sus padres han regalado a su hija Rita una bicicleta con ruedines. Sí, la bicicleta que les dijo que NO le compraran, que era algo que querían regalarle ellos cuando fuera mayor, que aún no era el momento. Pero ellos: *«Es una buena bici, también se la regalamos hace años a nuestro otro nieto y estuvo encantado…».* Y Miguel respondía: *«Pero Jon es Jon, y Rita es Rita, y yo os digo que no se la compréis».*

Pues ni caso. Ahí estaba, bajo el árbol, tapada con una tela. Miguel lo sospechó, pero pensó: *«No serán capaces».* Y sí. *«No los subestimes»,* le decía siempre su compañera, Ana, en cachondeo, porque en el fondo sabían que capaces, de sobra.

Ahora Miguel está en el patio con ganas de partirle la cara a alguien. Siente el volcán a punto de estallar y no sabe si gritar y echar a correr o entrar, recoger familia y bártulos e irse a casa. Esa rabia le rompe por dentro, le coge su alma entre las manos y la retuerce sin compasión.

¿La bici? ¡No es la bici! Es el *«Me entra por una oreja y me sale por la otra»,* es el *«Me da igual tu opinión y criterio»,* es el *«No eres nadie para decirme lo que debo hacer»...* Es todo eso, pero, especialmente, es el recuerdo de tantas otras veces, de tantos otros días en su infancia en que Miguel ya podía reclamar, llorar, pedir, expresar, necesitar lo que fuera... que ellos iban a su bola. A SU BOLA. Siempre.

En el patio, mira el rincón donde se sentaba cada vez que se cabreaba con sus padres y se ve a sí mismo. Nota la mano de Ana en la espalda. No dice nada, solo le toca y él logra decir: *«Joder... no hay derecho».* *«Lo sé... y lo siento».* Se abrazan. *«Te quiero»,* le susurra Ana al oído, y su alma, con esa validación y esas pocas palabras, empieza a respirar de nuevo.

BEA

Bea miró el pongo que le habían regalado en Navidad y no sabía si tirarlo por el balcón o devolverlo con cara de asesina a quien se lo regaló. Pero no sabía quién había sido: *«La magia del amigo invisible»,* pensó. Podría haber sido su suegra, o su cuñado, que tiene la gracia en el culo. No lo sabía, pero miraba el pongo y recordaba cómo se había sentido el día anterior, Navidad, cuando lo desenvolvió.

De repente fue como si tuviera cuatro años y se hizo pequeña, pequeña. El regalo era horrible, pero más lo era el sentimiento que se destapó: como de no ser suficiente, como de no merecer nada mejor, como de ser tan insignificante como eso que acababa de recibir.

«Para regalarte eso, mejor que te hubieran dado los treinta euros. ¡Menudo pongo! A veces me pregunto de qué planeta sale mi familia». Eso es lo que le dijo Félix, su marido, al llegar a casa, mientras se partía de la risa. Pero a ella no le había hecho ni puñetera gracia.

Hoy, mientras su hijo Quim jugaba con lo que le habían regalado a él, ella miraba el pongo mientras tomaba un té sentada en el sofá. Estaba cansada, como si la hubiera atropellado un camión. Lo de la Navidad era muy *hardcore,* a veces, y en casa de Félix, más.

Los puñales volaban durante toda la comida en forma de guasa, pero con tanta verdad en cada palabra que Bea se sentía profundamente incómoda. Siempre pensó que todos necesitaban terapia, pero no iba a ser ella la guapa que lo sugiriera.

Mientras miraba el pongo, cerró un momento los ojos y se dio cuenta de que el pongo ya estaba aquí. No podía cambiarlo (¡ni tique, le dieron!). Pero lo que sí puede cambiar es su forma de verlo. Porque, si ella se deprimió ayer, fue porque se sintió pongo. Se identificó con esa figura hortera de estantería. Pero ella no es eso. *«Desengánchate, Bea. Tú no eres eso. Solo es un pongo».* Ese era siempre su problema: identificarse con lo que no era.

Así que lo coge y, en vez de tirarlo a la basura, lo planta en un lugar bien visible de la sala de estar. *«Que por lo menos el pongo sirva, a partir de ahora, para recordarme qué NO soy y qué sí».*

RAQUEL

«Dame tiempo», le dijo Julio cuando Raquel volvió a decirle por enésima vez que deseaba empezar a buscar un segundo hijo. *«Que este 2020 sea el año, Julio, por favor».* Y se odió a sí misma por estar suplicando algo así. Pero, por enésima vez, él respondió *«Dame tiempo»*, y eso era lo único que Raquel no tenía.

A sus cuarenta años, sentía que el tiempo, el cuerpo y las oportunidades se le agotaban. Esta realidad hacía aumentar más el deseo de tener otro hijo, como si fuera un «ahora o nunca». Y, a Julio, la impaciencia de Raquel hacía que solo tuviera ganas de salir corriendo. Odiaba sentirse presionado y se sentía así, como cuando invaden tu espacio vital y solo quieres apartarte.

Porque él no sabía aún si quería otro hijo y tenía miedo de decir «sí» solo porque ella lo deseara. Él fue el segundo y siempre sintió que estaba un poco de más en su familia. No quería que nadie se sintiera así.

«Julio, es que no me queda tiempo», le dijo Raquel con un tono que olía a medio enfado y decepción. *«Dime que será este año, aunque sea a finales, pero dime que será este año»*. *«Joder, Raquel... Te acabo de pedir tiempo y quieres fechas. No puedo. No lo sé. Estás tan a piñón con el tema que no me dejas sentir qué quiero yo»*. El tono de voz era alto y, al ver la cara de Raquel, se dio cuenta de que ella estaba a punto de llorar. *«Lo siento, de verdad... Lo siento, pero necesito tiempo. Lo siento mucho...»*, y se acercó a abrazarla. Ella se apartó y solo dijo: *«Yo también lo siento»*. Le dio la espalda y se fue llorando en silencio.

CLARA

Están cenando a las ocho de la tarde, en pijama. Gala, de dos meses, tiene sueño y pide teta. Clara se va con ella a la habitación hasta que la deja profundamente dormida. Cuando Clara sale, Carlos está zapeando.

—Lo que ponen en la tele es una auténtica basura. Dios, nunca había visto estas cosas un treinta y uno de diciembre. ¿Siempre han echado estos programas? ¡Qué suerte haber estado siempre de fiesta y habérmelo perdido!

—¿Te acuerdas hace dos años? Estábamos en Roma y terminamos a las nueve de la mañana. ¡Menuda fiesta!

—Quién nos ha visto y quién nos ve...

—Ya te digo... ¿Te arrepientes?

—¿Cómo?

—Si te arrepientes...

—¿De haber tenido la mejor niña del mundo mundial con la mujer que adoro? Sí, mucho, cada día.

—Tonto...

—Pues claro que no. No me arrepiento de nada.

—Pero... ¿lo echas de menos?

—¿Tú sí?

—No. No echo de menos nada de lo de antes... Bueno, solo a ratos, me echo de menos a mí, o a ti, o a nosotros... Aunque luego lo pienso bien y me doy cuenta de que ni yo soy la de antes ni tú tampoco, y en realidad, nos prefiero como somos ahora.

—¿Te refieres a sosos?

—Sí, eso es: sosos, aburridos y padres de la mejor niña del mundo mundial.

Se rieron.

—¿Qué hora es?

—Buf... ni las diez. Falta una eternidad para las doce y yo no me aguanto. Me estaba quedando frita. Menuda lata lo de esperar a las campanadas.

Carlos se levantó y fue a la cocina. Volvió con un cazo y una cuchara de madera.

—Si mi mujer no quiere esperar, aquí no espera nadie. Tus deseos son órdenes, cariño. Toma tus uvas y, a la de tres, en esta casa serán las doce.

—¿En serio? ¿Ahora?

—Súper en serio. El tiempo es una ilusión, querida. Venga, dale, coge las uvas. Que voy, ¿eh? Una, dos, y ¡tres! Pero espera, espera, que ahora vienen los cuartos.

Se rieron todavía más.

Carlos fue dando golpes (flojitos, que Gala dormía) con la cuchara al cazo imitando las doce campanadas, mientras Clara se reía y le costaba tragárselas. Él hacía lo mismo con cierta dificultad: mientras contaba, golpeaba el cazo y se metía las uvas en la boca.

Cuando terminaron, no podían casi ni masticar la cantidad de uvas que se les habían acumulado de tanto reír. Se abrazaron y se dijeron «*¡Feliz año!*». Aún no podían besarse; su boca estaba llena de fruta... Al fin, se besaron largo y, al terminar, Clara dijo:

—Y ahora que ya son las doce, ¿podemos irnos a la cama?

—Por favor. Me hace hasta ilusión acostarme temprano un treinta y uno de diciembre, ni que sea para variar.

—¿Lo ves? En realidad es lo que se lleva ahora. Lo de salir de marcha está obsoleto y sobrevalorado...

—Totalmente. Clara, somos lo más.

Clara sonrió y, al minuto, pensó en casa de sus padres, donde esa noche debían de haberse vuelto a reunir quince personas y su madre seguiría molesta con ella. «*Si le pica, que se rasque*», pensó en un arrebato de seguridad. Pero luego, ya en la cama, sintió que quizás estaba siendo mala hija y notó que la culpa, a pesar de tener mucho sueño, le impedía dormir.

JOSEFINA

Josefina lleva días entre triste y enfadada. En Navidad, su hijo Miguel se pasó todo el día sin hablarle y, aunque sabe por qué, cree que su comportamiento fue totalmente exagerado y que estuvo fuera de lugar.

«Es que te dije que era mejor no regalarle la bici a Rita», le dijo Esteban, su marido. *«Pero a ver, si se la regalamos a Jon cuando tenía la edad de Rita y estuvo encantado, ¿cómo no íbamos a regalársela a ella? Ya te dije que no quiero hacer diferencias».* *«Pero es que nos dijo que no».* *«¿Y qué? Es nuestra nieta y no quiero que ella sienta que le regalamos cosas más chulas a Jon que a ella».*

Esteban deja el tema; sabe que no la va a convencer. Es una mujer de ideas claras y tiene justificación para todo. A veces, le agota.

Pero ella, aun con todas sus justificaciones, sigue triste. Le gustaría que su hijo Miguel viera lo muy justa que intenta ser, y lo mucho que quiere a su nieta. Que lo valorara. Pero, lejos de eso, siente que él la critica, como si detestara todo lo que hace.

Se siente juzgada. A ella jamás se le habría ocurrido hacer un feo a su madre en Navidad. ¡Y mira que tenía motivos de sobra! Jamás la había tomado en serio y su opinión era ignorada totalmente. La frase preferida de su madre era *«¡Qué vas a saber tú!»*. Pero Josefina apechugó y jamás le hizo un desplante.

Tiene ganas de hablar con él, pero no de eso. Quiere saber que ya se le ha pasado, porque en el fondo… odia sentir que él está enfadado. Le quiere tanto… Pero tampoco quiere pedirle perdón. *«¿De qué? ¡Si no he hecho nada malo!»*, piensa. Así que coge el móvil y le manda un mensaje: *«Hola, ¿queréis venir mañana a comer?»*.

CELIA

Celia está en el hospital. Berta, su hija de un año, tiene bronquiolitis. Lo mal que Celia lo está pasando estos días solo lo sabe Leila. Leila es la madre de Younes, de nueve meses, un niño que tiene lo mismo. Cuando empezaron a compartir habitación, tenían puesta la cortina divisoria, pero ya no. Prefieren verse. Lo mal que Leila lo está pasando estos días solo lo sabe Celia.

Todas las noches han sido horribles, sin apenas dormir por llanto, nebulizaciones y controles varios. Pero esta lo es especialmente. Es uno de enero y ninguna de las dos ha empezado el año con sus otros hijos y con sus parejas. Qué duro es echar de menos y querer estar, con todas tus fuerzas, en dos sitios a la vez.

Hablan poco. Cuesta hablar cuando estás mal, cuando tienes miedo. Pero se miran y se lo dicen todo con los ojos. Esta noche, Berta llora y es raro, porque está mejor. Su madre, en cambio, no llora, pero está fatal y le cuesta acompañarla. Leila tiene a Younes dormido y ve cómo Celia se va agobiando.

Leila deja a su bebé entre cojines y se acerca. Sabe lo que siente porque es lo mismo que siente ella. Le pone una mano en el hombro y Celia, casi sin darse cuenta, empieza a llorar. Ha sido la mano de Leila, su silencio o su energía… y no puede parar.

Llanto desconsolado de pena, de cansancio, de añoranza y frustración, de agobio y susto. Cuanto más llora, más se calma su bebé, hasta que, al fin, se duerme. Leila la abraza y llora también. *«Estoy aquí. Pasará, ya verás, pasará»*, dice, y de repente se sienten una y dan gracias de estar juntas atravesando todo esto.

LAURA

«Darling, que es dos de enero… ¿no tocaría inaugurar el año?». Este es el mensaje de Quico que acaba de recibir Laura en el trabajo. Para

Quico, «inaugurar» es sinónimo de hacer el amor. Siempre le encuentra otras palabras. «Rematar el año», «Inaugurar el año», «Celebrar que es viernes», «Dar la bienvenida al lunes»…

Desde siempre, Quico ha sido más fogoso que ella, y, a veces, Laura confiesa a sus amigas que le da pereza tanta actividad sexual, especialmente desde que tuvieron a María, hace tres años y medio. Pero también le gusta saber que Quico se excita tanto con ella.

Solo hay un problema. Cuando a ella no le apetece, él se mosquea. *«Es que ya no te intereso»*, le dice a veces. Y ella responde: *«Claro que me interesas, no seas tonto. Lo que no me interesa, a veces, es hacer el amor cuando estoy muerta matá».*

Pero hoy es distinto, porque Laura sabe que Quico es muy supersticioso. Desde que empezaron a salir, si no hacían el amor el día uno de cada año, a él le entraba mal rollo, como si tuviera que ser un mal presagio para su relación de pareja. Ella creía que era una chorrada monumental, pero le aceptaba con sus tonterías, entre ellas, esta. Con una hija, había alargado la superstición al día dos.

Así que hoy Laura le escribe: *«Con fuegos artificiales que se van a ver desde Kuala Lumpur. Por cierto: estreno lencería… quien avisa no es traidor* 😊*»*, y Quico es feliz.

Le dura poco, porque Laura añade: *«Pero recuerda, cariño: tenemos una niña que se despierta por la noche… ojito con las expectativas, que nos conocemos».* *«Aguafiestas* 🙄*».* Laura se ríe y le entra ese cosquilleo dentro de cuando siente que quiere hacer el amor con él.

ROCÍO

Rocío está cansada y cuenta los días que faltan para que vuelvan al cole. Vacaciones de Navidad, y ella ya no sabe ni qué hacer con sus hijos. No tiene energía para hacer de animadora infantil cada día, la verdad, y jugar, a estas alturas, la cansa. Todo el día sola con los dos, se siente agotada. Cuando está su marido, tiene la sensación de que ella carga incluso más, porque le ve en el sofá mirando el móvil y se la llevan los demonios.

Ellos están potentes, peleándose todo el día. Rocío intenta desconectar, como si sus peleas fueran esa tele encendida que se pone de fondo. Pero suben de tono, y llega un momento en el que no puede más con tantos gritos, y entonces se transforma.

Deja lo que está haciendo y va hacia ellos como si fuera a pegarles, pero al llegar ahí suelta una ristra de gritos y de frases encadenadas a cual más amenazante. Primero se acusan el uno al otro y ella empieza a decir que no le cuenten historias, que siempre hacen lo mismo, que está harta de ellos y de sus peleas, que no puede más, que la van a volver loca y que tiene ganas de que empiecen el cole y no verles.

El mayor acaba yéndose cabreadísimo a su habitación. El pequeño llora y dice *«Mamá, mamá»*, porque se ha asustado y quiere saber que todo sigue bien.

Pero a ella el cabreo le dura hasta que se acuestan. En realidad, hasta que el mayor le dice: *«Mamá, pero ¿nos quieres?»*. Entonces le responde: *«Pues claro, ¿cómo no os voy a querer?»* y se le rompe el corazón en pedazos y empieza el tsunami.

De culpa, de sentirse impotente, frustrada, fracasada, agobiada, agotada e inútil. Se tumba en el sofá en posición fetal y llora mientras susurra *«Lo siento, lo siento»* y se siente pequeñita en los brazos de nadie. Cuando llega Jose, su marido, la encuentra dormida en el salón con todas las luces encendidas.

ELIA

Elia no quiere ir a ningún sitio que le recuerde que hoy es noche de Reyes. Es el primer año que no podrá gozarla con sus hijos porque le tocan a Santi, así que no quiere que nada le recuerde que no están.

Pero todo se lo recuerda. El silencio de la casa, la bolsa de Claudia en el recibidor, los patines de Max al final del pasillo... *«Lo más difícil de separarme no es haberlo hecho de Santi, sino tener que hacerlo también de mis hijos cada vez que están con él»*, piensa. Porque lo que tenían juntos ha terminado. Pero lo que ella tiene con sus hijos, no. Y le jode lo que no está escrito tener que perdérselos a días.

«Es lo que hay —le dice su hermana, expeditiva—, *acéptalo»*. Pero qué fácil es decir eso cuando tienes a tus hijos siempre contigo, piensa Elia. Se tumba en el sofá, y decide no salir de casa ni quedar con nadie. Busca en Netflix algo lacrimógeno. Siempre lo hace cuando está triste. Su madre, cuando Elia era joven, siempre le decía: *«Pareces* masoca, *ponerte esta música para llorar aún más»*. Pero a ella le sienta bien llorar.

A las seis y media de la tarde, recibe un mensaje de Santi: *«Oye, que he pensado que, si quieres venir a la cabalgata, les gustará que estés. De verdad te lo digo. Ven, siempre la hemos visto juntos. Ahora salimos»*.

Elia llora de emoción, gratitud y sorpresa. Se suena la nariz, coge el móvil y escribe *«Claro. Os veo en quince minutos en el lugar de siempre»*. Se viste y, antes de ponerse la chaqueta, vuelve al móvil y le escribe a Santi: *«Gracias»*.

CLARA

«Cuando vayas a trabajar, ¿me la vas a dejar a mí?», le preguntó su madre. Clara sabía que iba a llegar esa pregunta y, con Carlos, habían decidido que harían malabares, pero que a su hija la cuidarían ellos mientras pudieran. *«Mmm... En principio no, nos vamos a combinar con Carlos»*, respondió Clara. Y luego, empezaron a caer esos pinchos que solo su madre sabía lanzar: *«Ya veo que esta niña no va a conocer a su abuela... A lo mejor te crees que no la voy a saber cuidar... Bueno, solo os he subido a ti y a tus hermanas, y, que yo sepa, tan mal no habéis salido...»*.

«Qué pereza», pensó Clara. La agotaba ese retintín que usaba su madre para hacerla sentir mal, básicamente porque lo conseguía. Clara era la pequeña de tres y siempre había sentido que le debía algo a su madre, aunque no supiera qué. Daba igual del tema que hablasen; siempre se le removía esa sensación, como si su madre pensara que ella no era suficiente, o que no daba suficiente, o que no era buena hija, o que no la amaba lo que ella esperaba. Clara a veces pensaba que ella había llegado cuando ya no la esperaban, que aceptarla, para su madre, fue un gran esfuerzo y seguía enfadada con ese bebé que llegó cuando no tocaba.

«¿Y no se va a quedar con hambre esta niña, si no le das biberón?», *«Mamá, le doy el pecho, tengo leche»*. *«¿Y cómo lo sabes?»*. *«Porque se nota en Gala... ¿no la ves?»*. Las dos hermanas de Clara habían dado el biberón y su madre también, a las tres. El pecho era algo nuevo en aquella familia y era como si un intruso con cara de ladrón hubiera entrado en casa.

En realidad, lo que le pasaba a su madre es que se sentía interpelada, contrariada y ofendida de que su hija pequeña no hiciera nada como ella lo había hecho. Sentía, sin saberlo, que su hija le tiraba por el suelo el cómo ella las había criado a pesar de haberlo hecho con todo el amor y dedicación de que fue capaz.

«Mamá, deja que lo haga como yo siento, ¿vale? No quiero discutir contigo ni justificarme cada vez que nos vemos. Me canso». *«Es que a veces parece que solamente hayas sido madre tú»*. *«Ay, mamá, en serio, no tengo las hormonas como para esta conversación. Tengo que irme»*. Y así, decepcionada al ver que su madre siempre, sin excepción, lo llevaba todo a culpabilizarla, cogió a Gala y se fue rápidamente de la casa donde vivió tantos años. En el ascensor, se puso a llorar y Gala la miró e hizo una mueca como preguntándole: *«¿Qué te pasa?»*.

MAYA

Maya volvió a mirar el perfil del hombre con el que había quedado antes de ponerse los vaqueros y las botas. Eran las ocho de la tarde de un viernes y sentía ansia de hacer el amor. Nadie sabía sobre sus quedadas con hombres, porque estaba convencida de que todos la juzgarían y no entenderían absolutamente nada de por qué lo hacía.

Su compañero había muerto nueve meses atrás en medio de un partido de fútbol sala. Cayó fulminado al suelo y no pudieron hacer nada por él. Berto era su compañero, su amigo, su amante, su todo, desde que le conoció en una fiesta de cumpleaños de una colega del trabajo. Llevaban dos meses intentando tener hijos, y de un plumazo, todos los planes y toda su vida, se fue.

Maya lloró tres meses enteros casi literalmente y un día, yendo a casa por la noche, entró en un bar a tomar algo. No quería volver a meterse en la cama sola, así que empezó a hablar con un chico mono que le siguió el rollo. No estaba planeado; simplemente, surgió. Estuvo a punto de irse corriendo en dos ocasiones, pero a medida que hablaba con él, Berto se hacía más presente.

Cuando llegaron a casa, ella cerró los ojos y de repente sintió como si estuviera haciendo el amor con Berto. Claro que no era igual, pero había algo muy sutil que hacía que Maya se sintiera menos sola y más conectada a su compañero del alma.

En el orgasmo (al que ella pensaba que no llegaría jamás después de Berto), pareció como que ese chico no estaba ni existía y solo estaban Maya y Berto, Berto y Maya. Ella se fue tan lejos con su ser añorado, que, de repente, oyó la voz del chico con el que estaba que le decía: «*¿Estás bien? Es que parece que estés en otra parte*».

Desde ese día, Maya hace el amor con hombres para encontrar a Berto en cada uno de ellos, y así no echarle tanto de menos.

JULIO

Llevaba días sintiéndolo muy fuerte dentro: no quería tener más hijos. Cada vez que se imaginaba volver a pasar por lo mismo, sentía una pereza tremenda y ganas de salir corriendo. No era que no le hubiera gustado tener a su hijo, por supuesto que sí, pero también lo pasó mal, más de lo que nunca hubiera imaginado. Él creía que tener un hijo sería más fácil y ¡Dios, ni por asomo!

Los primeros meses estuvo tan descolocado que no parecía él. No encontraba su sitio en casa y toda la seguridad que gastaba antes se desvaneció. Sentía cosas dentro que no comprendía y a las que no podía poner nombre. A menudo le entraban ganas de llorar y disimulaba porque no quería que Raquel le preguntara. «*Ella está tan rara...*», pensaba a menudo. Tanto o más que él. «*Las hormonas*», le decía su madre, pero ¿tanta fuerza tenían las hormonas de Raquel para hacerla cambiar tanto en tan poco tiempo?, se preguntaba.

El peque fue creciendo y cada vez Julio fue encontrando más y más su lugar. Ahora que sentía que lo tenía, no quería volver a pasar por eso. Quería cambiar de pantalla y no volver a los pañales y a removidas varias. Vamos, resumiendo, que no se imaginaba ni quería hacerlo con otro hijo o hija más.

La claridad era absoluta y solo había un problema: cómo demonios contárselo a Raquel. Hacía un par de días que buscaba el momento oportuno, pero este no llegaba nunca. Julio estaba nervioso... porque se había sentido tan presionado a ir a por el segundo que sabía con una seguridad absoluta que Raquel se iba a disgustar.

Por eso, cada vez que se hacía un silencio entre los dos y su vocecita interior le decía «*Venga, Julio, suéltaselo, no esperes más*», aparecía su miedo, infinitamente mayor que le decía «*Ahora no, mañana*».

FRANCISCA

Francisca tiene ochenta y cinco años y vive con su gato persa en un piso grande y viejo de la ciudad. Este día frío de enero se ha despertado poco después de las seis y ha acariciado el lado derecho de la cama. No le gusta notar la sábana fría porque le recuerda demasiado a la piel de su marido el último día que la tocó.

Cada día, antes de levantarse, intenta recordar qué ha soñado. Le gusta tener la mente entretenida, su cerebro en marcha, para que no le pase como a su marido, que un buen día le empezó a flaquear y a dejarle enormes espacios en blanco que ya nunca más pudo llenar. No le da miedo morirse, a Francisca, lo que le da miedo es hacerlo sin darse cuenta.

«*Buenos días, ¿has dormido bien?*», le pregunta a su gato mientras le acaricia la cabeza.

Con Pedro, habían hablado mucho de lo de morirse. Francisca siempre había tenido la esperanza de ser ella la que faltara primero, pero estaba muy equivocada. No solo fue él el primero en no levantarse un día, sino que de eso ya hace quince años. A día de hoy, todavía lo siente tan dentro, tan presente, que está convencida de que la acompaña en todos los momentos de esa vida larga que vive. Todavía lo ama.

La presencia de Pedro está en cada rincón, en cada detalle. Está pegada a las paredes y, si prestas atención, casi se palpa.

Hace muchísimo tiempo, ella tuvo un hijo, Bernat. Como Pedro, murió. «*No tendrían que morir nunca, los hijos —*piensa siempre Francisca*—, es antinatural*».

EVA

Eva estaba muy molesta. Desde que había anunciado su embarazo en Navidad, su hermana mayor había, literalmente, pasado de ella. O por lo menos así lo sentía. Esa complicidad que tenían, esos mensajes día sí, día también, se habían desvanecido. Con excusas, evasivas y silencios, Carlota se había ido apartando, y Eva no entendía nada.

Pasó de la sorpresa al enfado. Pasó de buscarla a dejar de hacerlo e ignorarla. Pero era mentira, porque no podía quitársela de la cabeza. «*¿Se puede saber qué coño le pasa a mi hermana, que me ignora en el momento más importante de mi vida?*», le preguntaba a menudo a Piero, su pareja. Él siempre respondía lo mismo: «*Si se lo preguntas, lo sabrás*». «*Y una mierda, es ella la que se ha apartado. Que le den*».

La indignación (aunque lo aparentase), no le calmaba su pena, que era muy grande. Y lo era tanto porque la echaba de menos. Echaba de menos la relación que tenían y el no poder compartir su embarazo con ella.

En sus expectativas, estaba preparar las cosas del bebé con la ayuda de Carlota, sentirla cerca ayudándola y sosteniéndola, como siempre había hecho su hermana mayor con ella.

La frustración ahora, con su bebé creciendo en su vientre, era enorme. Por las noches, se metía en la cama e imaginaba conversaciones: que se la encontraba por sorpresa por la calle y Eva le cantaba las cuarenta. Imaginaba también que Carlota la llamaba y le pedía perdón. Imaginaba que estaba metida en un lío gordo y por eso se había apartado.

Luego, se preocupaba tanto que se ponía a llorar en silencio y no conseguía dormir. Una noche de esas, se tragó el orgullo y el enfado y le mandó un mensaje corto y claro: «*Carlota, tenemos que hablar*».

ELIA

Hace unos días que Elia se ha dado cuenta: cuando los niños están con su ex, les echa de menos, pero, cuando están con ella, le sobran. Esa sensación le ha traído una culpabilidad enorme durante semanas, sintiéndose la peor madre del mundo.

Cuando consigue no machacarse, se dice: *«Pero es que, cuando están, es tan intenso con ellos, sin relevo, sin respiro... Y, cuando no están, el vacío es tan grande...».* Lo que le cuesta, en realidad, es el «o todo o nada». La falta de término medio.

Luego le sale el deje expeditivo de su familia y se dice, a modo de reproche, *«Quisiste separarte, pues apechuga»,* como si tratarse así, sin compasión, la hiciera más fuerte y vivir su reciente separación mejor. Y claro, no.

Hoy los niños están con Santi y ella ha quedado con Juan Carlos, su amigo del alma, para tomar algo. Cuando llega, él se da cuenta de que está en horas bajas: *«Qué te pasa, flor?».* «Te presento a la madre amargada del mes». «¿Y eso? Prohibido parecerte a mi madre, ¿eh?».*

«Va en serio. Llevo semanas gruñendo amargada. Si están, porque están y, si no están, porque me faltan». «Ah, vale, es eso. Bueno, pues tengo una buena noticia para ti: pasará. Simplemente te estás acostumbrando a algo muy nuevo y un día estarás tan bien cuando estén como cuando no. Te lo digo yo, que soy gay, que no tengo hijos ni me he separado... aún».*

Se rieron. Y aunque su amigo tenía experiencia cero en estos temas, todo lo que le dijo le sonó a verdad.

RAQUEL

«No quiero otro hijo», le dijo Julio a Raquel mientras recogían el comedor antes de acostarse. *«¿Cómo?»,* preguntó ella flipando de que le soltara esa frase como quien comenta que mañana va a llover. *«Que tengo claro que no quiero que vayamos a por otro hijo. Estoy bien así».*

A Raquel, esas palabras le sentaron como una patada en el estómago. Él ya lo había decidido pero, ¿y lo que quería ella? ¿Qué? Le ardía la sangre y le soltó: *«Ah, vale, el señor ya ha decidido y los demás que se jodan»*. *«Raquel, te pedí tiempo, y ese tiempo era también para sentir qué quería yo y te lo estoy diciendo. No quiero»*. *«Pues yo sí»*.

Raquel tiró un juguete al sofá y se fue al baño. No tenía ganas de llorar, tenía ganas de pegarle. Por eso se fue, para no verle. Cuanto más pensaba en las frases que le había dicho de esa forma (*«¿Quién dice cosas importantes mientras ordena la casa?»*, se dijo), más se cabreaba. No quería verle porque sabía que, si lo hacía, le diría cosas que le dolerían.

Él abrió la puerta un momento y le dijo: *«Ven al comedor, hablemos»*; ella respondió: *«No quiero hablar contigo ahora mismo. Vete»*. Y se fue.

Raquel se sentó en la taza del váter y se miró en el espejo. Estaba desencajada. Sentía una gran impotencia dentro y vivía la afirmación de Julio como una gran injusticia. Cualquiera que fuera la decisión, uno perdía. Y, por lo visto, sería ella.

Ahora sí, empezó a llorar: primero de rabia por no poder tener lo que ella quería, pero, después, de pena. Por ella, por sus ilusiones rotas. Por su hijo y por el hermano que no tendría. Pero, sobre todo, por su matrimonio, que no sabía cómo iba a aguantar un no acuerdo en una decisión tan importante para los dos.

Cuando salió del baño media hora después, él la estaba esperando en la cama. Cuando ella se tumbó enfurruñada, con los ojos hinchados de tanto llorar, él le dijo: *«Me siento fatal por no querer lo mismo que quieres tú. Porque te quiero y quiero que seas feliz»*. *«Con tu decisión, me niegas mi deseo, y me doy cuenta de que no estaba preparada para un no. Pero no se pueden tener hijos para complacer a otro. Se me pasará… supongo…, algún día»*.

SANTI

Santi se levantó pensando en cerrar la cuenta de citas que la noche anterior le había abierto su amigo Charlie entre risas.

«¿*Cuánto hace que no follas?*», le preguntó, a lo que él tuvo que pensar más tiempo del que Charlie creyó posible. «*Pero bueno, ¿tanto te cuesta acordarte de la última vez? ¿Cuándo te separaste de Elia? Pues desde entonces, ¿no?*». «*¡Qué va, llevábamos ya muchos meses sin tocarnos!*».

«*Joder, Santi, pues tienes que estar peor de lo que pensaba. Esto tiene que cambiar YA, que, si no, la energía no fluye*». «*¿Desde cuándo hablas tú de energía?*». «*Desde nunca, era para convencerte de que necesitas una cita ya*».

Charlie agarró el móvil de Santi y le abrió una cuenta. Le creó un perfil y empezaron a mirar fotos. Santi se sintió incómodo… se le hacía desagradable ir pasando pantallas en plan «*esta sí, esta no*», como quien escoge el plato de un menú.

«*Para ya*», dijo Santi, y le quitó el móvil de las manos. Charlie había dado cuatro *likes* en un minuto. Hablaron de otras cosas, terminaron el gin-tonic y cada uno se fue a casa.

Ya en la cama, Santi pensó: «*Lo primero que tengo que hacer mañana es cerrar esa cuenta*». Cuando al día siguiente cogió el móvil para hacerlo, vio que le había salido un *match* y que tenía un mensaje de una tal Maya.

«*¿Hola. Te gustaría quedar esta noche?*». Santi se puso nervioso. ¿Qué se hacía en esos casos? Él ni se acordaba de la última vez que tuvo una cita, y mucho menos sin conocer a la chica en cuestión. Pero… ¿por qué no? Esa noche no le tocaban los niños y Charlie tenía razón en algo: si quería nuevas experiencias en su nueva vida, tenía que dejar de ser el viejo Santi de siempre que no salía de su zona de confort.

Así que respiró hondo y respondió: «*Me encantaría. Dime hora y lugar ;)*».

MARISA

Marisa y su hijo Martín entran en la residencia de ancianos donde vive la abuela Camila. Él le lleva un dibujo en el que salen él, un corazón enorme y su abuela sentada en la silla de siempre, con su mantita de cuadros encima de las piernas. A Martín le gusta ir a visitarla cada semana. Ahora muchos residentes ya le conocen y le saludan cuando entra. A los abuelos, ver a niños les alegra el día y a él, a sus tres años y pico, le encanta ser el centro de atención.

Cuando llegan a la habitación de Camila, Martín corre hacia ella y le dice «*Para ti*» y le da el dibujo. «*¡Hola! ¡Qué alegría veros! Oh, cariño, qué corazón tan grande… y cuántos colores… me encanta la mantita que llevo en tu dibujo, más que esta. Marisa, ¿me puedes colgar este dibujo tan maravilloso en alguna parte que lo pueda bien? Así, Martín, cada vez que lo vea, pensaré en ti y estarás conmigo, ¿vale?*». «*Vale*», dice él.

«*Hija, ¿cómo estás?*». «*Yo bien ¿y tú, mamá? Quería llegar antes, pero ya sabes lo que le cuesta a Martín vestirse los días de fiesta… Es tremendo, se pasaría el día en pijama*». «*Es normal, es pequeño, paciencia… Estoy bien, cariño, feliz de que estéis aquí*». «*¿Salimos a dar una vuelta al patio? Hace frío, pero te dará un poco el sol. ¿Qué dices?*». «*Sí, por favor, estaba deseando salir con vosotros*».

Pasean un buen rato por el jardín de la residencia. Hay otros familiares visitando a sus abuelos. A Marisa le da pena que esté aquí, pero ella no se ve capaz de cuidar de ella y de Martín sola. Ser madre soltera es tela marinera, así que con su madre decidieron que aquí estaría mejor. Pero la culpa le pesa y, cuando la visita, más. Camila, que se da cuenta cuando su hija mira a su alrededor y le cambia la cara, le dice: «*Ni se te ocurra sentirte mal. Estoy bien aquí, Marisa. Muy bien. Me tratan como a una reina y algunas chicas de aquí dentro, como Raquel, son ángeles caídos del cielo. De verdad, que yo esté aquí es perfecto para todos. Que no te pese*».

«Es que te quiero, mamá, y no quiero que pienses que no me importas». *«Justamente porque lo sé, Marisa...»,* y se dan la mano mientras Martín intenta cazar un saltamontes sin éxito.

CLARA

Clara acababa de colgar el teléfono. Su jefa le había dicho que le tocaba volver en tres semanas. Lo había alargado todo lo alargable para quedarse el máximo de tiempo posible con su bebé, y a pesar de que su trabajo le encantaba, cuando supo seguro la fecha en la que tendría que separarse de Gala, le entraron ganas de llorar.

Aun así, ayer se quejaba a Carlos, su pareja, de lo invisible que se sentía desde que no iba al trabajo. Sus compañeras ya no la llamaban, y su madre y demás familia no paraban de preguntarle cuándo se reincorporaba. Como si se estuviera rascando el ombligo... Sentía que lo que hacía con Gala no contaba para nadie, como si fueran invisibles ella y su entrega, ella y su amor incondicional a esta bebé que le había cambiado la vida y le había puesto las prioridades del revés.

Sentía que dejaría de ser invisible cuando volviera a trabajar, y lo ansiaba. No trabajar, sino ser vista y tenida en cuenta. Pero a la vez, sentía que moriría un poco separándose de Gala y además, notaba, dentro de su ser, que no era lo que necesitaba ni lo que quería. ¡Menuda dualidad! Creería estar volviéndose loca si no fuera porque su amiga Noe, madre de tres, siempre con el puño en alto, le había dicho mil veces: *«Nena, la maternidad es maravillosa, que no te engañen. Lo que es una mierda es serlo en el sistema patriarcal y capitalista en el que vivimos».*

Mientras se sentaba en el sofá con Gala dormida en sus brazos, le miró esa nariz redonda y diminuta y le susurró: *«¿Cómo separarme de ti cuando todavía nos necesitamos tanto?».*

CELIA

Hacía ya muchas semanas que la pequeña Berta tenía el alta de la bronquiolitis y casi todo había vuelto a la normalidad. Casi, porque Celia, desde el susto del ingreso en ese fin de año fatídico, había quedado atrapada por el miedo y no se quitaba de encima la sensación de alerta permanente. Como si en cualquier momento tuviera que pasar una desgracia. Tenía tres hijas, así que iba sobrada de experiencia, pero demonios, esa bronquiolitis la había cogido desprevenida y se le había removido algo muy profundo. Cuando ella era pequeña, su hermano de dos meses murió de lo mismo, y el pánico a las enfermedades respiratorias, aunque no era consciente, lo tiene clavado en el alma.

Esa Celia relajada había desaparecido y sentía que tanto Berta como sus otras hijas estaban en un supuesto peligro continuo. Ramon, su compañero, le decía *«Ya pasó»*, pero para ella aún no había pasado.

El martes, Berta se levantó con décimas de fiebre. Antes, ella simplemente se hubiera esperado a ir al pediatra, pero ese día, por su cabeza pasaron mil y una enfermedades, y casi todas graves. Así que llamó al centro de salud para que le dieran hora de urgencia.

Cuando entró, la doctora Calvo dijo: *«¿A quién tenemos aquí? Qué cosa más preciosa... Hola, bonita...»* y luego, dirigiéndose a su madre, le preguntó: *«¿Cómo está Berta?»*. Celia se puso muy nerviosa para contarle que solo tenía décimas de fiebre pero que se había asustado por si había algo que se le escapaba. Le daba vergüenza no ser primeriza y actuar como si lo fuera. Entonces fue cuando la doctora le dijo: *«El susto que te llevaste, ¿eh? Vuelve cuando no la veas del todo bien»*.

Bingo. Esa pediatra bajita, con el pelo blanco y mucha memoria, tenía la capacidad de conectar con cada madre y saber más de lo que le contaban. Por eso todas pedían cambio si les tocaba el otro doctor que visitaba en el mismo centro. Porque con ella se sentían comprendidas a otro nivel que no podían explicar cuando rellenaban el formulario con los motivos de esa petición de cambio de pediatra.

Celia no pudo contener las lágrimas mientras la doctora Calvo exploraba a Berta. *«A la peque no le veo nada… Tenemos que esperar a ver si sale algún resfriado o algo… En cualquier caso, estate tranquila, porque la veo estupenda. Obsérvala, pero, sobre todo, llora lo que no lloraste por lo de la bronquio. Todo va muy rápido cuando somos madres, y a veces no nos da tiempo a superar un buen susto que ya estamos otra vez girando en la rueda que no para. Pero el dolor vivido no desaparece, y va volviendo hasta que no paramos, asimilamos e integramos lo ocurrido. Lo pasaste muy mal y tienes que llorarlo. Pero no porque sucediera eso significa que ahora a Berta esté todo el día a punto de pasarle algo malo. Poco a poco… respira y ve confiando en la vida de nuevo».*

Celia solo atinó a decir *«Gracias»* y se fue de la consulta secándose las lágrimas, pensando que, quizá, lo que aún no había llorado de verdad era la muerte de su hermano al que tuvo presente todo el día con una fuerza que no había sentido jamás. Al llegar a casa, cogió el teléfono y llamó a su madre: *«Hola, mamá, ¿cómo estás?».*

CARLOTA

A Carlota le apetecía cero ver a su hermana porque imaginaba que vería el vientre que a ella no le crecía. Sabía, o mejor dicho notaba, que Eva estaba cabreada, y era normal. La comprendía, pero no podía hacer nada para ayudarla porque Carlota suficiente tenía con todo lo que sentía.

Hacía dos días que habían decidido, con Rubén, acceder a la ovodonación porque, por lo que le habían dicho, su reserva ovárica era tan escasa que quedarse embarazada solamente podía suceder en caso de milagro. Ovodonación, pensaba… ¡Si ni siquiera sabía qué demonios era tres días antes! Y entonces aparecieron todos los «y sis» habidos y por haber. Dudas, miedos y proyecciones futuras dignas de una peli de terror se amontonaban en la cabeza de Carlota.

Ver a Eva con todo eso dentro se le hacía muy cuesta arriba. Pero tenía que hacerlo o la perdería para siempre. Cuando la vio entrar en el café donde habían quedado, la encontró más guapa que nunca. Era su luz, que había cambiado. Se fijó, poco a poco, en su barriga, y su corazón se le encogió. Eva tenía lo que ella no podía, y le era difícil separar eso del hecho de que era su hermana. Esa hermana a la que tanto quería.

Sentadas las dos, pidieron un té. La tensión era tan desagradable que al final Eva estalló. «*¿Se puede saber qué te pasa? ¿Te he hecho algo? Es el momento más importante de mi vida y estás a años luz. Jamás hubiera esperado esto de ti, Carlota, jamás*».

«*Lo siento* —dijo ella, sintiéndose peor que nunca—. *Me cuesta mucho hablar contigo o verte*». «*Pero ¿por qué? ¡Que soy tu hermana! ¿Qué te he hecho? ¡Dímelo!*».

«*¡Nada! Pero... llevamos casi tres años intentando tener un bebé. Han fallado ya dos inseminaciones artificiales. Casi no tengo reserva ovárica y ahora la única solución es intentar la ovodonación que, hasta hace tres días, no sabía ni que existía eso. Ver mujeres embarazadas me recuerda todo lo que yo no soy*».

Se hizo el silencio y, al final, Eva dijo: «*Pero ¿por qué no me lo habías dicho? No tenía ni idea*». «*Me cuesta hablar de esto, me siento defectuosa. Siento no poder ser la hermana que ahora necesitarías, pero es que no puedo. Lo siento mucho, Eva, lo siento...*» y empezó a llorar, agarrándose la cara con las manos.

«*No, Carlota, lo siento yo... muchísimo. Siento que hayas sufrido tanto*», y le alargó las manos para tocar las suyas. Se agarraron fuerte, llorando las dos.

A pesar de estar de nuevo juntas y con cierta conexión, la culpa las invadió. A Carlota, por no ser capaz de disfrutar del embarazo de su hermana, y a Eva, por estar embarazada y tener lo que Carlota no podía, y también por estar sintiendo todo eso y que su bebé lo notara.

MAYA

Maya se sentó en la terraza donde había quedado ese viernes y se encendió un cigarro. Cuando iba a coger el móvil para ver la hora, alguien le dijo: «*¿Eres Maya? Soy Santi*».

Era un poco rubio, no muy alto y con un cuerpo atlético. Vestido sin mucho gusto, pero con buen porte. Se le veía relajado, así que Maya pensó que esa noche estaría bien.

Él estaba un poco nervioso y pensó que lo mejor sería ir de cara. «*Mira, hace siete meses que me separé de mi ex y esta es la primera vez que tengo una cita a ciegas. No sabía ni cómo funcionaba la app. Te lo digo por si me ves un poco nervioso*».

Maya se sorprendió sintiendo ternura. «*Ah, tranquilo, no pasa nada*». Ese inicio de conversación tan sincero hizo que lo que vino a continuación siguiera la misma tónica. Hablaron relajadamente de un montón de cosas y les pasaron dos horas volando.

Vio que él no sabría cómo seguir después de pagar, así que Maya cogió las riendas: «*Vivo cerca. ¿Quieres venir a mi casa?*». Santi se tensó, pero recordó el consejo de Charlie y dijo: «*Vale, sí... Si quieres, claro*».

Cuando entraron por la puerta, Maya le besó. Santi celebró no haber tenido que tomar él la iniciativa porque no hubiera sabido cómo hacerlo. Pero se situó enseguida porque, que Maya se abalanzara sobre él y con ese deseo le puso a mil, especialmente después de más de siete meses sin sexo.

Llevaban dos horas haciendo el amor, cuando Maya se asustó porque, por primera vez desde que empezó a tener citas, en algunos momentos se olvidaba de Berto y estaba solo con Santi. De repente, se sintió culpable y paró. No llegaron al orgasmo ninguno de los dos.

«*Lo siento*», dijo Maya. «*¿He hecho algo que te haya molestado?*», preguntó Santi atónito. «*No, nada*». «*Pero lo estábamos pasando bien, ¿verdad?*». «*Mmm... No me hagas caso, lo siento. Me gustaría estar sola*». «*Ah... vale... perdona... siento si he hecho algo mal*».

Maya calló y se tumbó de espaldas mientras Santi se vestía a toda prisa. Cuando cerró la puerta, Maya susurró llorando «*Berto, ¿dónde estás?*».

Santi, mientras bajaba las escaleras, se reprochó haber salido de su zona de confort. «*Puto Charlie*», musitó.

DOLO

Mientras volvía a casa después de dar tres clases de yoga en el centro donde trabajaba, Dolo se sintió feliz de estar viviendo la vida que siempre había deseado. A pesar de haber estudiado empresariales casi por imperativo familiar, un buen día decidió escuchar de verdad a su corazón y formarse como profesora de yoga.

El yoga le había cambiado la vida justamente cuando, en una etapa en la que tuvo muchas crisis de ansiedad al final de la carrera, acompañó a su amiga a una clase. En esos momentos se sintió tan bien que ya no pudo dejarlo. De ahí a formarse, empezar a dar clases y ahora poder decir que, efectivamente, era profesora de yoga y vivía de ello.

En su casa lo habían encajado bastante mal porque, para ellos, era poca cosa. No lo reconocerían jamás, pero les daba un poco de vergüenza nombrarlo cuando algún amigo les preguntaba: «*¿Y a qué se dedica ahora Dolores?*». Quizá porque Dolo jamás se sintió suficiente para ellos, cuando tuvo que elegir dónde estudiar empresariales, eligió Barcelona, poniendo así kilómetros por medio. Sentía que, o se alejaba, o se ahogaba.

Ese día, de vuelta a casa después de una buena jornada laboral, sintió que todo encajaba y que llevaba la vida que quería llevar: independiente, sin pareja, dedicándose a lo que la apasionaba y lejos del pueblo. No pedía más.

Tiempo atrás la tuvo, una pareja: Noe. Esa había sido la relación más larga que había tenido y para ella supuso una revolución interna: el permitirse estar con alguien que la amase sin ningún «pero». Sin embargo, al cabo de un tiempo, esa conexión fue diluyéndose y Noe se enamoró de Julia, con quien ahora tenía tres hijos. Dolo se llevaba de maravilla con las dos y siempre le decía a Noe: «*Tenía que estar contigo, porque gracias a ti me encontré*».

FRANCISCA

Hoy es viernes, y a Francisca le toca peluquería. Viene Sole a su casa y le arregla el cabello como a ella le gusta. Antes iba a la pelu, pero cada vez camina más insegura. Un día Sole, que es un sol, le dijo: «*Francisca, ¿y si deja de hacer este esfuerzo y voy yo a su casa a peinarla cada viernes?*». Sole no es la propietaria de la pelu, pero estaba convencida que a su jefa no le iba a importar, al contrario, porque a Francisca la querían todas.

Llega Sole con una camiseta ajustada, vaqueros gastados y unas zapatillas amarillas. Lleva el pelo corto y teñido de un color indescifrable. Es guapa, aunque nunca se ha sentido así. Hoy tiene cara de estar triste: sus ojos la delatan.

Hace mucho tiempo que se conocen, pero siempre hablan de lo mismo: de la pelu, del pelo, de lo que ocurre fuera o del tiempo que hace, pero nunca de ellas, de quiénes son y de qué sienten. Francisca es gata vieja y sabe que es precisamente eso lo que hace que Sole la aprecie tanto, porque nunca la juzga ni la interroga. Para Sole, es justo lo que necesita: que no le quieran resolver la vida, que no le hagan preguntas, que la dejen hacer y ser. La han amado tan poco que ni ella sabe amarse y no quiere que los demás lo noten.

Para Francisca, el viernes es su día preferido de la semana porque es el único en que alguien la toca y la cuida. Cuando Sole le toca el pelo, ella cierra los ojos y se dice para sus adentros: *«Aprovecha este momento, que te llene por dentro y que te sirva para pasar toda la semana».* Mientras, en su regazo descansa su gato persa, al que Francisca no para de acariciar.

«¿Todo bien, Francisca?». «Sí, *todo bien. ¿Y tú?».* «Sí, *también».* Pobre Sole, piensa ella, porque sabe que es mentira porque lo ha podido notar por el tacto, como si las células de esa joven le contaran, entre caricias, todo lo que le ocurre piel adentro. Mientras se lo cuentan, lloran.

MAYA

Desde aquel día con Santi, a Maya se le había abierto una compuerta y había salido un dolor que pensaba que ya no tenía. *«Cariño, tienes que ir a terapia»*, le dijo su padre un día. Pero ya había ido y sentía que no le había servido de mucho. Maya no quería hablar de su dolor, quería volver a sentir a Berto, pero, desde aquel día con Santi, tenía miedo de que no volviera a ocurrir.

Era domingo. Estaba en el sofá releyendo un libro que la había ayudado mucho en su adolescencia. Miró solamente las partes subrayadas y, en una, encontró unas frases que decían: *«En el orgasmo se abrirá la puerta de todo: del placer más absoluto, pero también de las sombras más oscuras. Todo está en ti, y cuando te entregas desde el alma, te abres de par en par y se muestra lo que quizá no veías antes. No tengas miedo. Vivir es eso, así que ábrete y vive».*

¿Cómo era posible que hubiera subrayado eso hacía quince años? Bebió un sorbo de agua para digerir todo aquello y se preguntó: *«¿De qué tengo miedo?»*. La respuesta fue tan clara que cogió el móvil y escribió: *«Siento lo del otro día. Creo que te debo una explicación... Hoy estaré en casa, por si puedes y quieres pasar... O me acerco yo adonde me digas...».*

Lo que le daba miedo a Maya era volver a tener contacto con el hombre que la había hecho olvidar, por unos instantes, a Berto. Pero Santi no respondía. Pasó toda la tarde pensando que debía de estar cabreado, y lo entendía.

A las ocho de la tarde recibió un mensaje que decía: *«Acabo de dejar a mis hijos con su madre. Si quieres, en dos minutos estoy ahí».* Maya respondió: *«Te espero».*

Se saludaron a distancia y se sentaron en el sofá. *«No tienes que darme explicaciones, Maya. No pasa nada. No tienes ninguna obligación de...».* *«Santi, déjame contarte, por favor... me vendrá bien».* Y él calló.

Durante una hora, Maya le explicó todo lo que había sucedido desde la muerte de Berto. Lloró y le contó cosas que no le había contado a nadie. Cuando terminó, se hizo un silencio raro que duró poco porque Santi dijo: «*¿Puedo abrazarte?*». Cuando ella asintió con la cabeza, él le dio el abrazo más largo y profundo que le habían dado jamás. «¿Quién demonios era este Santi? ¿De dónde había salido? ¿Y por qué se sentía tan a gusto con él?», se preguntó. «*Lo siento Maya, siento mucho lo que has vivido y te agradezco que me lo hayas contado*».

La soltó y, mirándola a los ojos, le dijo: «*No te robaré jamás a Berto. Ni yo ni nadie podremos hacer eso nunca. Aunque te enamores de alguien perdidamente y recuperes el aliento, Berto seguirá en ti de alguna forma*». Maya lloró de nuevo y le dijo: «*Gracias. Hoy, por primera vez, me apetece besarte, pero no para encontrar a Berto, sino para encontrarte a ti*».

Santi se acercó y la besó.

Pasaron la noche juntos haciendo el amor, charlando cuando los miedos asomaban y acariciándose la piel medio dormidos. Maya, por primera vez, no se sintió culpable de nada. Santi, por primera vez, se sintió merecedor de algo tan bueno como esa noche.

CELIA

Berta estaba estupenda. Ese día, cuando Celia dejó a sus otras dos hijas en el cole, fue a casa de sus padres. Desde que había conectado su miedo por lo que le pudiera pasar a Berta con la pérdida de su hermano, tenía la necesidad de ver a su madre. Jamás habían hablado del tema, pero ahora Celia sentía que necesitaba saber.

Cuando llegó, su madre se deshizo en elogios para esa bebé tan gordita y sonriente. «*Mamá, llevo días que quiero preguntarte sobre Adam*». A su madre le cambió la cara. «*¿Cuántos años tenía yo cuando murió?*». «*Dos y medio*». Se hizo un silencio un poco tenso… Celia tenía muchas preguntas pero, a la vez, quería respetar la intimidad de su madre y no quería ponerla triste. «*Mamá, quizá no quieres hablar de ello, pero con la bronquiolitis de Berta se me han removido muchas cosas*». «*A mí también... Lloré tanto cuando estuvisteis en el hospital... Sabía tan bien cómo te sentías que me rompía por dentro*».

«*Nunca te he hablado de Adam porque aún duele. Hace mucho ya, pero la muerte de un hijo duele siempre. Lo pasamos muy mal, quince días luchando para conseguir que lo superara y al final no pudo ser. Quince días también separada de ti y luego, cuando volví sin Adam, yo no podía ni cuidarte. Lo pasaste muy mal también tú, y lo siento*». Su madre empezó a llorar y a Celia pareció que se le aliviaba algo dentro. El saber de ella, el comprender, a un nivel profundo, cosas que siempre se habían quedado en el aire.

Celia, emocionada y removida, cogió la mano de su madre y le dijo: «*Mamá, qué mal lo debiste pasar. Lo siento tanto... por ti, por Adam, por papá, por mí... Lo siento*». «*Y yo... mucho. Te quiero, aunque durante un tiempo, no pudiera amarte como necesitabas*». «*Lo sé, mamá, lo sé y no te culpo... Fue lo que nos tocó vivir*». Y así, cogidas de la mano, estuvieron un buen rato sanando algo que jamás había sido nombrado.

NOE

Noe era feliz. Tenía tres hijos, de los cuales dos los había gestado ella y uno su compañera Julia. Todo el mundo, desde el día uno, les decía que hacían tan buena pareja, cosa con la que ellas dos estaban absolutamente de acuerdo. Su amor fue un auténtico flechazo. En realidad, Noe estaba saliendo con Dolo, su ex, pero conoció a Julia y se enamoró locamente.

Luego, con el tiempo, se dio cuenta de que lo de Dolo tampoco hubiera ido a ninguna parte porque nunca hubo equilibrio en esa relación. Dolo necesitaba apoyo y sostén, y Noe se lo dio, pero confundieron apoyo con amor, y por eso no duró lo esperado, porque, cuando apareció el amor en serio, ya no quedó ningún atisbo de duda. Ahora las tres eran amigas y no había reproche alguno, aunque lo de los tres hijos las distanció un poco.

Dolo las apoyó mucho al principio, pero, cuando llegó el primer bebé, cambió todo, y ella, aunque lo intentase, no acababa de comprender por qué sus amigas ya no eran las de antes. Se apartó y ellas dejaron que se apartara. Fue fluido, tanto como el reencuentro, como si al cabo de un tiempo todo el mundo estuviera ya más situado y pudieran, de nuevo, estrechar vínculos.

Hoy, mientras Noe estaba repartiendo a los niños en los distintos coles, llamó a Dolo y le dijo: «*Nena, estoy yendo a tu clase de yoga de las diez, hoy sí llego, pero ¿te vienes antes y tomamos un café? Julia ha tenido guardia esta noche y dormirá hasta las tres de la tarde. Distráeme un poco, anda, que necesito un poco de adultez en mi vida después de pasar las últimas veinticuatro con tres niños*».

Dolo le respondió: «*Yo ya estoy en el bar, y tú ya estás tardando*». Cuando Noe colgó, pensó: «*Adoro mi vida*».

SOLE

Sole es guapa y no le cuesta nada gustar a los chicos, que quieran estar con ella y que le prometan sentimientos y proyectos, pero hay algo, después, que hace que se echen atrás. Cuando ya se han acostado (algunos solo una vez, otros una decena), empiezan a notar algo que hace que se vayan corriendo. Es la necesidad de ella: la notan y se asustan. Necesidad de amarles y de llevarles a casa con la esperanza de que se queden y la amen para siempre, y de que ese amor la sane. Sole no puede estar sola, no sabe.

Cuando conoce a un chico que le gusta, se entrega en cuerpo y alma, y cree que, de esta manera, él se sentirá a gusto y querrá salir con ella. La realidad, sin embargo, es que todos los que han pasado por su casa, después de conocer a Sole en un bar, en la pelu o en la tienda de la esquina, ven la entrega que pone en cada caricia y no les gusta. Algunos se sienten atraídos al principio y repiten, otros no quieren ni su número de teléfono. Se asustan porque, aunque sea vagamente, todos han intuido el vacío que se esconde detrás de la camiseta ajustada y los vaqueros. Y, para vacío, ya tienen el suyo, así que cogen la chaqueta y se largan.

La pelu, el trabajo, le sirve de ancla. Lo domina, se siente segura y, aunque cobra poco por la cantidad de horas que hace, le gusta tener algo que le dé una mínima sensación de seguridad.

BEA

«*¿Has visto el chat del cole?*», le preguntó Bea a su marido por WhatsApp. Él no respondió. Félix era de los que tienen móvil, pero a veces parecía que no tuviera, y eso que capitaneaba una pequeña empresa.

A Bea el corazón le iba a mil. Habían mandado un *mail* del cole diciendo que, por motivos de seguridad sanitaria, a raíz del coronavirus, esa tarde ya no habría clases, que por favor todo el mundo fuera a recoger a los niños y niñas. El chat del colegio echaba humo. Indignación sería la palabra que recogía mejor el sentir de la clase de su hijo Quim.

Ella no estaba indignada, sino incrédula. «*¿Cómo van a parar las clases por eso que pasa en China?*», pensaba. Tenía que ser mentira o algo que, en poco, se darían cuenta de que era una exageración y, el lunes, vuelta al cole.

Esa incredulidad, sin embargo, convivía con una especie de inseguridad que iba creciendo en su interior. Especialmente después de ver en las noticias que la gente empezaba a cargar el carro del súper más de lo habitual. Esa inseguridad poco a poco se fue transformando en angustia y, al final, llamó a Félix:

«*Que cierran el cole por el virus ese, ¿te lo puedes creer?*».

«Ya, aquí en la empresa Vicente (aquel que su mujer trabaja en la Administración) ha dicho que nos hagamos a la idea de que, hasta después de Semana Santa, no hay cole».

«¿Que qué? ¡Están locos! ¿Y qué hacemos hasta entonces?».

«Yo qué sé».

«Oye, que he visto que la peña está yendo al súper a cargar... Me ha entrado un no sé qué... ¿Podrías pasar tú antes de venir a casa y haces una compra gorda? Seguro que no hace falta, pero me agobia no ir».

«¿En serio?».

«Porfa...».

«Bueno... Si tienes que estar más tranquila, yo voy».

«Gracias, cariño... te quiero».

«Lo sé. Molo».

«Tonto. Oye, te dejo, que tengo que ir a recoger a Quim, que han dicho que si podemos recogerles antes de comer, mejor. A ver cómo se lo ha tomado».

«Vale, llámame cuando estés con él».

«Sí, pero tú responde, que ya nos conocemos».

«¡Pero si te he respondido a la primera!».

«Bueno, bueno, pura casualidad».

Se rieron y colgaron.

Después de hablar, a los dos les pareció que ese atisbo de angustia que empezaba a asomar con tanto alboroto se había adormecido un poco.

ROCÍO

Rocío ha decidido no contar los días de confinamiento. Si piensa en lo que queda, se le hace un nudo en la boca del estómago y no puede pensar ni comer ni nada de nada. Han dicho que serían quince días, pero ella presiente que, de eso, nada. Jose, su marido, le dice que esté tranquila, pero en realidad él está incluso más cagado. Pero por lo menos puede distraerse. Es funcionario y sigue trabajando, tiene «vida», piensa Rocío.

Ella no. Ella se ahoga en este piso de sesenta y cinco metros cuadrados en el centro de la ciudad. Sus hijos (dos niños de tres y cinco años), la reclaman continuamente y se pelean para que ella baje de su mundo. Así le llaman la atención, peleándose, porque Rocío, con su agobio, está muy, muy lejos. Sin querer, se evade, porque, si está presente, el ahogo vuelve.

Echa de menos a su madre, que murió hace años, porque ahora se siente tan pequeña que anhela estar en su regazo. Tanto es así que incluso echa de menos a sus suegros, y jamás hubiera pensado que sentiría eso. Hace días que no ven a nadie y ella, que es de calle y vida social, se siente morir.

Después de algunos gritos y algunos llantos, finalmente los niños duermen. Ella, se tumba en el sofá, entra en Instagram y lee en un *post* que es una oportunidad para crecer y aumentar consciencia. A medida que va leyendo, le pasan dos cosas: la primera es que le entran ganas de mandar a la mierda a quien escribe. La segunda es que se siente peor porque ella no es capaz de ver nada positivo en esta gran crisis del coronavirus, una pandemia que ha puesto el mundo al revés.

Cierra Instagram y decide irse a la cama a terminar cuanto antes este día *mierder*. Cuando acaba el pis y hace ese gesto automático de coger papel, toca cartón. *«Y encima, no compré papel de váter».*

Sale al balcón a tomar el aire porque se siente superagobiada. Mira a lo lejos y respira. Las luces de la ciudad parecen decir que todo está como siempre, pero un silencio inaudito delata que no. De repente, escucha a una mujer llorar en el balcón de al lado y, aunque no la conoce de nada, ver que hay alguien que está como ella la hace sentir menos sola.

CELIA

Cuando Celia se despertó, le pareció que era un día «normal» y tuvo el impulso de hacer lo de siempre. Pero, de repente, el recuerdo: el confinamiento, el no cole, el no trabajo… Sintió, por un momento, un atisbo de miedo, pero se dijo a sí misma: «*Celia, cariño, tienes tres hijas, no te lo puedes permitir*», y se giró, en la cama, para ver dormir a Ramon.

A Celia, la conversación con su madre le había sentado muy bien. Se le había ido el miedo a que Berta le pasara algo y estaba más segura y tranquila, cosa que había revertido en el bienestar de sus tres hijas. Mientras Celia pensaba que, a pesar del confinamiento, era feliz, miraba a su marido roncando a su lado y le entraron ganas de reír.

Ramon era pintor y se le habían anulado todas las casas de ese mes y del siguiente. Él, cuando se preocupaba, se encerraba en sí mismo. Casi no hablaba, no reía, no nada. Iba por casa con cara de palo, como alma en pena.

Celia, cuando vio que él abría los ojos, le dijo:

—Buenos días, amor. ¡Menudos ronquidos te has marcado!

—Qué va. Yo no ronco —dijo Ramon con cara de estar mintiendo a conciencia.

—Anda que no. Por cierto, te anuncio que esta noche (ahora no, porque están a punto de venir a nuestra cama), haremos el amor.

—Guau, menudos buenos días… ¿No dices siempre que así no te gusta? ¿Tan planificado?

Mira, Ramon, llevas días que pareces un zombi. No ríes, casi no comes y no hablas. Tienes tres hijas que te ven todo el rato agobiado. Y mira, hay emergencias nacionales y emergencias domésticas, y esta es una de ellas. Así que sí, esta noche TOCA.

—Lo siento…

—Lo sé, y no te culpo. Te entiendo. Pero tocarnos, estar juntos nos va a venir bien a los dos. Necesitamos amor, Ramon, más que nunca, y sexo. ¡Y alinear nuestros chacras, que los tenemos en la Conchinchina!

—Celia, no me hables de la China que me vuelvo a ofuscar...

Y estallaron los dos en carcajadas. La primera carcajada desde que empezó todo eso. Tan sonora y real que despertaron a las tres niñas, que fueron corriendo a su cama preguntando: «*¿De qué os reís?*».

ÁFRICA

A África le costaba respirar desde hacía unos días, pero no porque tuviera COVID-19, sino porque le costaba sostener esta situación. Llevaban ya encerrados varios días y la incertidumbre la mataba. Era cantante, y todos sus conciertos se habían cancelado.

A pesar de eso, en su casa todo estaba bien. No tenía ningún familiar enfermo, sus dos hijos, Lia y Leo, estaban más contentos que nunca de tenerla veinticuatro horas al día y, además, tenían un pequeño balcón en el que tomar el aire cuando se agobiaban. Pero ella sufría, y no poco.

Su marido Pau, desde la Navidad pasada, llevaba mucho mejor el duelo de su padre y se le veía más animado y feliz. Él le decía: «*Cariño, estamos bien, tranquila, esto pasará*», pero África no podía conectar con eso. Ella era de hacer muchas cosas, de no parar. Su trabajo le encantaba y le había costado mucho llegar adonde había llegado. Tenía un nombre, y los proyectos y conciertos que la aguardaban le hacían mucha ilusión. Sentía que le habían quitado algo esencial para ella. Sin ese trabajo ni las relaciones sociales que de él se derivaban, sentía que no hacía «nada» y lo peor, que no era «nadie».

El confinamiento la obligaba, quisiera o no, a estar con su familia, especialmente con ella misma. Desde que paró, parecía que tuviera pinchos en el culo, porque ni sentarse podía. Tenía como un runrún dentro que no cesaba.

La noche del octavo día de confinamiento, Pau, su compañero, dijo en voz alta: «*Ay, qué gusto estar conmigo de esta manera, sin prisas y con tiempo*». Le salió del alma, porque él se gustaba y se disfrutaba. Ella no.

Las palabras de Pau le hicieron como un clic, y ella tuvo que salir al balcón a respirar. Intentó hacerlo despacio, pero no podía, y ese nudo que llevaba todo el día aguardando en su pecho se deshizo cuando rompió a llorar. Lloró contenida, porque tenía miedo de que, si se soltaba, no podría parar.

De repente, del balcón contiguo, en el que no podía ver a nadie porque había un muro de separación, oyó una voz que le dijo: «*Llora, no estás sola. A mí también me está costando y también he salido a llorar*».

Nunca había hablado con esa vecina, pero en ese momento se prometió que, cuando todo eso terminara, llamaría a su puerta y le daría las gracias.

LUNA

Luna empezaba turno a las ocho de la mañana en el hospital donde llevaba trabajando quince años. Había dormido poco y mal. Hacía días que le costaba dormir sabiendo que tenía que ir a trabajar y luego volver a casa con su familia. No quería contagiar a nadie. Tenía más miedo por los suyos que por ella.

Pero, a la vez, quería ir. Sentía que no podía hacer otra cosa porque, que ella fuera o no, esta vez sí que marcaba la diferencia. Era necesaria y sentía una enorme responsabilidad en sus hombros que, a ratos, también le costaba sostener.

El ambiente en el hospital era de una densidad tal que parecía que el aire era plomo. A menudo veía llorar a sus compañeros. Costaba mantener la calma cuando todo era caos. Caos por colapso, por desbordamiento, por falta de recursos, por cansancio y por miedo. Pero ahí estaban todos, dando el callo, contra viento y marea.

Luna salió de casa después de darle un beso a su hija Elsa de catorce años y a su hijo Unai de siete, que aún dormían. Con su marido, se dieron un largo abrazo y, al oído, él le dijo: *«Estoy orgulloso de ti y te quiero»*.

Salió, un día más, con un nudo en la garganta y con unas ganas de llorar tremendas. En el ascensor, se repetía mentalmente: *«El miedo no sirve de nada. Te hiciste médico para salvar vidas y ahora toca hacerlo más que nunca. Tú puedes, Luna, tú puedes»*.

En la escalera del hospital se encontró a Julia, una amiga médico a la que quería un montón y que también empezaba turno. Le dijo: *«Luna, no puedo. No puedo. En casa, con Noe, disimulo por ella y por los niños, pero cuando entro por la puerta del hospital, se me cae el mundo encima»*. *«Julia, mírame. Mírame a los ojos. Puedes, porque eres buena y porque eres fuerte. Puedes, porque te necesitamos. Y puedes porque esto no va a durar para siempre y, cuando termine, tendrás que venir a celebrarlo conmigo porque yo no pienso celebrarlo sola. ¿Vale?»*.

«Pero ¿tú no tienes miedo?». *«Cuando entro por la puerta ya no, porque aquí el miedo es un obstáculo, y ya tenemos suficientes. Nos necesitan, Julia. Ahora toca trabajar incansables y, cuando terminemos, escucharemos juntas el audio que nos mandará mi marido con los aplausos de mi barrio»*.

«¿Te he dicho alguna vez que te admiro, Luna?». *«Yo también a ti. Y ahora, cariño, de tripas, corazón»*.

CLARA

Clara tuvo que hacer un gran trabajo personal para poder lidiar con la pena enorme que le producía dejar a su bebé de cinco meses en casa y volver a trabajar. Sin saberlo, se le removió todo: la culpa, la tristeza, su propia infancia, antiguas separaciones de seres queridos… Durante semanas vivió a flor de piel, llorando a la mínima y sintiendo angustia cada vez que pensaba en el día que tenía que cruzar la puerta, e ir a trabajar.

Pero la vida a veces parece un chiste y, después de lo vivido, Clara vio cómo el día que entró en el trabajo con el corazón en un puño, la llamaron al despacho para comunicarle que entraba en un expediente de regulación temporal. La mandaban a casa. No había trabajo, le dijeron, con la que estaba cayendo, y ni siquiera sabían cuándo volvería a haberlo.

Clara no daba crédito. Ya sabía que la situación era complicada para todas las empresas, pero estaba tan dentro de su mundo y su circunstancia con la separación de su bebé, que ni siquiera le pasó por la cabeza terminar de nuevo en casa y sin curro.

Porque entonces lo vio claro: se iba a quedar sin empleo. Su empresa jamás había ido bien y, a pesar de que a ella le encantaba su trabajo, intuía que esa compañía era un pozo sin fondo en deudas.

Al salir del despacho, fue al baño y respiró. Por un lado se sintió aliviada. Volvía a casa con su retoño. Pero por el otro, sintió esa vulnerabilidad de cuando no sabes qué es lo que va a ocurrir, ni si estás a salvo. Se miró al espejo, respiró hondo y se dijo, sin mucha convicción: «*Todo irá bien*».

ELSA

Elsa tiene catorce años largos y lleva más de una semana encerrada en casa con sus padres. Digamos que es lo peor que le puede pasar a una adolescente, y más si es tan extremadamente sociable como ella. Hace unos días que su mal humor habitual se ha multiplicado por dos. Solo se la escucha reír cuando está hablando por videollamada con su amiga del alma.

En realidad, su mala leche no es tanto por no poder salir (que también), sino porque hace un mes empezó a gustarle un chico de su instituto. Ir al *insti* era lo mejor del día, y la hora del patio (cuando normalmente solían hablar, ni que fuera un momento), era oro para ella. Ahora todo ha quedado en *stand by* y siente (como sienten intensa y exageradamente los adolescentes) que se le va la vida en este encierro.

Su padre, Manuel, empieza a estar harto de su forma de hablar y hoy, cuando Elsa ha respondido mal a un simple comentario que le ha hecho, él le ha levantado la voz: *«¡Basta ya, Elsa! Está siendo realmente difícil vivir contigo, y mírame: no eres el centro del universo. ¡A los demás también nos jode esto!».*

Elsa no soporta cuando su padre se pone serio porque se vuelve a sentir como se sentía de pequeña, cuando él se cabreaba. Ella no ha dicho nada y se ha ido directa a su habitación, con los ojos llenos de lágrimas, y se ha encerrado con un sonoro portazo.

Ha llorado en su cama de rabia, soledad y frustración absoluta hasta que, cuando se ha calmado, ha escuchado a Luna, su madre, entrar en casa después de sus veinticuatro horas de guardia en el hospital. Desde que empezó la pandemia, cuando llega se va directa al baño, se ducha y se cambia entera. Al cabo de un rato, entra en su habituación.

«¿Duermes?».

«No».

«Hola, cariño… ¿Qué te pasa? Tu padre me ha dicho que os habéis peleado. Te vemos mal desde hace unos días y no sabemos cómo ayudarte. Ya sé que estar encerrada en casa no es lo más genial para una adolescente como tú, pero…». «Que no es eso, mamá».

«Entonces ¿qué?». «Que quiero mi vida y a mis amigos. Y a Iñaki».

«Ah, vale, ya lo entiendo, no sé quién es ese Iñaki, pero supongo que te gusta. Debe ser un rollo no poder estar con él». «Mamá, ¿y si cuando acaba esta mierda ya no le gusto?».

«Elsa, si no le gustas, seguirás siendo maravillosa, porque no gustar a alguien no te invalidará jamás. No lo olvides nunca. Y el futuro no existe: AHORA le gustas». «Te quiero. Perdona lo de estos días». «Perdonada».

JUAN

«¿Dónde habéis estado hoy?», preguntó Juan en el chat familiar. Su hermana respondió: *«Hoy nos sentíamos caseros y nos ha apetecido quedarnos en casa. Tomar el aire está sobrevalorado».* *«Pues yo he estado en Sitges. Paellita en la playa, un gusto, oye»*, dijo su madre. *«¿Y tú, Juan?».* *«Pues yo he subido a Andorra a comprar azúcar, como cuando nos llevabais con papá».*

Así se daban las buenas noches cada día en la familia de Juan desde que empezó el confinamiento. Diciendo mentiras. Empezaba siempre él con un *«¿Dónde habéis pasado el día hoy?»* y cada día había risas. Imaginaban. Conectaban y, con humor, relajaban la tensión que habitaba en todos.

Llevaban quince días de cuarentena y tres semanas sin verse. En la última comida familiar, se despidieron como si se tuvieran que volver a ver en dos días, y ahora a todos les daba rabia haberlo hecho así, sin ser conscientes de la suerte que acababan de tener de comer juntos, verse y abrazarse.

Juan lo pasaba mal. Él necesitaba el contacto, pero sobre todo necesitaba a su madre y a su hermana cerca. Durante el día lo llevaba bien, pero si hacían videollamada, al colgar le entraba una congoja que no podía con ella. Especialmente si pensaba que su madre estaba sola y que, si enfermaba, seguiría así. Era pena, añoranza y vulnerabilidad.

A veces decía en voz alta: *«Juro por Dios valorar cada minuto al lado de los míos. Juro por Dios no volverme a mosquear con mi cuñado, ni por ninguna chorrada».* Lo decía en voz alta por si acaso Dios lo escuchaba y le acortaba esta tortura que para Juan era el confinamiento.

Ese día se había despertado a las ocho de la mañana, aún con la añoranza en el pecho desde la noche anterior. Cogió el móvil y le mandó un mensaje a su madre: *«Mamá, siento no habértelo dicho más en persona y te juro que no volverá a ocurrir. Te quiero infinito y eres sin duda la persona más importante de mi vida. No se te ocurra enfer-mar. Todavía te necesitamos».*

Al cabo de unos minutos recibió un *«Ni a ti. Como te haga algo este bicho del coronavirus, me lo cargo. Yo te quiero más».*

«Así me gusta —pensó Juan—, *siempre guerrera».*

RAMON

Las tres hijas de Ramon llevaron bien el confinamiento los primeros días, pero luego los conflictos y las tensiones entre ellas empezaron a ser el plato de cada día. Él, pintor, se había quedado sin casas por pintar. Todas las citas canceladas. La pandemia lo había jorobado todo y él lo vivía con un agobio tremendo.

Celia, su mujer, intentaba que estuviera a gusto y disfrutara de más tiempo con sus hijas y de algo que nunca tenía: descanso. Pero él era incapaz. No podía. Proyectaba continuamente en el futuro: que cuándo iba a terminar eso, que si en verano o no podría pintar las casas que tenía en cartera o no, que si cuánto dinero iba a perder, que si...

Celia tenía que teletrabajar en casa, así que, por las mañanas, él se ocupaba de las tres niñas, y era un auténtico caos. La mayor tenía que conectarse para seguir una hora con su clase *online*, pero no era tan mayor como para ser autónoma y tenía que estar todo el rato pendiente.

Las dos peques, una de dos años y medio y otra de meses, mien-tras, no le dejaban ni respirar: lloraban o hacían y tocaban cosas que no podían hacer ni tocar, especialmente la mediana. Ramon andaba como pollo sin cabeza y Celia, desde la habitación convertida en des-pacho, lo escuchaba todo y rezaba para que ese caos no lo oyeran las personas con las que ella charlaba por videoconferencia.

Un día, por la noche, él le confesó: *«¿Cómo demonios has criado casi tú sola a estas tres pequeñas monstruas? Yo estoy al borde del suicidio, ando como loco toda la mañana y confieso que lo hago fatal. ¿Te puedes creer que hoy he dicho dos frases odiosas que decía mi padre? La primera: "Si tu hermana se tira de un puente, ¿tú también lo harás?"».*

«¿En serio has dicho eso?», dijo Celia riendo. *«Espera, la segunda ha sido mejor. He soltado un: "O paráis de pelearos o se lo diré a los Reyes Magos"». «¿Perdonaaaaa?* —dijo Celia—. *¡Pero si eso tú no lo habías dicho nunca, ¡y estamos en marzo!». «Para que te hagas una idea de lo que el confinamiento me está haciendo, cariño. Quiero la eutanasia»,* y los dos se rieron a carcajadas.

«Ramon…, esto pasará», le dijo ella, a lo que él respondió: *«Pero que sea pronto».*

ELIA

El confinamiento había dinamitado por los aires la rutina que Santi y Elia tenían con los niños y su custodia compartida. Para evitar que los niños se desplazaran de casa en casa tan a menudo como antes, habían decidido que pasarían toda la semana en casa de Elia y solo irían a casa de Santi los sábados y domingos. Como él no podía aguantar tantos días sin verlos, les visitaba en casa de Elia y así ella también tenía un respiro.

Todo era excepcional y muy raro. Los niños estaban contentos, les tenían a los dos juntos como antes de separarse, pero también notaban que nada era igual.

Santi y Elia tenían momentos de muy buen rollo que les hacían dudar un poco de todo, hasta que salía cualquier tontería de antes y recordaban por qué habían decidido dejarlo. Pero ese ir y venir emocional les estaba dejando hechos polvo.

«No te vayas, papá, acuéstanos tú», dijo Claudia, y Santi aceptó con gusto. Cuando ella y Max ya dormían, volvió al salón con Elia y ella le dijo: *«Tu teléfono no ha parado de recibir mensajes. ¿Te estás viendo con alguien?»,* le preguntó, y se notó, en el ambiente, esa densidad de

cuando se van a decir cosas que quizá dolerán. «*No estoy saliendo con nadie… pero he conocido a una chica*».

Elia sabía que llegaría este momento, pero no creía que tan pronto. «*Qué rápido*». «*Elia, no hagas esto… lo dejamos porque quisimos los dos. No estábamos bien juntos, ¿recuerdas? Y no estoy con nadie, pero tampoco te quiero mentir: he conocido a una chica y cuando nos vemos, que es muy poco y más ahora, estoy a gusto*».

«*Perdona* —dijo Elia—. *Es que… es raro*». «*Ya… supongo que si fuera al revés, también hubiera sentido lo mismo. Es normal*».

Elia se puso muy seria y le dijo: «*Sal con quien quieras, pero prométeme algo: que jamás meterás en tu casa a alguien que no trate bien y no ame a los niños*». «*Jamás haría eso. Te lo prometo*».

Santi se acercó, le dio un beso en la mejilla y le dijo: «*Este confinamiento es una mierda, pero cuando termine, prométeme que celebraremos haberlo hecho tan bien tú y yo, ¿vale?*». «*Prometido*». Cogió su chaqueta y se fue a su casa. Elia se quedó en el sofá sintiendo una mezcla de nostalgia, celos y gratitud muy difíciles de describir.

CAMILA

Camila siempre ha sido una mujer fuerte. La vida la ha obligado a serlo, no le ha quedado otra. Ahora tiene ochenta años y está en una residencia de ancianos. Cuando su hija se lo propuso, ella dijo que sí: no quería ser una carga, ni que Marisa (que ya tenía bastante con su vida de madre soltera con un niño de tres años), tuviera que limpiarle alguna vez el culo.

Cuando entró en la residencia, se dijo que tenía que integrarse sí o sí, de manera que no se perdía ni una actividad: bingo, manualidades… todo. Ahora, sin embargo, desde que ha empezado lo del coronavirus, ya no hay actividades. Están confinados y no pueden recibir visitas, que es lo más triste.

Camila sabe que, si pilla el virus, no saldrá de esta; ya se ha hecho a la idea. Y lo tiene presente porque, en su residencia, han muerto dos abuelos. No les han dicho de qué, pero sabe que ha sido de eso.

La muerte no la asusta. Lo único que le quita el sueño es saber que su hija sufriría. Eso y no ver crecer a su nieto. Le encantan los vídeos que su hija le manda cada vez que pasa algo especial. Pero, como la vida y la muerte no están en sus manos, respira e intenta distraerse con algo.

Hay una enfermera que siempre es la alegría de la huerta, pero esos días se le ha ido la chispa. Camila se ha dado cuenta y verla así, más apagada, le encoge el corazón. Cuando la ha visto, le ha preguntado: «*Raquel, ¿estás bien?*». «*¿Yo? Sí, claro, ¿y usted, Camila?*». «*No me mientas, que ya soy mayor*».

«*Sufro por vosotros, Camila. Quiero protegeros, pero no sé si podré*». «*Ay, Raquel, eso no está en tus manos, creo. Haces todo lo que lo está, así que respira, y, por favor, sigue alegre, porque, si se te va la alegría, a los demás se nos va la poca que nos queda».* Raquel intenta estar alegre en la residencia, pero desde el «no» a un nuevo hijo de Julio, está enfadada, defraudada y triste. Por lo visto, disimula muy mal.

«*Lo siento, Camila». «Lo sé». «Y usted, ¿cómo está?». «Bien, pero echo de menos a mi nieto». «Llámele». «Es que desde hace unas semanas empiezo a no ver bien los números del teléfono que me dejó mi hija». «Démelo a mí, que yo se lo marco».*

Y así, Camila, este viernes de cuarentena, ha pasado diez minutos hablando con su nieto Martín, y Raquel se ha dado cuenta de que su alegría, esa que siempre esparce por doquier, forma parte de las medicinas que tiene que repartir. Aunque le cueste.

CARLOTA

El confinamiento había parado todo el proceso de ovodonación de Carlota y Rubén. Como todavía no habían empezado el tratamiento, les dijeron que, hasta que no pasara «todo», tendrían que esperar. Esperar más de lo que habían esperado le cayó a Carlota como un jarrón de agua fría.

Pero a medida que iban pasando los días, estar los dos en casa teletrabajando les parecía dulce: cocinaban juntos, hacían el amor ya sin esa presión de si toca o no toca, veían películas y se picaban al Monopoly con partidas eternas que duraban días. De alguna forma, el parón le devolvió la luz a Carlota. Ya no veía a embarazadas por la calle ni quedaba para cenar con amigas que le anunciaban que tendrían un bebé.

A su hermana Eva, en cambio, el confinamiento le trajo mucho miedo: «*¿A qué mundo estamos trayendo a Bianca, Piero?*», y él no respondía nada porque tenía el mismo miedo que ella. Con el encierro, su sensación de vulnerabilidad había aumentado y tenía miedo de contagiarse y de que le pasara algo a su bebé. Ahora, que tenía más ganas que nunca de estar con su madre, con su hermana y con su mejor amiga, no podía ver a ninguna de ellas. Echaba de menos esa pequeña tribu femenina que tenía y, a ratos, solo le apetecía llorar.

«Son las hormonas», le decía su madre, que no quería demostrarle que a ella también se le estaba haciendo tremendamente difícil no estar a su lado ni ver, día a día, cómo evolucionaba el embarazo. Quitaba importancia a la tristeza de su hija porque así, de alguna forma, a ella también le dolía menos. Como si, mirando hacia otro lado, todo fuera más llevadero.

En poco tiempo, habían cambiado las tornas. La hermana que estaba feliz, ya no lo estaba tanto, y la que se sentía fatal con la realidad que le tocaba vivir, sentía que esa misma realidad le daba un respiro para coger fuerzas y prepararse para otro *round*.

Pero ahora, a diferencia de unos meses antes, cada día, en un momento u otro había algún mensaje de Carlota a Eva o viceversa, con un *«Te quiero, hermana. Estamos juntas en esto».*

RAQUEL

Ya habían pasado casi dos meses desde que Julio le había dicho que no quería tener otro hijo, y Raquel no conseguía sacarse esa decepción de encima. Agradecía enormemente tener que ir a trabajar a la residencia, porque, de esa forma, no tenía que pasar tantas horas con Julio, ahora que se notaba la tensión en el ambiente.

Él intentaba hacerla reír y volver a conectar con ella, pero Raquel estaba triste hiciera lo que él hiciera. Un día, él se cabreó y le dijo: *«Ah, entonces ¿lo nuestro será así siempre porque no quiero lo mismo que tú?».* Eso a ella le sentó como un tiro.

Hacía días que, más que sentir pena por no poder volver a vivir un embarazo, un parto, una nueva crianza… sentía pena por su hijo, como si dejarle sin hermanos le hiciera «menos» que los que sí los tenían.

En la residencia lo veía: los que tenían más de un hijo recibían más visitas, más vida. Los que tenían uno, estaban más solos que la una. Un día Raquel le comentó esto a Julio y él se escandalizó diciéndole que cómo osaba pensar en esos términos. Que no se debía tener un hijo pensando en esas cosas. Ella le dijo: «*No me entiendes*», y él respondió: «*Demasiado que te entiendo*», y se fue.

Cuando Raquel recordaba esas conversaciones, se deprimía aún más. Y eso que ella acostumbraba a ser la alegría de la huerta. Pero ¿cómo estar alegre cuando no te sientes así? La relación con Julio había empeorado, en el trabajo era un no parar, tenía miedo a contagiarse y le preocupaba la falta de medios, pero, sobre todo, estaba ese pesar que la seguía continuamente de no haber conseguido eso que ella tenía marcado en su lista de «cosas que quiero en mi vida» y a lo que jamás podría poner el *check*.

ANA

Ana salió de su habitación a las diez de la noche. Acababa de acostar a Rita, de dos años y medio, después del cuento, de rascarle la espalda y de un montón de estrategias más. Miguel estaba en el sofá, mirando el móvil. Ella se sentó y lo vio tan absorto que también cogió el suyo. Tenía muchos mensajes y dos videollamadas perdidas: una de su padre y otra de su amiga del alma.

Su compañero tenía que hacer su jornada teletrabajando como podía (porque su empresa estaba muy mal preparada para eso y todo iba tremendamente lento). Se pasaba el día delante del ordenador, soltando tacos cada vez que se colgaba la intranet. Ella era quien más se ocupaba de la peque, pero también tenía que teletrabajar, así que le había puesto una peli. Por la tarde, vieron una chica que hacía manualidades en directo por Instagram, una clase de zumba que bailaron a lo loco y vieron un cuentacuentos en Facebook.

La maestra les mandó un vídeo para cuando acabasen de hacer las actividades con ella y les había recomendado una aplicación con juegos para niños de la edad de Rita. Vio ese vídeo seis veces, en bucle, y, cuando Ana le dijo que ya basta, tuvieron el pollo del siglo. Quería más.

Cuando esa noche Ana terminó de contestar todos los mensajes, Miguel seguía en su móvil, viendo *memes* y comentando la jugada en el chat de su cuadrilla. Era el único rato que tenían para ellos solos en todo el día. Siempre estaba la peque. Menos ahora.

Entonces ella le dijo: *«Estoy hecha polvo». «Yo también. ¿Quieres ver un capítulo?». «Vale».*

ROCÍO

Rocío llevaba un mes confinada con sus dos hijos de tres y cinco años y su marido, que, a pesar de que era funcionario y tenía que seguir trabajando, cuando tenía fiesta, claro, obligatoriamente tenían que estar los cuatro juntos. Ella jamás había estado tanto tiempo en casa ni había pasado tantas horas con su marido desde hacía siglos. Eran de esas familias que siempre estaban con gente, parientes o amigos, pero casi nunca pasaban un fin de semana los cuatro solos.

Al principio Rocío pensaba que no lo iba a soportar. Salir a comprar le daba la vida, pero, a medida que iban pasando los días, se iba compenetrando un poco más con la casa y con sus hijos. Con Jose, sin embargo, no.

Al quinto día empezó a darse cuenta de que hablaban muy poco. Cada uno estaba en su mundo y parecían compañeros de piso de esos que no son amigos. Al décimo día, Rocío no podía con la tristeza. Hubiera preferido no darse cuenta, pero del confinamiento, no escapas, y sea lo que sea lo que quieras esconder bajo la alfombra (en su caso, una relación de pareja acabada y algún que otro vacío más), se planta delante de las narices y de ahí no se mueve. Antes se podía evitar, ahora no.

Lloró, lloró mucho en el baño y también de madrugada, apretando fuerte la cara en la almohada para no despertar a Jose, que parecía no enterarse (nunca) de nada.

Rocío se fue apagando. Sentir que estaba viviendo sus últimos días como familia de cuatro la partía en dos. Estaba viviendo ya un duelo sin haberle dicho a nadie aún qué era lo que había muerto.

El día veintinueve de confinamiento, él le preguntó: «*¿Te pasa algo?*». A ella le reventó que no se hubiera dado cuenta hasta un mes después, pero le confirmaba lo que sentía: que estaban a años luz.

Le miró a los ojos y respiró hondo, intentando no llorar: «*Jose, cuando termine esto, tenemos que separarnos*».

JUAN

Juan vive solo desde que se separó de Anabel. Resumiendo, él quería tener hijos y ella, no. No era solo eso, pero eso fue lo que contaron a todo el mundo. Desde que empezó el confinamiento, sale cada día a las ocho de la tarde a aplaudir al personal sanitario. Al tercer día vio, justo en el balcón de enfrente, a una mujer morena que también aplaudía sola.

Se empezó a fijar en ella. Siempre parecía estar alegre aunque, alguna vez, se secaba las lágrimas y tenía que parar de aplaudir. Juan le sonreía y, si se cruzaban las miradas, él bajaba la cabeza en señal de saludo. Cada día a las ocho se buscaban y pasaban esos minutos coqueteando y comunicándose con miradas, sonrisas y algún gesto, a algunos metros de distancia.

Al decimoctavo día, ella salió con una hoja de papel. Él tuvo que entrar a buscar las gafas para ver lo que ponía. «*Dolo*». Juan sintió que su corazón iba a estallar. Ya sabía su nombre, así que él corrió a escribir el suyo en un papel. Cuando ella lo leyó, movió los labios: «*Encantada, Juan*».

Los dos minutos de aplausos sabían a tan poco que fueron viéndose en otros momentos. La excusa de tomar el sol, el vermut, una videollamada, teletrabajo... todo en el balcón, siempre buscándose. Juan se dio cuenta de que se empezaba a fijar en qué ponerse y que ya no pasaba todo el día en pijama.

Un día, él apuntó su número de teléfono en otra hoja de papel. No tenía ni idea de si ella le iba a mandar algún mensaje, pero en pleno confinamiento, oye, de perdidos al río. Juan vio que ella sacaba una instantánea de su hoja de papel. Él sonrió y... esperó.

Cuando ya creía que no recibiría nada, le sonó el móvil: *«Eres lo mejor de este confinamiento. Espero ser tu primera cita cuando esto acabe. Dolo».* Juan notó que se excitaba y solo pudo responder: *«No deseo otra cosa».*

QUIM

Quim tenía cinco años y medio y era muy movido. Cuando sus padres se lo contaban a la gente, nadie les creía. Les miraban con condescendencia pensando *«Bueno, todos los niños son movidos»*, hasta que lo conocían.

Cuando Bea escuchó «confinamiento», se sintió morir. ¿Cómo demonios aguantaría a Quim en casa esos días? ¿Qué harían con él? Félix era empresario y ella comercial de una farmacéutica que en ese momento estaba teletrabajando.

Las siguientes semanas, Bea se convirtió en maestra de psicomotricidad y animadora infantil. Acababa agotada de trabajar como podía y de meterle energía para que Quim sacara la suya. Pero, poco a poco, él se fue apagando. Pasó de indignarse por no poder salir a la calle, a dejar de hablar de ella. Las actividades deportivas que preparaban sus padres cada día costaba más hacerlas. Se reía menos y lloraba más.

Bea sentía que la apatía se lo llevaba y sabía que era por lo que le faltaba. Un piso con un minibalcón no era suficiente para el cuerpo y el alma de Quim. Ella pensaba siempre: *«Lo bien que estaríamos en el pueblo de mis padres, y tener que estar aquí».*

Un día, cuando lo estaba acostando, él empezó a llorar a mares. Nada le calmaba. *«No sé qué me pasa, mamá»*, le decía con dolor, y Bea se partía en dos. Así estuvo veinte minutos. De repente, ella le puso un jersey y le dijo: *«Respira y no hagas ruido»*. Le cogió de la mano y tiró de él. Salieron del piso y bajaron silenciosamente hasta el garaje. *«Coge tu bici»*.

A Quim se le iluminó la cara. Estuvo diez minutos pedaleando sin parar sonriendo y gozando. *«Ahora tenemos que subir. Y recuerda, no toques nada»*. *«Un momento. Abre la puerta, mamá»*. Ella abrió la puerta que daba al jardín de la comunidad y él lentamente fue hasta la hierba y se tumbó en ella, acariciándola. Bea se emocionó.

De repente vio, en el balcón al lado del suyo, al vecino, que les miraba. *«Quim, venga, nos vamos, ¡rápido!»*.

Cuando entraron en el piso, encontró un papel bajo la puerta que decía: *«Me ha emocionado verle en la hierba y no te juzgo. Siento haberte asustado. Tu vecino»*.

LEO

Leo tenía diez meses y mucha prisa por crecer. Gateaba desde los seis e iba que se las pelaba por todo el piso. Desde hacía unos días, gateaba hasta la puerta y la golpeaba con las manos pidiendo salir. *«No podemos»*, le decían Pau o África, sus padres, con ese pesar en el corazón de ver que tu hijo necesita algo que no le puedes dar.

Pau se inventaba toboganes en el comedor y cabañas en la habitación para que Leo y su hija Lia no se aburrieran tanto, pero los niños (y más si tienen diez meses) se cansan rápido de todo y el tobogán o la cabaña no servían para distraer de tanto confinamiento.

África lo llevaba peor. Ese encierro la estaba hundiendo y se ahogaba allí dentro. De vez en cuando cantaba en algún directo por las redes sociales, pero nada le compensaba la cantidad de conciertos que le habían anulado. No tenía ganas de jugar a las cabañas ni de inventar historias, y sentía que no tenía energía para tirar del carro. Leo, que lo notaba porque los bebés lo notan todo, pedía teta continuamente. Mamaba de una y de otra, y, al cabo de nada, volvía a pedir. Si África le decía que no, él montaba en cólera y ella, con tal de no tener que aguantar nada más, se sacaba un pecho y le hacía callar a base de leche.

Esa demanda se le hacía muy pesada y a veces le hablaba mal. *«África, que tiene diez meses, no le hables así»*, le decía Pau, y ella se sentía aún peor. Pero es que no podía más. Dar el pecho cuando te ahogas es como si te agarraran de los pies en el mar y tiraran fuerte de ellos para que no pudieras sacar la cabeza del agua.

Leo no entendía nada. Mamá estaba tan rara que necesitaba mamar a menudo para que la leche y el cuerpo de su madre le dieran la seguridad que África ahora no podía darle. Pero cuanto más pedía, más rara estaba ella.

Un día que Pau había ido a por la compra, África se saturó tanto con la demanda de Leo que de repente gritó: *«Leo, déjame en paz de una vez, ¡basta ya de teta!».* Él se echó a llorar y, entonces, su hermana de cinco años dijo: *«Él no tiene la culpa de que nunca estés contenta. Ojalá estuviéramos con la abuela; ella nos hace reír».*

Al cabo de dos minutos, Pau entró por la puerta y se los encontró a los tres llorando y abrazados en el suelo del comedor.

LAURA

Laura está agobiadísima. Es maestra de segundo de primaria y, por primera vez en su vida, tiene que trabajar *online* en contacto con sus alumnos. Todo es un caos. Las instrucciones de los de arriba, la organización interna, su cerebro… todo. Porque, demonios, ¡nadie ha hecho eso antes! Pero lo peor es el *feedback* que reciben.

Unas familias quieren más que vídeos que ya han mandado a los niños y niñas de la clase contando cuentos, proponiendo actividades, etc. Quieren fichas, y deberes, y videoconferencias de toda la clase junta. Quieren poder teletrabajar y que sus hijos sean autónomos. Laura lo entiende, pero… Hay familias que no quieren nada de eso, dicen que la situación es excepcional, así que el colegio debe dejar un poco de espacio y centrarse en el acompañamiento emocional y propuestas lúdicas.

Y ahí, como el jamón de un bocadillo, está ella. Agobiada, teletrabajando como puede con María, su hija de tres años y medio, jugando a su alrededor y diciendo mil veces al día «*Mamá, mamá, mamá*». Quico, su pareja, con el teletrabajo hace más horas que un reloj y, encima, está superpreocupado por su padre, Matías, que lleva un par de días ingresado en el hospital porque se ha contagiado de COVID-19. La angustia no le deja respirar.

Cuidan de María como pueden, a trompicones, más ausentes que presentes, con más pantallas que mirada. Y luego la culpa: con esa sensación de no estar haciendo nada bien. De estar viviendo la primera pandemia de sus vidas como si no hubiera una pandemia, teniendo que conciliar lo inconciliable y con más estrés del que jamás habían tenido.

Al cabo de un rato, ella no puede más, y en la cocina, haciendo el sofrito para la comida, se pone a llorar. Acaba de recibir un *mail* de un padre que, con otras palabras, la tilda de vaga. Quico se acerca y la abraza. Ella, sollozando, dice: «*Dios, no puedo más. ¿Cómo demonios vamos a salir de esta?*», y María, que simula estar jugando, pero está más atenta que nunca, responde, segura: «*Por la puerta*».

CINTA

Cinta tenía las piernas hacia arriba, contra la pared. Acababan de hacer el amor en lo que había sido un «semisexo». Así llamaban ellos a esos encuentros sexuales que estaban bien, pero que no eran para tirar cohetes. Digamos que, en las circunstancias en las que estaban, lo raro habría sido echar el polvo del siglo.

Esas circunstancias eran que estaban buscando a un bebé desde hacía cinco meses. Eran que, ese día, Cinta ovulaba, y el sexo había sido un poco de esos de «hoy toca». Eran que estaban confinados desde hacía cinco semanas y, desde hacía tres, tenían dudas de todo: de si era un buen momento para seguir buscando, de si se iban a quedar sin trabajo, de si su relación era lo bastante fuerte y sana, de si el mundo estaba como para traer más bebés a él...

Ninguno había dicho mucho, pero las dudas se notaban en cómo se tocaban y en la pasión, que parecía que iba a menos.

Entonces, con las piernas en alto, Cinta dijo: «*¿Estamos seguros de que queremos esto?*». «*¿El qué?*». «*No sé... seguir buscando de esta forma tan pautada, tener un bebé con la que está cayendo. Me siento ridícula ahora mismo, con las piernas así*».

Las bajó y se puso en posición fetal de espaldas a Bruno, su novio desde hacía tres años. Él la abrazó por detrás y le dijo suavemente al oído: «*Estamos asustados. Pero ¿has visto el rosal del balcón que te regalé el último Sant Jordi? Ha florecido otra vez. Fuera, la naturaleza sigue. Y sí, está todo bastante hecho un asco con la que cae, pero te quiero y también quiero tener un hijo contigo*».

Cinta se giró y le dijo: «*Yo también te quiero*». «*Vale, pues ahora pon las piernas en alto y, para que no te sientas ridícula, lo hago contigo*». «*¡Anda ya!*». «*En serio, venga*».

Y, entre risas, se quedaron los dos patas arriba contra la pared deseando, esta vez sí, que viniera el bebé que estaban esperando, aunque fuera en plena pandemia y confinados.

CELIA

Después de un mes y medio de confinamiento, Celia salió por primera vez. Hasta entonces, Ramon, su marido, había sido el encargado de ir a por la compra, así también se aireaba de tantas horas confinado con tres hijas. Celia llevaba días mentalizándose. Ya se había imaginado muchas veces calles vacías y un supermercado con líneas en el suelo y mamparas en las cajas.

Pero no es lo mismo imaginarlo que vivirlo. Cuando vio esas calles normalmente repletas de coches y gente, tuvo que respirar hondo para no llorar. Aparcó y se puso la mascarilla. *«¡Qué agobio!»*, pensó. Sintió como una especie de claustrofobia. *«Todo es claustrofóbico estos días»*, pensó.

Las gafas se le entelaron y se las quitó, pero, sin ellas, no veía nada, así que tuvo que ponérselas de nuevo. *«Ojalá no me encuentre a nadie. Entre esto y las canas que están pidiendo tinte a gritos…»*.

En la entrada del súper, una trabajadora le dio unas bolsas de plástico para ponerse en las manos: *«Se nos han acabado los guantes, lo siento»*. Todo era raro. Al pesar la fruta, se le enganchaban las etiquetas con el plástico que llevaba en las manos. Pensó que estaba haciendo un ridículo espantoso cuando vio al lado a un señor que le pasaba lo mismo.

A medida que iba comprando, la pena se iba apoderando de ella. Habían pasado tantas cosas en solo cinco semanas que todo parecía distinto. Echaba de menos lo de antes. Comprar despreocupadamente. Vivir despreocupadamente.

De repente, en el pasillo de las aceitunas, se encontró a Bea, una madre de la clase de una de sus hijas. *«¡Celia, qué alegría! ¿Cómo estáis?»*. Hablaban a dos metros de distancia, lo que era incómodo y extraño. *«Bien. Bueno, lo bien que se puede estar ahora. Ramon no trabaja y está con las niñas mientras yo teletrabajo por las mañanas. Un caos».* «*Quim echa mucho de menos el cole».* Cuando Bea terminó de decir esa frase, Celia no pudo evitar emocionarse y empezó a llorar.

«Ay, Celia, lo siento» y Bea, a dos metros, hubiera querido abrazarla. *«Es que…».* *«Lo sé, es todo tan raro, ¿verdad?».* Celia asintió con la cabeza: *«Es el primer día que salgo de casa y estoy impactada… Espero que dure poco, porque me parece todo surrealista».* Celia se secó las lágrimas con el jersey y entonces Bea miró sus manos. Las dos llevaban bolsas de plástico, así que miró a cada lado del pasillo y, al ver que no había nadie, estiró un brazo y le estrechó una mano fuerte. *«No sabes cómo te entiendo. Te abrazaría ahora mismo, Celia»,* y Bea se emocionó también.

ELSA

A Elsa el confinamiento le estaba resultando pesado, pero le había empezado a ver el punto positivo. Había hecho como mil vídeos para TikTok y se sabía todos los bailes habidos y por haber. Su padre estaba negro de verla todo el día con la tableta o con el móvil chateando con sus amigas. *«Sus hormonas nos van a echar de casa, creo que ya no caben más»,* le decía Manuel a su mujer Luna, que siempre quitaba hierro a la adolescencia de Elsa.

Por suerte, al cabo de unos días de estar confinados, una amiga de Elsa le dio el teléfono móvil de Iñaki y, no sin pasar muchísima vergüenza, un día le mandó un mensaje. *«¿Qué tal?* —decía—. *Soy Elsa».* Desde hacía años, le daba mucho apuro decir su nombre porque siempre salía el gracioso de turno que respondía con un *«¿De Frozen?»* o *«Y Ana, ¿dónde está?».* Por suerte, ese día Iñaki respondió: *«¡Qué alegría tu mensaje! Yo bien, ¿y tú?».*

Desde ese momento, empezaron a chatear y el confinamiento, de repente, se hizo más ligero. Cada día se sentía más conectada con ese chico y solamente deseaba que, por su decimoquinto cumpleaños, a finales de junio, estuvieran desconfinados y pudiera celebrarlo con sus amigos… y con él.

«*Iñaki no es como los demás*», pensaba siempre Elsa, y el corazón le daba un vuelco cada vez que la pantalla de su móvil se iluminaba y leía la palabra «Iñaki». Cuando su madre tenía guardia y no estaba por la noche, como su padre dormía como un tronco, habían hecho alguna videollamada tarde, muy tarde. Entonces, en la oscuridad de la noche, Elsa sentía que tenía más intimidad. Lo peor era colgar, que no sabían cómo hacerlo, y luego esas ganas de verse que quedaban truncadas por un confinamiento que parecía no tener fin.

Bueno, y su padre, que cuanto más colgada estaba de Iñaki, más le taladraba con el «*Hija mía, estás rarísima*».

CINTA

Cinta era cajera de un supermercado. Hoy tenía turno de mañana y estaba nerviosa porque había soñado que lucía barriga de embarazada. Debía ser por la ilusión tremenda que tenía por estarlo. Pero buscar un embarazo en plena pandemia y tener que exponerse cada día no le hacía pizca de gracia.

Cuando llegó al súper, una compañera les dijo a todas: «*Venga, apuesta. ¿A qué hora va a llegar el cliente gilipollas del día?*». «*A las nueve y a la una*», dijo Conchi, la más graciosa de todas, y se echaron a reír. «*Suerte de las risas*», pensó Cinta.

Su cliente egocéntrico y narcisista del día llegó a las diez de la mañana. «*¿Cómo es posible que no abran más cajas con la cola que se forma ahora para pagar? ¡No puedo esperar todo el día!*». «*No podemos abrir más*», dijo Beti. «*Es por garantizar la distancia de seguridad*». «*¡Como si no tuviéramos nada más que hacer!*», siguió él, ignorando por completo el comentario de Cinta.

A las once y media, mientras pasaba productos por el escáner, la interrumpió una mujer que acababa de entrar: «*Oye, que no hay guan-*

tes. Nos están dando una bolsa de plástico». «Ya, es que se terminaron». «¿Cómo que no tenéis guantes?». «No quedan, señora, lo siento». «¿Y te quedas tan ancha? No quedan, dice... ¡pues busca más! No voy a entrar si no es con guantes!». «Señora, estoy trabajando, por favor». «Pues quiero hablar con el responsable». Beti cogió el teléfono, nerviosa, y llamó a Sonia, la jefa. «¿Puedes venir?», preguntó, mientras por dentro pensaba: «Merecemos que nos caiga un meteorito y acabe con nuestra especie».

Mientras se peleaban a su lado, ella intentaba no escuchar, pero se iba poniendo cada vez más nerviosa. Se estaba meando mucho, tenía una larga cola y el miedo, que no la soltaba. Empezó a respirar muy rápido y sabía lo que eso significaba. Llamó a una compañera y le pidió relevo para ir al baño. Se fue corriendo y, cuando entró, se encerró y soltó un grito: *«¡AAhhhh!».* Rabia, lágrimas, mojarse la cara, respirar hondo y volver, no podía alargarse más.

Cuando llegó a su caja, se dio cuenta de que, con la ansiedad, había olvidado mear. *«¡Maldita sea!».* Pero al segundo pensó: *«Tanto pis... ¿será que estoy embarazada?».*

IÑAKI

Iñaki tenía dieciséis años y estaba con sus padres mirando un programa de actualidad en la tele.

«Iñaki, para con la pierna, que me pones nerviosa», le dijo su madre. Siempre lo hacía, desde pequeño. Cuando estaba alterado, su pierna se disparaba. *«A mí lo que me pone nervioso es este programa y toda la basura que dicen».* «Es lo que está ocurriendo con la COVID-19», contestó su padre.

«No, papá. Es lo que quieren que pienses que está pasando. Es que yo alucino. Tan revolucionarios que erais de jóvenes y ahora os creéis a pies juntillas todo lo que os cuentan por la tele. De verdad que no os entiendo». Iñaki siempre había ido más allá. Siempre. Cuando todos los niños se quedaban conformes con una explicación del profesor, él siempre

hacía la última pregunta. Lo cuestionaba todo. Su padre, cuando él no le escuchaba, le llamaba «el Thunberg del barrio».

Era un apasionado de la física cuántica, las realidades paralelas y otros temas que a sus amigos les interesaban cero. Pero eso no le hacía desistir. Al contrario, se sentía con la responsabilidad de ir más allá, ya que parecía que nadie lo hacía.

«Pero a ver, ¿crees que la gente no está enfermando? ¿Que es mentira? ¿En serio?». *«No, lo que creo es que este virus les ha ido genial para recortarnos a todos las libertades, algo que hace mucho que querían hacer. Aquí y en todas partes. Tienen un mundo cagado y sumiso, es la leche. ¿No os dais cuenta? Nos tienen controlados por el móvil, nos encierran en casita, nos meten el miedo en el cuerpo cada día en la tele y somos un puto rebaño».* *«Iñaki, no hables así y relájate un poco»,* le respondió su madre.

«Lo que está ocurriendo es para soltar un taco cada dos palabras, pero, si no lo veis, es que estáis ciegos». Se levantó del sofá y se fue a su habitación cabreado. Su padre suspiró: *«¿Cuánto dura la adolescencia?».* *«Siempre ha sido así. ¿Tú no decías siempre que teníamos que criar un niño con criterio? Pues voilà. Ahora apechuga».* *«¿Y si lo quiero un poco más sumiso?».* *«Se siente».*

Iñaki miró el móvil. No tenía ningún mensaje de Elsa. Se conectó al ordenador y mandó un mensaje a su colega a través de un juego. *«¿Qué tal?».* *«Mal. Que no podremos salir nunca, tío. Es una gran mierda».* *«Ya. Yo estoy hasta el rabo»,* dijo Tito. *«¿Una partida?».* *«Dale».*

QUICO

Quico estaba en el coche, listo para ir a recoger la urna con las cenizas de su padre. Pensaba que estaría fatal, deseando no tener que hacer eso, pero la verdad es que estaba impaciente.

Su padre, Matías, de ochenta y cinco años, había muerto por covid unos días antes en el hospital. Ni Quico ni nadie de su familia había podido acompañarle, y eso le mataba por dentro. Había estado ingresado diez días y habían hablado por teléfono a menudo, pero, al final, las noticias solo habían llegado por voz del médico. No hubo despedidas.

Parecía que Matías evolucionaba bien, pero, de golpe, de un día para otro, empeoró y se fue. El médico le dijo: «*Quico, lo siento. Tu padre ha muerto esta madrugada. Lo siento mucho, no hemos podido hacer nada*».

Y Quico quedó mudo. El médico no colgaba, parecía que no había terminado y a él se le hizo eterno. «*Quizá te suena raro y te juro que no te miento, pero justo ayer me habló de ti. Me dijo que cuando hablase contigo te dijera que eras un buen hombre y que estaba orgulloso de ti*». Jamás Matías le había dicho algo así a su hijo.

En el coche, no podía parar de pensar en esa frase del médico y en la pena enorme que tenía en el pecho al imaginarse a su padre solo en el hospital. Por eso quería la urna cuanto antes. Para volver a estar con él.

Fue raro y frío. Le dieron la urna y firmó unos papeles. Había dos mujeres más esperando para hacer el mismo proceso. Esa cola le impactó. Le temblaban las manos y tenía miedo de que se le cayera la urna al suelo, así que rápidamente volvió al coche, se sentó y miró la urna atentamente por primera vez.

Y ahí sí que lloró todo lo que no había llorado antes. Se abrazó a la urna con todas sus fuerzas, como si quisiera meterse a su padre dentro para siempre, y musitó: «*Lo siento, papá, siento no haber estado ahí, lo siento...*».

QUIM

Quim, aparte de ser muy movido, también tenía mucho carácter. Tanto, que sus padres no se habían atrevido aún a buscar el segundo hijo que tanto deseaban. «*Cuando veamos la luz*», decían, y Quim no entendía nada, porque él, la luz, nunca había dejado de verla, así que pensaba que era de esas cosas que dicen los adultos que no hace falta que comprenda.

En el confinamiento, había pasado por todas las fases posibles y algunas imposibles. Había estado tan feliz como de mal humor y cabreado. Todo en un gran cóctel molotov que había superado, a menudo, a sus padres, especialmente porque él necesitaba moverse MUCHO y, en el piso, no podía. Ellos creían que lo que le pasaba solo se explicaba porque estaba encerrado y no podía descargar toda la energía que tenía.

Pero lo que le pasaba a Quim iba más allá: tenía miedo, tanto, que no pasaba ni un solo día sin sentirse aterrado. Le daba miedo que el virus (que no se mencionaba en casa) infectara a sus padres y que estos murieran. Le daba miedo cogerlo él y morir, y no verles nunca más. Le daba miedo que lo pillaran sus amigos, y su maestra (a quien veía muy mayor), y sus abuelos…

Pero Quim no lo decía. Lo vivía todo en silencio, expresándolo con mucha mala leche y una gran necesidad de correr y subirse por las paredes. Según su padre, estaba «*digno de bofetón*».

Cuando Bea, su madre, le dijo: «*Cariño, hoy podemos salir. Venga, vamos a vestirnos para ir a dar una vuelta*», él se cagó. Lo había deseado tanto… Salir, correr, ir en bici, tocar un árbol. Pero ahora… «*No quiero*», dijo, y ante la presión de su madre insistiendo para que se preparase para salir, no pudo más y se puso a llorar.

A la quinta vez que Bea le preguntó «*¿Qué te pasa?*», él gritó: «*¡No quiero que te mueras!*» y ahí su llanto cambió y sonó a desesperación, miedo, liberación y agotamiento, todo a la vez.

Ella lo abrazó y le dijo: «*Era eso. Quim, siento que hayas tenido tanto miedo y no nos hayamos dado cuenta. No quieres que muera, ¿verdad?*». «*No*». «*¿Ni papá? ¿Ni tú? Tienes mucho miedo. Pero ¿sabes qué? No vamos a morir. Nos protegeremos y, además, vamos a superar este miedo, ¿sí? Vístete y te enseño cómo*».

Quim se vistió con una sensación de más ligereza en su cuerpo.

Su madre abrió la puerta y le dijo: «¿*Sientes el miedo?*». «*Sí*». «*Ok. Respíralo*». Estuvieron respirando en silencio. «*Muy bien, Quim. Ahora di: "Yo soy más fuerte que el miedo"*». «*Yo soy más fuerte que el miedo*». Se dieron la mano y cruzaron la puerta.

ELIA

Elia estaba agotada. Mental, física e incluso espiritualmente. Sentía que, desde que se había convertido en madre, todo era agotamiento, pero ahora, confinados, se había multiplicado por mil.

No era que sintiera que tenía que tirar del carro en todo. Era que sentía que estaba sola tirando del carro, del autobús, del tráiler y del tractor, todo junto. Se había separado hacía diez meses porque su marido, Santi, era como su tercer hijo, o así lo sintió ella. Un día, a Elia se le hizo todo tan cuesta arriba que le dijo a Santi que lo suyo ya no funcionaba. Él, curiosamente, estuvo de acuerdo, así que quizá lo suyo estaba muerto desde hacía tiempo.

Al principio se sintió liberada: solo tendría que cuidar de dos niños, pero, con los meses, el agotamiento volvió. Era como su estado natural. Daba igual lo que hiciera, el día que fuera o las circunstancias: siempre estaba rendida, con ese abatimiento de quien no puede con la vida. También cuando los niños estaban con su padre el fin de semana.

El día cuarenta y tres de confinamiento tuvo una pesadilla supernítida: veía a su madre sin parar, todo el día, en casa, agotada. Y corría y corría. Ella intentaba hablarle y decirle que parara, pero su madre no la escuchaba ni la veía. Cuando se despertó, Elia estaba sudada y con mal rollo en el cuerpo.

Su madre había muerto hacía seis años, y verla así, tan claramente, la impactó. Mientras desayunaba, en el silencio de una casa donde los niños duermen, se dio cuenta de que su madre era así: siempre agotada, siempre moviéndose sin atender de verdad, siempre con esa insatisfacción latente. En ese momento, en su silla preferida del salón, Elia se dio cuenta de que estaba siguiendo su mismo patrón, porque ni siquiera los días que no tenía a los niños se sentía relajada y podía descansar. «*Me he convertido en ella*», se dijo en voz baja, y cerró los ojos, como quien no quiere ver: «*No era Santi, ni son los niños. Soy yo*».

Elia había visto e integrado una maternidad estresada y agotadora, y ahora que le tocaba vivir la suya, la reproducía al dedillo y ni siquiera concebía una maternidad gozosa y feliz.

Dejó la taza en la cocina y se fue al baño. Se desnudó y se metió en la ducha. Ahí, con el agua casi hirviendo (como le gustaba) y con el vapor que había impregnado la mampara, escribió con el dedo índice: «*Elia... ¿quién eres?*».

AMIGAS

El chat de amigas sacaba humo. «*No hay cole hasta septiembre. Estoy llorando*», dijo África. «*¿Perdonaaaaa* 💀💀💀*? ¿Y qué se supone que tenemos que hacer con nuestros hijos? ¿Nos los llevamos a trabajar? (en cursiva) ¿Me los llevo conmigo?*», respondió Luna. «*Pues yo estoy más relajada: casi medio año sin prisas para llegar a la hora, no me lo puedo creer*». Esta era Celia, que, desde que Ramon estaba en casa, se sentía conectada de nuevo y muchísimo más relajada, sin tanto peso de la crianza en los hombros. «*¿Y de las inscripciones no se sabe nada?* —preguntó Clara—. *No he podido ver ni los coles para poder decidir adónde llevaremos a Gala cuando yo encuentre trabajo*». «*Jobar, estoy por hacerme el harakiri*», dijo Noe. Había para todos los gustos. Cada una con su historia.

«*¿Alguien sabe cómo va lo de la desescalada? A ver, me interesa cuándo podremos ver a los abuelos*». «*Ni idea, yo no he entendido nada. Creo que el lunes abren las tiendas o las peluquerías, ¿o eran los teatros? Ay, lo dicho, ni idea*». «*Mirad qué memes, yo me he muerto de la risa*».

Y ristra de chistes.

Pero por muchas risas que metieran en el chat, estaban todas con un runrún dentro digno de una peli de terror. Porque sabían que conciliar con niños/as sin cole es una falacia estresante que te sume en la culpa (y con cole, a veces también). Porque se habían quedado todas sin sus vacaciones y algunas, intuían, también sin trabajo.

Pero luego salió Raquel, y dijo: «*A ver, chicas, pero aquí nadie aborda lo MÁS importante: ¿en qué maldita fase podemos salir a cenar juntas? Porque creedme que es lo que más necesito ahora mismo. Os echo infinito de menos y tengo cosas que contaros*».

Era el grupo de amigas más raro de la historia y lo único que tenían en común era que eran madres, pero con ese chat todas, sin excepción, se ahorraban horas de terapia.

ROCÍO

Desde que le había dicho a su marido que, cuando terminara el confinamiento, tenían que separarse, la tensión era dura de sostener para los dos. Jose se quedó atónito porque no se lo esperaba, y llevaba días insistiendo a Rocío para que le dijera qué ocurría, que él cambiaría. «*Es que no tienes por qué cambiar, Jose. Tú eres así, y tú y yo siento que ya no tenemos recorrido juntos, nada más, no lo hagas más difícil*». «*¿Difícil yo? Eres tú la que lo estás haciendo todo imposible. Éramos felices, joder!*». «*Yo no*».

Esta conversación se había repetido como cuatro veces desde el día de claridad de Rocío. Por un lado, ella se sentía más ligera: tomar una decisión así le había dado aire. Por otro lado, tener que convivir se hacía duro, aunque no tanto como soportar, en sus hombros, la sensación desagradable de ser la culpable de romper esa familia de cuatro que le había parecido estupenda en algún momento. Veía a los niños con su padre en el salón y le entraban ganas de llorar. Veía a Jose derrotado y Rocío solo deseaba decírselo a los niños y poner distancia entre los dos. Se le hacía tan necesario…

Pero el dichoso confinamiento y la desescalada ininteligible les hacían las cosas extremadamente lentas. Era como que nada avanzaba, solo la tristeza y la tensión, y el malestar de unos niños que notaban que pasaba algo pero no sabían el qué.

«Jose, me iré yo. Tengo el piso de mi tía, que está vacío. En cuanto pueda, empezaré a llevar cosas allí. Pero antes tenemos que decírselo a los niños. No podemos esperar más».

Jose la miró y empezó a llorar. Rocío se acercó y le dijo, llorando también: *«Lo siento, lo siento mucho».* Él se apartó y se fue.

NOE

Noe estaba en pleno caos emocional y mental. Había intentado comprender lo de las fases del desconfinamiento, pero pensó que a ella le faltaba una horneada, porque fue incapaz de dilucidar cuándo podría hacer qué y dónde. Ese era su patrón, pensar siempre que todo era por su culpa. Lo que fuera, pero por su culpa.

Pero eso no era todo: se acababa de enterar de que no habría cole hasta septiembre y esto significaba que tendría a sus tres hijos (cuando decidió tenerlos no sabía que le tocaría vivir una pandemia), con ella, *non stop*, 24/7. Estaba en el baño, cagando y pensando: *«¿Cómo demonios voy a aguantar hasta septiembre sin volverme majara?».*

«¡Mamaaaaaaa!». Era Óscar aporreando la puerta como si no hubiera un mañana. *«Bet no me deja la tableta y tengo videollamada con mis amigos».* *«Estoy cagando, por favor».* Le escuchó susurrar algún taco y, al cabo de un momento, riñas y un nuevo *«¡Mamaaaaaaa!».* Era Bet. *«¡¡¡Estaba haciendo los deberes y el tonto este me ha quitado la tableta!!!».*

Noe pensó: *«No, si ni cagar se puede ya».* Terminó y salió al ruedo. Gestionó pollo tras pollo hasta que durmió al de tres años a la teta y se quedó dormida ella también. Los otros dos leían en sus cuartos.

Al cabo de dos horas, Julia, su mujer, la despertó al meterse en la cama después de un laaaaaargo turno en el hospital y le dijo: *«Duer-*

me, cariño, que tienes que estar agotada». Noe respondió: *«Y lo que nos queda»*. *«¿Por?»*, preguntó Julia. *«No hay cole hasta septiembre»*. *«Es coña»*. *«Cero»*. *«Vamos a morir, y no del coronavirus»*. Se besaron entre risas y en ese momento supieron, las dos, que juntas podrían con todo.

DOLO

Dolo se despertó a las siete de la mañana. Le costaba dormir estos días de encierro. En el salón, empezó a hacer el saludo al sol y practicó treinta minutos de yoga. Luego, se preparó un café con leche y salió al balcón a desayunar tomando el sol que empezaba a dar en su fachada.

Vio a Juan saliendo de su edificio enfundado en un pantalón corto, zapatillas y camiseta de deporte. *«¡Dios, no! ¡Es* runner*!»*, pensó.

Un ex de Dolo era *runner*. Muy *runner*. Tanto, que sus fines de semana giraban en torno a entrenos, medias maratones y maratones *everywhere*. A Dolo, al principio, le hacía gracia que Pol se cuidara tanto y tuviera tal pasión por las carreras. Y, por qué no decirlo, a Dolo le molaba su cuerpo fibrado. Pero al cabo de un tiempo de relación, estaba de los entrenos, las rutinas y los maratones hasta los mismísimos ovarios. Entre eso, y mil cosas más, un veintisiete de febrero, Dolo le dijo: *«Ciao»*.

Juan acababa de perder muchos puntos. Tantos, que a Dolo le entró la mala leche y se puso a limpiar. Era sábado, el primer día que se podía ir a pasear o a hacer deporte del confinamiento, y ella se puso a hacer *indoor* con la aspiradora.

Al cabo de unas horas, recibió un mensaje: *«¿Quedamos para un vermut cada uno en su balcón a la una del mediodía?»*. Dolo respondió: *«Te he visto salir a correr»*. *«¿En serio? ¡Qué vergüenza! ¿Me has visto volver?»*. *«No»*. *«Menos mal. Jamás había salido a correr, pero estaba tan harto de estar en casa que me he animado y, dios, no es lo mío. Casi muero y nos perdemos nuestra cita. Nunca más».*

Dolo respiró aliviada y sintió compasión y ternura por Juan. Si lo hubiera tenido al lado, lo hubiera abrazado. Solo contestó: *«No sabes cuánto me alegro de que no seas* runner. *Nos vemos a la una, cerveza en mano».* *«Estoy impaciente».*

IDOIA

Idoia estaba a punto de cumplir seis años. Llevaba unas semanas que había dejado de ser la niña de antes. De repente, era como que nada le parecía bien y ya se levantaba de mal humor. Sus padres, Ramon y Celia, le preguntaban qué le pasaba y le decían que no había quien la aguantase, cosa que la hacía sentir aún peor.

Ella no lo sabía, pero lo que le ocurría es que se sentía insegura. Hacía unas semanas que en casa solo se hablaba de un tema, y que, cuando papá y mamá hablaban de ello, siempre había tensión y acababan, a menudo, enfadados y tristes después.

Ramon era pintor y no tenía trabajo porque el confinamiento se lo había llevado todo de un plumazo. Estaba muy preocupado y no era el padre de antes. Eso era un peso que notaba la familia entera, también Idoia y sus otras dos hermanas, aunque la bebé era tan bebé que con mamá le bastaba.

A Idoia no. Veía a papá, su ídolo, raro. Había dejado de abrazarla y de hacerle cosquillas. El día cincuenta y tres del confinamiento salieron juntos a la calle. Sus padres pensaron que darle exclusividad la ayudaría a estar mejor. Al principio pareció que funcionaba. Se la veía más contenta. Pero, al cabo de poco, sonó el teléfono de su padre y se tiró diez minutos hablando con el gestor.

Al colgar, Idoia se cruzó. Empezó a protestar, a llevar la contraria y, cuando su padre le dijo *«Nos vamos ya»,* ella entró en cólera. Ramon, casi al borde del colapso, le gritó: *«¿¡Se puede saber qué te pasa!?*», y ella respondió también gritando: «*¡¡¡Que no me miras!!!*». «*¡¡¡Llevo mirándote todo el rato!!!*». «*¡NO!* —gritó ella—. *Me miras, pero no me ves*».

Tocado y hundido. Idoia no solo necesitaba exclusividad. También, y sobre todo, presencia. Padre e hija terminaron sentados en el suelo, abrazados y, finalmente, conectados.

FRANCISCA

Durante el confinamiento, a Francisca le ha hecho la compra un sobrino muy majo que se preocupa de que esté bien. Él siempre le dice: «*Francisca, rehaga su vida, mujer*», a lo que ella contesta: «*Y ¿quién te ha dicho que mi vida esté deshecha?*».

Hoy, después de muchas semanas confinada y sin recibir ninguna visita, vuelve Sole a arreglarle el pelo. Su peluquera de confianza viene con todo tipo de equipos de autoprotección: guantes, pantalla, máscara... «*Sé que parezco una astronauta, pero es para protegerla, Francisca*».

«*Gracias por venir, Sole, te lo agradezco tanto en estas condiciones... Mira qué pintas tengo, tantas semanas sin cortarme el pelo*». «*¡Qué alegría verla!*».

Durante un buen rato hablan de todo y más, pero de repente Francisca se calla y cierra los ojos al sentir cómo Sole la toca y le corta el pelo. No le ha gustado que el confinamiento acabase con las visitas de los viernes. Una que tenía... En un instante, es tan feliz por compartir un rato con alguien, después de tantas semanas, que se echa a llorar. ¡Qué duro es vivir una pandemia a su edad! Y ella que pensaba que ya lo había vivido todo...

«*¿Francisca, le pasa algo?*». «*Que soy feliz de tenerte y de que me cuides un rato, Sole. Eso me pasa. Que he estado más sola que la una y tenerte aquí ahora es como si hubiera salido el sol*».

«*Me alegra hacerla feliz, Francisca, aunque solo sea un momento*». No lo sabe, pero Sole había estado tan sola como ella.

JULIO

Julio estaba harto del malhumor y del mal rollo que gastaba Raquel desde que le dijo que no quería tener más hijos. Entendía que ella no estuviera de acuerdo, pero también sentía que no era justo y que nada justificaba sus desplantes, por mucho que, en algo tan importante, no fueran a la una.

Raquel lo estaba pasando mal en la residencia. El estrés al que estaban sometidos todos los trabajadores y trabajadoras era inmenso y las condiciones, duras. Pero ella celebraba tener la obligación de salir de casa cada mañana porque así no tenía que pasar tanto tiempo con Julio. Desde ese día en que le dijo que él no quería más hijos, le había ido cogiendo rabia. Todo lo que hacía le parecía mal. Lo veía y sentía rechazo. Era algo muy visceral que no podía controlar.

Y lo trataba mal. Sabía que lo hacía y se odiaba por ello, pero no podía evitarlo. Su hijo lo notaba y también estaba irritable. El ambiente en casa era de todo menos agradable.

Un día, cuando el peque ya dormía, Julio fue con ella al salón y le dijo, mirándola a los ojos: «*Mira, Raquel, yo te quiero mucho y he tenido siempre muy claro que quería estar contigo. Pero desde que te dije que no quería más hijos que siento que lo nuestro quizá ya no se sostiene. Me tratas mal y sabes que he intentado, de todas las formas posibles, que estuvieras bien. No quiero esto, y a la vez, entiendo que tú quieras el hijo que yo no. Así que, a pesar de que quiero estar contigo, quizá lo mejor es dejarlo y que, quién sabe, a lo mejor todavía puedes tener ese hijo que tanto deseas. Piénsalo y lo hablamos en unos días, pero yo ya no puedo más*».

Raquel no dijo nada, no se esperaba eso. ¿Separarse? Lo había pensado, pero ver en Julio esa claridad y esa pena que transmitían sus ojos la estremeció. Separarse de Julio, no estar con él, dejar de compartir la vida, al peque… Se quedó sola en el salón totalmente desorientada y por primera vez en meses le vino una pregunta a la cabeza: «*¿Qué precio quiero pagar?*».

ROCÍO

Los niños estaban sentados en el sofá. Rocío y Jose les habían dicho que tenían que decirles algo importante, y aunque el peque de tres años no parecía muy interesado en conversar, imitó a su hermano y fijó la vista en sus padres.

Empezó Rocío: «*Hijos, tenemos que deciros que papá y yo, a pesar de que nos queremos mucho, hemos decidido no vivir más juntos. Dentro de poco yo viviré en otro piso y algunos días estaréis conmigo allí y otros con papá aquí*». «*Yo no quiero*», dijo el mayor convencido, y a Jose le tembló la barbilla. «*Ya lo sé, cariño, es normal, y te entiendo… pero papá y yo es mejor que no vivamos juntos*». «*¿Por qué?*», volvió a insistir. «*Porque seremos más felices si estamos separados*».

Jose callaba porque no estaba en absoluto de acuerdo con Rocío y no la ayudó a salir del marrón. El peque no entendía nada y dijo «*Vale*», y el mayor se echó a llorar repitiendo «*No, no quiero, quiero que estemos todos juntos, no quiero que te vayas a otra casa*». Jose inspiró profundamente y le dijo «*Estaremos bien*», pero sin sentirlo de verdad, y el niño se preocupó todavía más. El de tres años se fue a jugar y Jose dio también la conversación por terminada porque tenía un nudo en la garganta que le hacía imposible hablar. Rocío se quedó consolando al mayor. No quería llorar ella también, pero ver su pena la hizo contactar con la suya propia y por un momento tuvo ganas de echarse atrás y conformarse con la vida que tenía. Sacrificarse ella para ahorrarle sufrimiento a él.

DOLO

Una parte de Dolo no quería que terminara el confinamiento. Estaba harta de estar tan sola, pero esta realidad era ahora su zona de confort. Pero especialmente, porque estaba Juan, y la ilusión de algo que, prácticamente, no había empezado. La distancia que separaba los dos balcones le permitía un mundo de posibilidades que tenía miedo de que se desvanecieran en un segundo, en el momento de verse cara a cara. Muchas veces, la imaginación es mejor que la realidad.

No por el físico. Dolo estaba por encima de eso, y Juan (lo sabía) le gustaba. Era por el hecho de romper lo que habían sido todos esos días. La magia de verse desde el balcón, de intuirse entre las ventanas. Era el desvestirse en su habitación con las cortinas medio abiertas deseando que Juan estuviera mirando. Era el pensar que quizá Juan sería LA persona que la acompañaría en su camino de vida.

Cada vez que escuchaba en la radio la palabra «desescalada», le entraba el *yuyu*. Básicamente, de que la película que se había hecho un día tras otro en su cabeza terminase siendo una peli de serie B de pacotilla. Tenía miedo también a lo que vendría: jamás le había gustado la incertidumbre, y a pesar de que llevaba años practicando yoga, la parte más filosófica y espiritual del yoga no la integraba.

Juan lo vivía distinto. No veía la hora de ver a Dolo y contaba los días que faltaban para el pistoletazo de salida. Quería su vida de antes con Dolo en ella. Estaba harto del balcón, el aplauso de las ocho de la tarde y la madre que parió ese confinamiento. Y ¿por qué no decirlo? Necesitaba sexo ya.

Tantos días de coqueteo y vermuts con Dolo en el balcón le habían puesto el deseo a mil. Cuando la veía tomar el sol, le entraban todos los males y sentía que más días de confinamiento iban a acabar con él. No sabía muy bien cómo era su cara porque desde lejos no acababa de verla bien y jamás habían hecho una videollamada. «*Ya llegará*», le decía ella. Pero Juan no se enamoraba de las caras, sino de las voces. Y la de Dolo era miel.

Estaba loco por verla y, cuando su hermana le dijo «*Tete, prepárate para el once de mayo*», a Juan le entró tal nerviosismo que se tiró el café encima. Calentura por dentro y por fuera.

CINTA

«Bruno, estoy preñada seguro. Me siento rara, tengo como dolor abajo sin que me baje la regla y llevo un retraso de dos días». Cinta hablaba con una convicción que dejaba poco espacio a la duda. Bruno, que no tenía ni idea de cómo eran los síntomas de embarazo más allá de lo que había visto en las películas, le dijo: *«¿Vamos a por un test?».* *«Pero... ¿y si no lo estoy? Menudo frustre me voy a llevar...».* *«Bueno, pero ¿no dices que estás tan segura?».* *«Jolín, Bruno, no me he embarazado nunca. Segura, segura no estoy».*

Llevaban dos días así. Que si sí, que si no. Que si hagamos el test, que si mejor esperar. Bruno ya no sabía qué decirle y se estaba empezando a poner nervioso. Tanta duda tenía arreglo rápido, pero a Cinta le entraba el canguelo y se echaba atrás.

Había deseado tanto estar embarazada que tenía miedo de que, si lo estaba, luego no fuera como se lo había imaginado. Ese miedo de que, cuando pase eso tan esperado, se vaya la ilusión y la magia. Y más porque la pandemia no entraba en sus planes, y, en ese escenario tan incierto, quedarse embarazada ahora la seguía asustando.

Ese miércoles caluroso de junio decidió ponerse la mascarilla que le tapaba más la cara y bajar a la farmacia a comprar un test. Le daba vergüenza y no quería que nadie la reconociera. ¿Y si no estaba preñada y la de la farmacia se acordaba de ella y luego pensaba *«Vaya, ¿no lo estaba»*? Cinta siempre pensando demasiado. Lo compró como quien compra una papelina de heroína de extranjis en una calle de un suburbio y subió enseguida a casa. Lo dejó encima de la mesa de centro, sacó una foto con el móvil y luego mandó este mensaje: *«Bruno, en el primer pipí de la mañana tendremos veredicto».*

CARMEN

Carmen era la madre de Juan y, después de mucho tiempo, estaba contenta: ese día iba a ver a su hijo. Aunque chateaban a diario, llevaban dos meses sin verse. De ella se había ocupado la hermana de Juan, que vivían muy cerca.

Juan conducía con esa sensación de alivio de saber que ese día podría ver a su madre. Él había pasado mucho miedo las últimas semanas pensando que quizá no podría volver a verla. *«Eres un exagerado, no le va a pasar nada»*, le decía siempre Amalia, su hermana, pero él sufría como el que más.

Cuando llegó, aparcó delante de casa de su madre y entró en el jardín. Llevaba mascarilla y guantes, y el corazón le latía con fuerza. Carmen también salió equipada con una mascarilla de color rojo chillón *superfashion* y guantes azul pitufo. *«Antes muerta que sencilla»*, pensó Juan para sus adentros.

Se acercaron y se pararon al llegar a la famosa distancia de seguridad. Se saludaron desde detrás de las mascarillas y sus voces sonaron apagadas. No sabían qué hacer. Estaban, no sin esfuerzo, inhibiendo el instinto de acercarse y darse el fuerte abrazo que deseaban.

Juan miró los ojos de su madre y los vio brillar. De repente, conectó con el miedo que había pasado de no volver a verlos y se emocionó. Brillaban. Estaba viva y aquí. Su madre inclinó la cabeza y sus ojos se hicieron chiquitos. *«Ay, Juan, ay...»* y empezó a llorar también. Juan quería parar, pero no podía y lloraba más fuerte. Se sentía pequeñito, como cuando tenía tanto miedo a la oscuridad a los siete años y su madre lo abrazaba para que se le pasase.

De repente, su madre se acercó y le agarró una mano con las dos suyas. *«No...»*, dijo Juan mirando sus manos como quien quiere amonestar porque el otro ha hecho algo malo. *«No puedo quedarme quieta sin hacer nada si mi hijo llora».*

«Suerte que llevamos guantes», pensó Juan. Luego, con la mascarilla mojada por las lágrimas, se permitió sentir el calor de las manos

de su madre sintiéndose de nuevo, reconfortado, seguro y muy pero que muy feliz.

MAYA

Su etapa de sexo desenfrenado con distintos hombres terminó de repente cuando aparecieron Santi primero y el confinamiento después. Maya, con lo removida que estaba, decidió confinarse en casa de sus padres cuando vio que el encierro iba para largo. Sus padres llevaban pidiéndoselo desde el primer día: les daba miedo que se desmoronara sola en su piso.

La convivencia fue rara. Era extraño para todos volver a estar juntos después de tanto tiempo, pero a Maya la ayudó a sentirse útil: era la única que salía a por la compra y le gustaba saber que su presencia les hacía las cosas un poco más fáciles. Además, se habían ahorrado todos sentir la añoranza de tantas familias, así que lo daban por muy bueno. No había visto a Santi desde aquella noche. Les confinaron al cabo de nada y él se había centrado en su trabajo y sus hijos. *«Normal»*, pensaba ella. Pero a menudo le venía a la cabeza esa noche.

Lo que no habían parado eran los mensajes ni las videollamadas. Había hablado más con él en esos meses que con sus amigas. Le gustaba hablar con alguien que no supiera tanto de su vida y se sentía a gusto con él. Santi le molaba y ansiaba verle otra vez.

Pero era junio y, desde hacía unos días, había dejado de mandarle mensajes, a lo que él respondió también con silencio. Mañana se cumplía un año de la muerte de Berto y ella estaba más removida que nunca. Como la situación era de pandemia, familiares, amigos y club de fútbol no podrían hacerle un homenaje, y eso le daba una pena tremenda. Lloraba a menudo y sus padres la miraban, tristes, sin saber muy bien qué hacer ni qué decir.

Cuando despertó temprano por la mañana, tenía dos mensajes en el móvil. El primero era de su amiga Ana: *«Cariño, te quiero. Estoy aquí para lo que necesites. Si quieres distraerte, te invitamos a pasar el día en casa: comeremos en la terraza, tomaremos el sol, y Rita no nos va a dejar hablar porque querrá tooooda tu atención, que ya sabes que eres su preferida».* Pero Maya no quería distraerse, ni tomar el sol, ni hacer caso a nadie.

El otro mensaje era de Santi: *«Hola, Maya. A las nueve de la mañana estaré debajo de casa de tus padres en mi coche. Si quieres, te llevo adonde desees pasar este día. El depósito está lleno. No hablaré y solo te haré compañía».*

Maya sonrió mientras otra lágrima se asomaba en unos ojos hinchados de haber llorado buena parte de la noche.

RAQUEL

Desde el día que Julio le dijo que se pensara bien si quería separarse, Raquel se hacía muchas preguntas: ¿por qué estaba tan obsesionada con tener otro hijo? ¿Era porque realmente lo deseaba... o porque sentía que había otro niño o niña esperando para venir a su familia... o porque ninguna de sus amigas, conocidos o familiares tenían un solo hijo...? ¿Cuál era el motivo?

Tenía que saberlo para determinar si pagar la factura de separarse merecía la pena. Pero estaba hecha un lío... ¿Cómo saberlo? Un día, sin darse cuenta, empezaron a hablar de los hijos con Camila, esa anciana tan agradable que tenía en la residencia. *«Yo solo he tenido a Marisa y ella también solo a mi nieto. Jamás quise tener otro».* «¿*Por qué no?*», le preguntó Raquel. *«¿Y por qué sí? Yo era feliz con mi Marisa y no tenía necesidad ni ganas de ir a por más. Todo el mundo me insistía, como si fuera menos dejarla sin hermanos, pero a mí, lo que piensen los demás, siempre me ha traído sin cuidado».* *«A mí no»*, dijo Raquel. *«Yo quiero otro, o creo querer otro, pero mi marido no, y ahora estamos mal de verdad porque es como que no le perdono».*

«No es fácil cuando se está en desacuerdo. Mi marido también quería otro. Quería el niño. Ya sabes, en esa época tener solo una hija era considerado poco, pero me planté. Él lo quería para mostrar que éramos una familia como las demás, para enseñarle las cosas que a él le gustaban, ya sabes, lo que él consideraba de "hombre", vamos, para satisfacerse él. Y un niño no es para eso. Además, ¿quién le garantizaba que no tendría otra hija? No tiene que ser eso lo que te empuje a buscar a un hijo o una hija, y se lo dije».

«¿Se enfadó?», preguntó Raquel. *«Supongo, un poco. Pero me quería mucho y se le pasó. Todo se pasa, Raquel, si lo que queda lo merece, todo se pasa».*

«Sin ánimo de ofenderla… ¿No cree que si hubiera tenido más hijos ahora tendría más visitas en la residencia y no estaría tan sola?». «Ay, Raquel… quizás es que soy vieja, pero a mí la soledad no me molesta. Además, nunca estoy sola, porque estoy conmigo y me gusta. Me gusta estar tranquila, y me gusta que mi hija no esté cada día pendiente de mí. Si Marisa puede venir, soy feliz, pero, si no, no pasa nada y también lo soy, porque sé que ella hace lo que tiene que hacer, que es vivir su vida. No quiero que sienta como una carga el tener que venir a verme. Eso sí que me haría desdichada, no la soledad».

«Camila, no hay muchas como usted…». «Ni como tú, Raquel», y le guiñó un ojo. *«Ojalá Marisa y su nieto puedan volver pronto a verla y pase todo esto». «Ojalá».*

JUAN

«¿En serio que no quieres que nos veamos hasta que no termine esto? Porque esto no va a terminar, lo sabes, ¿no?». Este era el «Buenos días» de Juan a Dolo. A saco, como era él, y no eran ni las nueve de la mañana del lunes. El subidón de haber visto a su madre un par de días antes se había desvanecido. Estaba hasta los mismísimos del confinamiento y quería ver a Dolo ya. *«Miro el balcón y es que ya no*

puedo más», le escribió a su hermana ayer cuando ella le dijo: *«Siento haberte dicho que el día once ya os podríais ver, no creía que se alargaría tanto lo de las puñeteras fases»*.

Dolo estaba harta también pero, demonios, cuando pensaba en ver a Juan no quería que fuera con mascarilla, guantes, a dos metros y vigilando. Quería lanzarse encima de él y hacerle el amor. Horas.

Dolo sentía que su libertad ya estaba suficientemente coartada como para no gozar de su primera cita con él como merecía. Por eso no quería verlo. Ella pensaba: *«Con lo que llevamos, ¿qué más da unos días más?»* porque tenía la esperanza firme de que en poco, este follón, se solucionaría y volvería la normalidad de antes de marzo.

Ansiaba sus clases de yoga en el centro, ansiaba su vida, su movilidad, su libertad en una ciudad que ahora no parecía la misma. *«¿Quieres verme con mascarilla?»*, preguntó Dolo. *«Quiero verte cerca. Punto»*. Dolo no sabía qué responder y notaba, en el tono de él, cierta presión que no le molaba nada. No respondió, y al cabo de un rato Juan dijo: *«Bueno, pues nada, olvídalo»*.

Dolo estaba convencida que Juan estaba mosca. Tiró el móvil en el sofá y se dijo a sí misma que tenía bastante ya con todo lo que estaba ocurriendo como para aguantar las neuras y pataletas de Juan, un tipo al que casi ni conocía.

Y así, Juan y Dolo, en plena fase cero de desescalada en Barcelona, entraron con todos los honores en el club de las parejas que han tenido un pique por mensaje, que son… (casi) todas.

FÉLIX

Félix era un emprendedor nato y estaba orgulloso de la empresa de eventos que había montado. Iba viento en popa y cada vez les salían contratos más importantes porque ya se había hecho un nombre dentro del sector. El confinamiento, sin embargo, les paró de golpe toda la actividad. No quedó nada, todo anulado. Su esperanza era la desescalada y el verano, pero, a medida que pasaban los días, se le iba desvaneciendo. Los eventos que organizaba para empresas tardarían en volver porque todo el mundo estaba teletrabajando, y los eventos que les contrataban los ayuntamientos pendían de un hilo a merced de los datos de contagios y los malditos «brotes».

Su mal humor escalaba al mismo ritmo que su angustia, y Bea empezaba a estar hasta los mismísimos. Le comprendía, había familias que dependían del negocio de Félix y sabía que esto le pesaba. Pero ella no tenía la culpa ni quería ser el saco de boxeo donde descargar su ira.

Una noche Quim no quería lavarse los dientes y Félix, que era el encargado de ayudarle en la rutina de meterlo en la cama, tenía la paciencia por los suelos. Se le había ocurrido leer los periódicos digitales un rato antes y le había vuelto ese malestar de no saber si podría salir de esta. Así que lavar los dientes a Quim se le hizo un mundo. Tanto que, cuando el niño, viendo la energía que desprendía su padre, cerró los labios fuerte para que su padre no se los pudiera lavar, Félix empezó a gritar: «*¡Que abras la boca de una puta vez, ya!*». Bea, que estaba en el salón, fue directa al baño alertada por los gritos de Félix y el llanto de Quim. «*¿Pero qué pasa aquí?*». «*¡Me cago en todo! ¡Por mí como si se te pudren los dientes!*». Félix tiró el cepillo de dientes al lavabo y se fue a su habitación.

Bea abrazó a su hijo e intentó consolarlo. «*No tiene nada que ver contigo, cariño. Papá está preocupado por otras cosas y está nervioso, pero te quiere muchísimo*», dijo Bea intentando bajar la intensidad del momento.

En la habitación, Félix estaba sentado en la cama, tapándose la cara con las manos, como si así pudiera tapar también la vergüenza que sentía de haber perdido los papeles y de no poder tirar adelante un negocio del que dependían tantas personas.

QUICO

Hacía un mes que Quico tenía la urna con las cenizas de su padre Matías en casa, y al fin, hoy, podrían reunirse con sus hermanos y familias y darle su merecido adiós.

A Quico le sabía mal no haber podido hacer un funeral como Dios manda. No por él, porque él odiaba los funerales, sino porque a su padre le habría gustado una ceremonia a rebosar de gente. Era el típico hombre mayor que conoce a todo el mundo y a quien todos aprecian. A Quico le encogía el corazón pensar que el funeral de su padre no sería el que Matías merecía ni el que él se había imaginado.

«Es el problema de imaginar las cosas —pensaba Quico—, *que te las crees y luego, cuando no se cumplen, te sientes enfadado, decepcionado con el mundo y también como un imbécil inocente y pueril que se ha creído una ilusión».*

Mientras conducía por la ciudad (por cierto, primer día que iban todos juntos en coche —su mujer, Laura, y su hija, María— desde que empezó «todo»), iba viendo a gente por la calle. Algunos sin mascarilla, otros la llevaban en el cuello, otros por debajo de la nariz, otros en el codo...

Pero lo que lo sulfuró fue ver una terraza llena de gente tomando cervezas y tapas. TAPAS. Todos comiendo del mismo plato. *«Es como si nada hubiera pasado»*, pensó, y le hirvió la sangre. Porque para él había pasado TODO. Laura se dio cuenta y le puso la mano en la pierna. Quería ser un «Lo sé» sin palabras, pero él no escuchó el gesto.

Lo que más dolor le producía desde que había muerto su padre era sentir que todo era distinto para él y a la vez darse cuenta de que, fuera, todo seguía igual. Como si el mundo no se hubiera dado cuenta de que faltaba un hombre importante, digno, íntegro. Fase uno del desconfinamiento en su ciudad y un ambiente que no era, para nada, de duelo.

Un rato después aparcaba cerca de la Casa de Campo donde había nacido su padre y donde esparcirían las cenizas de Matías. Estaba abandonada, sin nadie, rodeada de bosque. Esa estampa se adecuaba mil veces más a lo que sentía en su alma. Miró la vieja casa y dijo para sus adentros: «*Ya estás en casa, papá*».

SOLE

Sole está agobiada. Es como si ahora, a las puertas de julio, todo el mundo se diera los caprichos que le había negado el confinamiento, y tienen la pelu más llena que nunca. Trabaja sin descanso. Lavar, cortar, peinar, lavar, cortar, peinar... Con todo el arsenal de autoprotección, desinfectando a cada rato, lavándose las manos quinientas veces al día y con ese agobio que le produce siempre la incertidumbre.

«*Debería de estar acostumbrada*», piensa a veces, pero qué va, no se acostumbra. Y es raro, porque, desde que tiene uso de razón, ha vivido en el lugar del «nada seguro». Tuvo que arreglárselas prácticamente sola desde adolescente y, en la misma pelu donde trabaja, entró de aprendiz un día que la jefa sintió pena de ella.

A veces piensa que tendría que estudiar o buscar alguna otra pelu donde pudiera aprender más o practicar cosas que en esta nunca le piden. Pero siente una especie de agradecimiento y de estar en deuda con su jefa y no quiere dejarla tirada.

Sin embargo, después del confinamiento y con la pandemia, se siente más insegura que nunca y es como si le hubieran vuelto todos los fantasmas que tenía guardaditos en sus entrañas. Por eso se agarra a la pelu como si fuera su salvavidas y sigue lavando, cortando y peinando casi sin respirar e ignorando las señales que le da su cuerpo, como si le dijeran «*Sole, para, que estás a punto de petar*».

MIGUEL

Desde el episodio de la bicicleta con ruedines que sus padres le regalaron a Rita por Navidad, Miguel prácticamente no les había vuelto a ver. Solamente un par de domingos, uno en enero y otro en febrero. Luego llegaron el virus y el confinamiento, y pasaron meses sin verse. A sus padres, les llevaba la compra una prima que vivía en la misma calle.

A Miguel le fue bien ese distanciamiento forzado. No tenía que buscar excusas para no ver a sus padres estando como estaba, todavía, resentido. Y notaba dentro que, a medida que pasaban las semanas, se iba sintiendo más cerca de ellos. La amenaza de que el virus se cebara con ellos (dos personas mayores) le iba cambiando el resentimiento por ternura y miedo, y un buen día notó que les había perdonado.

No solamente lo de la bici, sino todo. O casi. En poco tiempo pasó tanto que Miguel decidió centrarse solamente en lo verdaderamente importante: que era el aquí y ahora. Ellos estaban vivos y aún podía disfrutarles. Sí, no podría hacer que cambiaran esas cosas que tanto le molestaban, pero ya, qué más daba. Estaban vivos y bien, y al fin era junio y había empezado la desescalada. Finalmente, podría verles.

Por teléfono los notaba distintos a uno y a otro: a Josefina, muy asustada. A Esteban, aburrido y fastidiado.

«Mamá, ahora que ya podemos vernos, ¿os parece si venimos esta tarde un rato? Como hace bueno, ¿merendamos en el jardín?», les dijo Miguel, pensando que gritarían un *«¡Sí!»* lleno de ilusión. En vez de eso, su madre respondió: *«Bueno, como queráis... si lo veis claro...».* *«Claro que queremos, no os vemos desde febrero y nos apetece mucho»*, sentenció Miguel. Y Josefina accedió.

Cuando Miguel, su mujer Ana y su hija Rita llegaron, sus padres abrieron la puerta, pero Josefina se apartó un poco de ellos. Llevaban mascarilla y guantes, y su madre dijo *«Pasad al jardín»* antes incluso de decir: «*Hola, qué bonito veros de nuevo*». A Miguel le sentó fatal, espccialmente cuando la niña se acercó espontáneamente a abrazar a su abuela y ella le dijo: «*¡Quieta, no me toques!*».

Fue tan violento que la niña pidió subir en brazos de su madre y casi se quedó ahí los treinta minutos escasos que compartieron en el jardín. Porque todo era tenso, porque Josefina les miraba las manos como si estuvieran sujetando una bomba, y porque Esteban, su marido, la miraba a ella con cara de reproche.

Esa tensión se hizo insostenible para todos, así que en menos de una hora volvían a estar sentados en el coche. Antes de arrancar, Miguel le dijo a Ana: «*Prefería el confinamiento*».

CINTA

«*Embarazada. Dos-tres semanas*», decía el test que se hizo ese día a las seis de la mañana. No había podido dormir más y, en silencio, se había colado en el baño sin avisar a Bruno, que dormía como un tronco. Se hizo el test y lo dejó en el mueble. Luego, se acercó a su pareja y le dijo: «*Bruno, despierta. Tenemos un test esperando en el baño y no me atrevo a mirar sola. ¿Vienes?*». Él se despertó enseguida y le dijo: «*¿Estás lista?*», a lo que ella respondió con una subida de hombros.

Fueron al baño y ella dijo «*Mira tú*», mientras cerraba los ojos. Cuando los abrió, vio a Bruno sonriendo y enseñándole el resultado del test. Ella empezó a gritar de alegría y se le abalanzó. Se besaron. «*¿Sabremos hacerlo? ¿Sabremos ser padres?*», preguntó ella. «*Seguramente no, pero aprenderemos*», dijo él.

De eso ya había pasado una semana y Cinta se había ido sintiendo más y más cansada cada día. Le dolía el pecho y se sentía un poco mareada a ratos, pero decía que era el mejor mareo de su vida. Bruno estaba contento, pero no pensaba en ello todo el día, como Cinta. En algún momento, ella le preguntó «*¿que no estás contento?*», porque no podía entender que él no viviera ese inicio de embarazo con la misma intensidad que ella. *«Claro que lo estoy* —respondía—, *pero no sé... es muy reciente, ya me iré haciendo a la idea».* Esa respuesta no le gustaba a Cinta.

En sus expectativas estaban los dos yendo a la una en eso y en todo, con el mismo sentir y la misma intensidad, y olvidaban que se parecían como un huevo a una castaña. El darse cuenta de que estaban viviendo este momento de distinta manera hizo que Cinta pensara que quizás era un mal presagio. Que igual no era el momento o que quizás no era con él. Le pasaba esto por la cabeza como un fugaz pensamiento que, en menos de una milésima de segundo, ya había borrado de la cabeza. *«Estoy embarazada y todo irá bien»,* zanjaba, como quien habla con el destino para dejarle las cosas claras.

MAYA

El día que Santi esperaba a las nueve de la mañana en el portal de los padres de Maya, ella bajó puntual. No se dijeron nada y ella subió al coche. Llevaba una mochila grande y el pelo recogido. *«¿Adónde vamos?»,* le preguntó él. Ella respondió: *«¿De verdad donde yo quiera?».* *«Sí».* *«Pues te guío».* *«Vamos».*

Berto era *kitesurfista* y, con él, ella se aficionó al *paddle* surf. Después de un buen rato de coche, aparcaron delante de una playa con muy poca gente. Maya se puso el bañador y le dijo a Santi: *«Puedes acompañarme, si quieres, y me esperas en la playa, o te alquilo uno para ti».* *«Te espero, mejor»,* dijo Santi. Estaba naciendo un nuevo Santi, pero sin pasarse: el mar nunca le había gustado. Ella estuvo en su *paddle* surf más de una hora. A ratos remaba y otros se la veía sentada en la tabla.

Él estaba tumbado en la arena, contemplando ese lugar tan precioso, en especial con ella a lo lejos. Joder, qué a gusto estaba con

Maya, pensaba. Todo era fácil, fluía. A ratos, se asustaba. Era más joven que él y, cuando pensaba en el futuro, se agobiaba porque él tenía dos hijos. Cuando juntaba en su mente a los niños y a Maya, le entraba miedo.

Cuando salió del agua, Maya lo abrazó mojada y salada, y le dijo: «*Gracias, Santi. Jamás olvidaré esto de hoy*». Al cabo de un rato, ella llamó a sus padres: «*Hoy dormiré en mi casa, ¿vale? Estoy bien. Nos vemos mañana*». Luego miró a Santi y le dijo: «*Me encantaría pasar el día contigo y que te quedaras a dormir. Hoy no soy muy buena compañía, pero no quiero estar sola*».

Ese día no hicieron el amor, o lo hicieron, pero de otra forma. Durmieron acurrucados y abrazados, acariciándose en silencio el pelo y la piel. A las siete de la mañana, Maya lo despertó besándole en la cara y le preguntó: «*¿Qué es esto nuestro, Santi?*». «*¿Necesitamos saberlo?*». «*No*». Y los dos sintieron que lo que realmente necesitaban era vivirlo.

JUAN

Juan había pasado unos días fatal, superbajo de moral. Se sentía encerrado en una ratonera y no veía el momento de recuperar su «vida». La de antes, obvio. Sabía perfectamente que la había cagado con Dolo, así que, después de esos desafortunados mensajes donde se entreveía todo su agobio, al día siguiente le mandó un «*Lo siento*», sincero. Ella le respondió con un «*Tranqui, no pasa nada, no es fácil lo que estamos viviendo*», y ahí quedó todo.

Juan no había vuelto a hablar con Dolo por dos motivos: el primero es que estaba hecho polvo y no estaba para nada ni nadie. El segundo es que sabía que, si hablaba con ella en ese estado, tenía puntos para fastidiarla otra vez. De hecho, echaba de menos a su vecina, pero también, y mucho, a su hermana, a su madre, y a su vida de antes en general.

El día que se anunció que en Barcelona la desescalada sería más lenta que en el resto del país por la cantidad de casos de coronavirus que había habido y por el riesgo que suponía una ciudad con tanta población, Dolo se desanimó. Se le estaba haciendo todo taaaaaan lento...

Ninguno de los dos salía ya a aplaudir al personal sanitario, así que sus encuentros de las ocho de la tarde habían quedado atrás. No habían coincidido ningún día en el balcón y aunque parecía que lo suyo se había enfriado como nunca, no era así. Pensaban en el otro todos los días, sin excepción.

Ese martes, Dolo estaba a las ocho de la tarde en el súper de la esquina cuando, de repente, vio a un chico con una mascarilla verde mirando una lista de la compra. «*¿Juan? ¿Eres tú?*». «*Dolo... Joder, lo siento... no sabía que estabas aquí*». «*Pues yo no lo siento. Me alegro de verte al fin...*». «*Como decías que mejor no vernos hasta...*». «*Hablaba de una cita, no de encontrarnos por casualidad... No pasa nada. ¿Cómo estás?*». «*Podría decirte que bien, pero te mentiría y no quiero mentirte. Mal. Agobiado y hasta la coronilla de todo. ¿Y tú?*». «*Pues yo dudando de si cortarme las venas o dejármelas largas*». Se rieron.

A Dolo le gustaron los ojos de Juan. A Juan, los de Dolo.

Olvidaron la mitad de cosas que habían salido a comprar y se acompañaron a casa hablando con esa sensación de haber encontrado un amigo/a al que hace tiempo que no ves. En el portal de Dolo, Juan dijo: «*Son las ocho y cuarto. Es la hora en la que todavía podemos salir a caminar, si quieres*». «*Buena opción. Pero se me ocurre una mejor. ¿Subes?*».

CLARA

Gala, el bebé de Clara y Carlos, tenía nueve meses y casi no se había movido de su barrio. Entre el frío de los primeros meses y el confinamiento, no sabía qué era subirse a un coche. Clara pensaba que no era importante. Hacía un tiempo, la gente ni siquiera se movía y a los niños no les pasaba nada, pero no podía evitar sentir pena. Eso y la relación tensa con su madre cada vez que hablaban la hacían estar con los ánimos un poco tocados.

Carlos le decía que lo que necesitaba su hija era, básicamente, la presencia de sus padres, y eso lo tenía con creces. Pero a Clara le daba pena que Gala hubiera llegado en ese año tan raro de pandemia. «*Es que casi no la conoce nadie. ¡Solo la han visto a través de pantallas!*», decía Clara.

Él la entendía. De alguna forma, también le daba pena, pero no eso, sino estar viviendo el mejor momento de sus vidas junto a su bebé en plena crisis del coronavirus. Era como nadar entre dos aguas: la de puertas para dentro, y la de lo que pasaba fuera, que, a ratos, lo asustaba. Clara se sentía como viviendo un posparto eterno, removida hasta las entrañas.

El último domingo de junio decidieron ir a pasar el día a la playa. «*Quiero que vea el mar*», le dijo Clara a Carlos el sábado por la noche con una impaciencia que no admitía «pero» alguno. Así que se levantaron, prepararon las quinientas cosas que se tenían que llevar, y, a las diez de la mañana, estaban pisando la arena.

Cuando Clara la tuvo en brazos mirando juntas el mar por primera vez, no pudo aguantar las lágrimas. Se dijo: «*Al fin, recuperando algunos espacios de normalidad*». Y aunque nada era normal, ella, esa mañana, impidiendo que su bebé se comiera la arena y gateara por encima de las toallas de los vecinos, sintió que, al fin, todo era como tenía que ser.

LUNA

La pandemia no había terminado ni por asomo, pero Luna le había prometido a Julia que celebrarían que lo peor había pasado, así que ese sábado de junio quedaron para ir a tomar algo.

«¿Qué tal, Noe?», le preguntó Luna. *«Bien, aunque la pobre ha pillado fuerte en el confinamiento con los tres. Ha sido* heavy *para todos. Para mí en el hospital, para ella, y para Óscar, Bet y el peque, ni te digo. Y los tuyos, ¿qué tal lo han llevado?»*. *«Buf... Elsa está adolescente total. Le mola un chico y está ida, con cambios de humor a tope y, a ratos, ella y su padre parecen dos niños de cuatro años, en serio. Me tienen frita. Y Unai, pobre, dentro del follón este, hace lo que puede»*.

A las dos les parecía muy importante tener a alguien en quien confiar y a quien contarle las cosas más íntimas... Antes de marzo, eran compañeras de trabajo, pero no amigas. Después de lo que habían pasado en el hospital los últimos meses, su vínculo se había reforzado.

Esos días intensos de pandemia habían llorado juntas más de un día. Ahora los ánimos estaban un poco más calmados, pero en marzo había sido la guerra. Nadie sabía nada, ni qué hacer, ni con qué medios y las instrucciones cambiaban de un día para otro. Era la viva imagen del caos.

En medio, ellas dos, sufriendo y haciendo de tripas corazón. Pasarlo juntas las había ayudado. Eso, y la fuerza y el positivismo de Luna, que eran contagiosos. En esa terraza de un bar con mobiliario de diseño, levantaron cada una un mojito y Luna dijo: *«Por nosotras, para que acabe esta pesadilla de covid»*. Brindaron, y Julia añadió: *«¿Crees que vamos a volver a vivir lo de estos meses otra vez?»*. *«Lo mismo nunca, porque tú y yo ya no somos las mismas»*.

DOLO

«¿Subes?», le preguntó Dolo, y a Juan le dio un vuelco el corazón. Dudó. No sabía qué decir, pero sí qué quería hacer. *«¿En serio? ¿Estás segura?»*, preguntó con los ojos achinados por la sonrisa. *«La rebeldía del año es abrazarse, y hoy quiero ser rebelde»*. Juan la cogió de la mano y entraron en el edificio de Dolo. En el ascensor, se quitaron las mascarillas en cuanto se cerró la puerta. Se besaron largo y lento.

Cuando entraron en casa, dejaron las bolsas de la compra en el suelo y, sin decir palabra, se abrazaron fuerte en el pasillo. Hacía tanto que no abrazaban a nadie que los dos se estremecieron. ¡Qué agradable era volver a sentir un cuerpo en el propio! ¡Qué dulce era volver a tocar una piel ajena, oler el deseo, ser tocado con esa delicadeza de quien saborea el tacto!

Esa tarde-noche recorrieron sus cuerpos en el salón y se bañaron en litros de oxitocina con el balcón de su romance como testigo. Se sintieron morir y vivir mil veces con cada caricia, con cada beso, con cada gemido. Ninguno de los dos era consciente de lo mucho que habían echado de menos ser amados, deseados o tocados durante este confinamiento...

Cuando llegaron al orgasmo, lloraron y rieron a la vez en una especie de explosión descontrolada de emociones. Como si todo lo que habían sufrido, aguantado, vivido y transitado en esos meses encerrados, saliera ahora en modo «sálvese quien pueda».

«*JODER*», dijo Juan todavía abrazado a Dolo. «*Por todas las diosas, ¿qué ha pasado aquí?*», dijo ella. «*Ha pasado TODO*». Se rieron con esa satisfacción de cuando sabes que acabas de vivir algo que vas a recordar muuuucho tiempo.

Él le acariciaba los brazos y ella cerraba los ojos para llenarse de ese momento profundamente. «*No te asustes, ¿vale?*», dijo Juan como un susurro. «*¿Por?*». «*Casi no te conozco... pero creo que te quiero. ¿Es posible?*». Ella le besó en los labios y se levantó para ir al baño.

Juan aprovechó y mandó un mensaje a su hermana: «*Estoy con Dolo. Y sí, es ella*».

CARLOTA

«*Empezaremos el nuevo tratamiento en julio, si aún queréis*», le dijo la ginecóloga a Carlota. «*Claro, no hemos cambiado de opinión*». «*Estu-*

pendo». Salió contenta de la visita, a la que había acudido sola. Ya tenía fechas aproximadas y, por lo tanto, su cabeza empezaba a proyectar con todos sus deseos. Y sus deseos la ilusionaban.

Al llegar a casa, llamó a su hermana y le contó las novedades, pero Eva estaba *out*. Era tan evidente que, al final, Carlota le preguntó: «*¿Estás bien?*». No, no estaba bien. Eva era presa del pánico. Quedaba una semana para salir de cuentas y el miedo la había paralizado. «*Pero ¿qué es lo que te asusta tanto? ¿Parir?*». «*¡NO! Me asusta parir ahora, con toda esta movida del virus. ¿Y si resulta que lo pillo? ¿Y si me tienen que separar de Bianca? ¿Y si lo pilla Piero y no puede acompañarme y tengo que parir sola? Es una mierda parir ahora, Carlota. No quiero parir, no quiero…*».

Carlota, por un momento, celebró no ser ella la que tuviera que estar en esa situación ahora. También la asustaba traer al mundo a un bebé en plena pandemia… A veces pensaba que era de locos hacer todo el tratamiento para quedarse embarazada justo en ese momento tan incierto.

Dejó de pensar en ella misma y le dijo: «*No tiene que ser nada fácil parir ahora, Eva, te entiendo. Si un parto ya es incierto, ahora, todavía más. Pero ¿sabes qué? Va a ir bien. Todo. El virus no te va a hacer nada a ti, ni a Bianca, ni a Piero. No parirás sola. Parirás estupendamente, disfrutarás y muy pronto lo celebraremos todos juntos. Empezaremos hoy. Te recojo a las siete y vamos a hacer una cena de abuelitas antes que te entren las contracciones esas por la noche, ¿vale?*». Carlota, secándose las lágrimas, solamente dijo «*Vale*».

JOSEFINA

Josefina tenía mucho miedo. No conocía a nadie que hubiera muerto de coronavirus, pero le asustaba un montón contagiarse y morir sola en una cama de hospital. Solo de pensarlo, se echaba a llorar. En su casa la tele estaba encendida en todo momento, y se tragaba todas las ruedas de prensa con los resultados de infectados, muertos y evolución del virus.

Esteban, su marido, le decía una y otra vez: *«¿Quieres hacer el favor de quitar eso? ¿Qué bien te hace el recuento diario de muertos?»*, pero como su mujer era tozuda como una mula, ni lo escuchaba.

Su hijo Miguel, con su mujer e hija, estaba a punto de llegar. Por un lado, les echaba de menos. ¡Cómo no hacerlo, con el tiempo que llevaban sin verse! Pero, por el otro, sentía que se ponía en riesgo. Era como si la fortaleza en la que había convertido su casa estuviera a punto de bajar la guardia, y se sentía vulnerable.

Cuando abrió la puerta, dio un par de pasos hacia atrás, pero su nieta, Rita, dijo *«¡Yaya!»* e hizo el gesto de ir a abrazarla. Josefina la detuvo. Le salió como un grito de las entrañas: *«¡Quieta! ¡No me toques!»*. No había terminado de decirlo, cuando ya se arrepentía. ¡Cuánto le dolió asustar a su nieta! ¡Cuánto le dolió apartarla de ella! Intuyó que, quizá, acababa de apartarla para siempre.

En el jardín, nada era como antes. Josefina no se podía relajar: por una parte, la culpa de lo sucedido con Rita la carcomía; y, por otra, estaba en alerta para no tocar nada que hubieran tocado ellos. Menuda angustia. Tanta, que se notaba en el ambiente y ellos, al cabo de nada, se fueron.

Verles marchar la hizo sentir mal porque era la primera vez que no acogía a alguien en casa como era debido, pero también se sentía aliviada. Fue corriendo a lavarse las manos y, cuando volvió con Esteban, él le dijo: *«Josefina, el virus no sé, pero a mí, lo que me va a matar es la pena de no poder ver a mis hijos y nietos como Dios manda. Hoy te has pasado»*. Y todo el alivio que sentía Josefina se desvaneció de golpe.

DOLO

El último novio que había tenido Dolo —Pol, el *runner*— hacía el amor rápido. Parecía que siempre tuviera prisa por terminar. Ella le decía: «*Oye, tranqui, que esto no es una carrera, cuanto más lento, mejor, ¿vale?*», pero nada, ni caso. Con Juan era distinto porque él la saboreaba. La tocaba despacio, con muchísimo cuidado y delicadeza, y esa ternura en el tacto, a Dolo la hacía estremecer.

Llevaban tres días juntos que se convirtieron en un intensivo de desnudez y sexo. Solamente se separaban cuando Juan debía teletrabajar o ella tenía que ir a algún sitio. Aun así, los mensajes entre ellos dos no paraban. Mensajes que les impacientaban, excitaban y distraían a partes iguales.

Cuando esa tarde Juan llegó a casa de Dolo, ella estaba haciendo yoga en el salón, eso que él la había visto hacer tantas veces desde su balcón. Eso con lo que él tanto se había excitado imaginando.

Se sentó en el sofá y le dijo: «*Sigue, es precioso lo que haces y cómo lo haces*», y ella siguió.

Era curioso como, sin tocarse, a dos metros de distancia y simplemente sabiendo cerca la presencia del otro, podían excitarse tanto. Era como hacer el amor sin estar haciéndolo. Era raro y nuevo para ellos. Embriagarse de su propia energía juntos.

Al cabo de diez minutos de trance para los dos, ella se acercó y empezó a desnudarse. Hicieron el amor en el suelo de una forma distinta a las demás. Fue lento e intenso, cargado de cosas que ninguno de los dos podría describir jamás. Llegaron al orgasmo juntos y, en ese preciso instante, Dolo notó cómo se abría algo oscuro dentro y empezó a llorar desconsoladamente.

«*¿Estás bien?*», preguntó asustado Juan, pero ella no podía parar de llorar. Él la abrazó fuerte y solamente dijo: «*Estoy aquí, estoy aquí, llora...*».

ROCÍO

El día que Rocío se trasladó al piso de su tía, los niños se quedaron en casa de la abuela. Teóricamente, Jose no tenía que estar y ella tenía que recoger sus cosas sola, pero, según le dijo, había habido un cambio de turno, y *«Dónde iba a estar, si no en mi casa»*. Rocío intuía que Jose le iba a poner las cosas difíciles porque estaba muy cabreado con ella. Era como que la prefería con él aun sabiendo que no era feliz. En el fondo, él tampoco lo era, pero creía que sí. *«Ser consciente de dónde está uno, no es fácil»*, pensaba siempre Rocío.

A ella le había costado lo suyo darse cuenta, así que no le extrañaba que ahora él la mirara como si fuera una extraterrestre. Antes de llevarse la última caja de su casa, le dijo a Jose: *«No quiero que estemos enfadados»*. *«Pues habértelo pensado antes. ¿O creíste que me lo iba a tomar bien?»*. *«No lo sabía, Jose, pero compartimos unos hijos. Hagámoslo por ellos»*. *«Ya veo lo que tú haces por ellos, hacerles sufrir»*. *«Jose, venga…»*. *«A partir de ahora, si me tienes que decir algo, lo haces por* mail*»*, le dijo cerrándole la puerta en los morros.

Por *mail*. Rocío suspiró y bajó las escaleras con esa última caja a cuestas y con esas dos palabras clavadas que eran, creía, un presagio de lo que iba a venir. Cuando subió al coche para ir hacia su nuevo piso tuvo de repente un miedo atroz.

Era un miedo que ya habitaba en ella sutilmente desde hacía un tiempo, pero al que no quería mirar: que Jose hiciera con sus hijos lo mismo que sus padres hicieron con ella cuando se separaron. Hacerle tomar parte, hablarle mal del otro, marearla y hacerla sentir infinitamente sola. Pero lo que más miedo le daba en ese momento era que todavía no habían firmado el convenio regulador de la custodia y la aterró pensar que Jose, de algún modo y algún día, le quitara a sus hijos.

ELSA

Ese día, Elsa cumplía quince años y, finalmente, podía salir de casa y celebrarlo. Sus padres le habían dicho que podía quedar, pero solamente si eran pocos y si no se quitaba la mascarilla. Luna, su madre, era médico, y sabía cómo estaban las cosas a pesar de que, en la calle, parecía que no hubiera pasado casi nada. Así que las instrucciones fueron claras.

Elsa accedió. Estaba feliz de poder quedar con sus amigas y ver a Iñaki. En la desescalada se habían visto solamente una vez, que habían quedado dos chicas y dos chicos para salir en bici. Fue raro, después de tantos días chateando los dos, verse con otras personas, pero no poder hablar como les hubiera gustado. Pero menos daba una piedra.

Ese día de finales de junio Elsa se puso sus mejores galas y se maquilló. No era muy de maquillarse, pero ese día le apeteció y, con las pinturas de su madre, se pintó los ojos, se puso máscara en las pestañas y se maquilló los labios de rosa. Eso último fue en vano, porque en menos de una hora todo el maquillaje estaba en la mascarilla.

Quedaron en el chiringuito de una plaza que frecuentaban. Elsa se puso muy nerviosa cuando vio llegar a Iñaki. Estaba guapo, pero llevaba la mascarilla mal puesta, por debajo de la barbilla. *«Si le viera mi madre…»*, pensó Elsa, mientras él se acercaba y la abrazaba mientras le susurraba al oído: *«Felicidades, preciosa»*.

A esas alturas, Elsa había dejado de pensar en la mascarilla y escuchaba embobada a Iñaki mientras este hablaba de la pandemia, de la pérdida de libertades y de la desinformación. En ese momento solo deseaba una cosa: que los demás tuvieran prisa por volver a casa y quedarse a solas con él. No hubo suerte, pero, cuando llegó a casa después de la celebración, recibió un mensaje que decía: *«La próxima vez que nos veamos… ¿puede ser a solas? Me he quedado con las ganas de darte un beso de cumpleaños»*.

CELIA

Ramon había empezado ya a pintar casas como un poseso y eso significaba que Celia tenía que ocuparse de las niñas, del trabajo y de casa, tarea titánica teniendo en cuenta que Berta aún era una bebé. Con todo lo que había ocurrido, sentía que no podía pedirle a los abuelos que la ayudasen como antes, así que, si quería trabajar mínimamente algo y ocuparse de las demás tareas, Idoia y la mediana tenían que ir a campamentos de verano.

«No hubo cole por el peligro de contagio, pero sí hay campamentos. ¿Eso tiene sentido?», les preguntó a sus amigas por el chat. *«Ninguno, pero o las apuntas o te va a dar algo si pretendes cargar sola con todo»*, le dijo Noe, también con tres hijos y que estaba tan agobiada como ella.

El primer día que las dejó ahí, se sintió tremendamente culpable. Las vio en ese lugar nuevo, con monitores que no conocían que llevaban mascarilla diciéndoles que no se acercaran demasiado y sintió que eso lo pagarían con ella por la tarde. Le dieron pena, y se fue con la pena y con Berta a casa, para que la peque pudiera dormir un poco y ella, trabajar.

A las dos, cuando fue a recoger a las mayores con un calor de justicia, las vio corriendo hacia ella contentísimas. Se atropellaban al hablar y no había atisbo de cabreo hacia ella por haberlas dejado ahí. *«Ha sido muy divertido, mamá, hemos hecho juegos de agua»*. La mediana, de casi tres años, no dejó de nombrar a María, una amiga nueva que había conocido ese mismo día. Y allí, con ese calor tremendo, e intentando escucharlas a las dos para que ninguna se sintiera desatendida, fue consciente de lo mucho que sus hijas habían echado de menos el contacto con los suyos durante tantos meses.

PAU

«¡Nos vamos!», gritó Pau dentro del coche, como si fuera un grito de guerra. Empezaban las vacaciones y se iban a una casa de agroturismo del sur de Francia. Desde que eran novios, Pau y África habían elegido por turnos el destino de vacaciones, y esta vez ella había elegido Francia, porque le encantaba y para simular que todo era un poco como el verano pasado y podían viajar. *«Como nos cierren las fronteras, verás tú lo divertido que será»*, le decía Pau, a lo que ella siempre respondía lo mismo: *«No me seas negativo, que para eso tenemos a tu madre»*. Desviar la atención a su madre siempre era un gol: ella se reía y él se olvidaba de lo que estaban hablando.

África no tenía actuaciones y sentía que necesitaba aire nuevo. Lo único que les preocupaba era lo que pudiera pasar los próximos días con la evolución de los rebrotes y pensaban que solo eso les podía fastidiar las vacaciones.

Pero se equivocaban: Lia, de cinco años y medio, estaba del revés. A pesar de que la etapa de rabietas ya había quedado atrás, desde la llegada a Francia que estaba insoportable. Todo era motivo de gritos, malas respuestas, morros y peleas con su hermano Leo de un año, al que tenían que proteger porque, a la mínima, lo tiraba al suelo.

«Esto es la factura del confinamiento», pensaban cuando los dos se miraban desesperados. No podían comprender que los pocos únicos días que podían disfrutar de unas auténticas vacaciones, ella lo dinamitara todo. *«Quizá le sale todo ahora»*, decía África. Pero, otra vez, ambos se equivocaban. No era el confinamiento ni ninguna factura aplazada: eran unos celos como una catedral.

Lia no pudo soportar la cara de felicidad de sus padres cuando Leo, el primer día de vacaciones, empezó a dar sus primeros pasos en la casa de agroturismo. Estaban tan emocionados que no paraban de mandar vídeos a la familia. Y ella, a la que podía, lo desequilibraba para que quedara de manifiesto que él, de caminar, no tenía ni idea. No como ella.

Una noche, cuando Pau estaba acostando a Lia, le dijo: «*Lia, ¿lo pasaste muy mal en el confinamiento y por eso ahora estás así?*». Ella lo miró con cara de no comprender nada y respondió: «*No*». «*¿Entonces?*». «*No quiero que Leo camine. Quiero que vuelva a ser un bebé y que esté dormido todo el rato*». Para su padre, que la abrazó fuerte, fue como si alguien hubiera encendido una luz dentro de un túnel.

QUICO

Quico estaba sentado en un banco del tanatorio, en un asiento que no tenía equis. Así, con equis y sin ellas en el respaldo, se marcaba dónde podían sentarse los asistentes para respetar la distancia de seguridad en un funeral en plena pandemia. Había muerto Camila, la madre de Marisa, una compañera de trabajo con quien se llevaba muy bien.

En dos meses, dos muertes: la de su padre y la de Camila, a quien había conocido en alguna celebración de Marisa. Camila era una mujer optimista, muy agradable y fuerte. Por eso se le hizo muy raro cuando Marisa le contó que había muerto durmiendo, sin más. «*¿Pero tenía algo?*», preguntó Quico, y ella le dijo que no, o no que supieran.

Morir durmiendo, pensaba Quico… de golpe, sin más. La muerte era rara, nunca avisaba, joder. Como con su padre, que en el hospital evolucionaba bien de la COVID-19 hasta que pegó un bajonazo y se fue. Sin despedida, sin nada.

Le impactó la poca gente que había. Era imposible que Camila no conociera a más gente, con lo dicharachera que era. Eso tenía que ser el miedo por el coronavirus, seguro, pensó Quico: «*Cagados. Ya os vale*».

Le supo mal por Marisa y por Camila. Un funeral tan frío, tan pobre, tan triste… y volvió eso, esa sensación dentro, lo mismo que había sentido con el funeral que no pudo tener su padre justamente por el confinamiento. Volvió esa pena, esa sensación de injusticia, ese dolor, ese llanto desconsolado... volvió a él con la misma fuerza que ese día en el coche, sosteniendo la urna con las cenizas de Matías. La diferencia era que ahora no estaba solo, que la gente creía que lloraba por Camila y que había una mujer cerca mirándole emocionada y pensando: «*¿De qué debía conocer este hombre a Camila, que está tan afectado?*».

CLAUDIA

«*Es una amiga*», les dijo Santi a sus hijos Claudia y Max cuando les presentó a Maya. Pero su hija era demasiado lista como para no notar que era mucho más que eso. Era domingo y hacía calor, así que habían quedado para ir a hacer una excursión a unas pozas donde podrían bañarse. Su acceso no estaba cerrado por las medidas de seguridad derivadas del coronavirus. En el coche, cada vez que Maya les preguntaba algo, solo contestaba Max. Él parecía contento, feliz, ajeno a la removida interna que estaba viviendo su hermana.

Santi sabía que ocurriría esto y ya había avisado a Maya. Claudia estaba loca por su padre y su conexión había ido a más desde la separación, especialmente desde el confinamiento. Los días de encierro en los que papá pasó muchas horas con ellos en casa de mamá, confundieron a Claudia, que tenía la esperanza de que sus padres se reconciliaran y volvieran a vivir juntos definitivamente.

El día de antes, cuando su padre le dijo: «*Mañana iremos de excursión y vendrá una amiga*», Claudia se temió lo peor y lo vivió como una traición. Sus esperanzas quedaron hechas trizas y sintió mucha pena por su madre, a quien no veía la hora de volver a abrazar de nuevo.

Ahora, dentro del coche, se sentía culpable de estar con papá y su amiga, como si estuviera traicionando a Elia, su madre. Maya, a su vez, quería caerle bien. Le gustaban los niños y no quería que Claudia la viera como una contrincante que le iba a robar a su padre. Pero la niña estuvo de morros todo el día. Maya intentó sacarla de ahí, pero, al ver que no había manera, centró su atención en Max, con quien pudo reír y jugar a gusto. En un momento de la excursión, Santi se adelantó con Claudia y le dijo: «*¿Qué te pasa? ¿Por qué estás así? No eres tú*». «*Tú tampoco*», dijo ella.

«*No es mi novia, Claudia, tranquila, es solo una amiga*». «*Quiero que estés con mamá, no con ella*». «*Lo sé, pero lo que tú quieres no puede ni podrá ser, lo siento*». «*Pues menuda mierda. Déjame*». Y así fue como Santi sintió que Claudia se alejaba de él literal y figuradamente.

BIANCA

La pequeña Bianca se retrasó una semana y media, que a Eva se le hizo eterna. El parto fue muchísimo más normal de lo que ella había imaginado. Piero pudo estar todo el rato y, a pesar de ser largo, todo fue bien: parto vaginal, muy pocos puntos y Bianca salió con fuerza, disparada al segundo pujo, como diciendo «*Tranquilos todos, que ya he llegado para arreglar todo este follón que tenéis aquí montado*».

«*Como conserve el ímpetu con el que ha llegado a la vida, que no os pase nada*», dijo el ginecólogo que la asistía. «*No me asuste*», pensó Eva y se quedó con ganas de decirle a ese hombre: «*No rompa este momento con sus palabras*». En cambio, Piero recibió el comentario como un elogio a la fuerza de su recién nacida bebé y se sintió orgulloso y halagado.

A las tres horas de nacer Bianca, Carlota ya estaba en el hospital. Las dos hermanas se abrazaron emocionadas, especialmente Eva, que tenía las hormonas en modo «sálvese quien pueda».

Las veinte horas de parto de Eva, Carlota las pasó despierta y muy nerviosa, rezando para que todo saliera bien. No sabía si ella sería capaz de parir algún día, pero desde ese momento estaba convencida que parir no podía ser peor que el estrés que había pasado durante esas horas.

Después de abrazar a Eva, miró a su sobrina, que dormía dulcemente en el pecho de su madre y le dijo: *«Bienvenida, Bianca, soy tu tía y estoy feliz de que estés aquí»*. Tuvo una pequeña punzada de envidia, que apartó muy rápido de su cabeza respirando profundamente y mirando la cara de ese bebé inocente. Charlaron un rato y, antes de irse Carlota, le anunció a Eva: *«En unos días empezamos el tratamiento; ojalá funcione»*. En ese instante, Eva supo que Carlota se quedaría embarazada.

JOSEFINA

A Josefina le gustaba tener la tele encendida cuando limpiaba la casa. Elegía un canal de noticias de veinticuatro horas y fregaba mientras se ponía al día. Todo lo que estaba ocurriendo con la pandemia le interesaba muchísimo porque esperaba, de momento en vano, que llegaran buenas noticias.

Por la tele, sin embargo, solo hablaban de rebrotes, del peligro que acechaba en verano con la relajación de la población y de la segunda ola en otoño. Ella empezaba fregando tranquila y acababa agobiada y con miedo. Esteban, cuando la percibía así, le decía: *«¿Quieres hacer el favor de dejar de ver la tele? ¡Si todo el rato dicen lo mismo! ¡Menudas ganas de sufrir tienes!»*. Y no es que tuviera ganas de sufrir, Josefina, pero tenía miedo, y sentía que estar informada la hacía menos vulnerable.

Sabía que su hijo Miguel estaba cabreado con ella y lo sentía, pero también pensaba que no había hecho nada malo. A veces pensaba que era Ana, la mujer de Miguel, quien le ponía en su contra. Nunca le había gustado mucho Ana. No hubiera sabido decir por qué… pero no tenían conexión. Desde que Miguel era pequeño, Josefina siempre temió que se aprovecharan de él, pues era tan buena persona, tan buen hijo... No decía que Ana lo hiciera, eso nunca, pero, desde el día que la conoció, no pudo confiar en ella.

A Esteban, en cambio, Ana le parecía un encanto de mujer y no entendía cómo Josefina no la veía así. Nunca se lo había dicho, pero Esteban estaba convencido de que Josefina tenía celos, porque Miguel jamás se había enamorado de nadie como de Ana y, desde que la conoció, su madre pasó a un segundo plano.

Josefina nunca había digerido eso.

JUAN

Julio estaba siendo un mes de ensueño para Juan y Dolo. Apenas se despegaban. Dolo había retomado las clases en el centro de yoga y era muy feliz. Sentía que estaba volviendo a la normalidad, pero con Juan en su vida, lo que la hacía infinitamente mejor. Estaba profundamente enamorada y no podía comprender cómo se había colgado tantísimo de un tipo al que casi no conocía.

Juan sentía exactamente lo mismo, con la particularidad de que jamás le había pasado lo de ser correspondido en la misma medida. Esa vez sentía que iban a la par, y que absolutamente todo con Dolo era fácil. Parecían dos bobos: sonreían todo el rato, se les caía la baba por el otro y estaban muy, pero que muy descentrados.

Dolo, además, estaba removida. Amar así, a destajo y ser amada igual la tenía con las emociones a flor de piel. Reía y lloraba a partes iguales y Juan, aunque al principio se asustó un poco (especialmente ese día, después de hacer el amor), fue comprendiendo que era un llorar de limpieza, no de pena.

Eso era lo que más le gustaba a Dolo de Juan: que no se asustaba con su sensibilidad y que, con él, podía hablar de todo, incluso de su rollo espiritual del que no había podido hablar con ninguno de sus ex, excepto con Noe.

Estaban casi siempre en casa de Dolo, que era más luminosa y agradable, y lo hacían todo juntos: ducharse, cocinar, ir a comprar, limpiar… Amalia, la hermana de Juan, le decía siempre: *«Estáis en fase clon. Disfrútalo»*, y sabía que ella le entendía porque lo había vivido.

Un día, mientras cenaban y hablaban del precio de los pisos en Barcelona, Juan dijo: *«Una pandemia, todo carísimo, y tú y yo pagando dos alquileres, pero usando solo un piso»*, a lo que Dolo, sin pensárselo ni un segundo, le respondió: *«Deja el tuyo y vente a vivir conmigo»*. Cuando terminó de decir esas palabras, se quedó casi sin aliento esperando la respuesta de Juan, que dijo, con la misma rapidez: *«Es una locura, pero es la locura que más me ha apetecido hacer jamás»*. Dolo saltó de la silla, se puso encima de Juan y le dio tal beso que en menos de veinte segundos estaban en el sofá haciendo el amor otra vez.

RAQUEL

«Echaremos de menos a tu madre en la residencia —le dijo Raquel a Marisa cuando terminó el funeral—. *Tu madre era un encanto y moderna como pocas»*. Marisa le sonrió y le agradeció que hubiera ido. Su hijo Martín, de cuatro años, estaba a su lado. Había insistido en que quería ir al funeral de su abuela sí o sí, y aunque a Marisa le daba mucho reparo ir con él, para ser sinceros tampoco tenía a nadie de confianza para dejárselo en un momento tan delicado.

Marisa dijo algo que Raquel no comprendió con la mascarilla, pero no se atrevió a preguntar el qué. Así que sonrió con los ojos y se apartó. El hombre que lloraba tanto ya no estaba. Le había impactado verlo tan deshecho.

Un rato antes, justo cuando lo vio con la cara entre las manos, llorando, Raquel no pudo evitar empezar a llorar recordando lo buena que era Camila y lo que juntas disfrutaban de sus conversaciones. En la última que tuvieron, dos días antes de que Camila muriera, le preguntó de sopetón: «*Qué, Raquel, ¿ya has perdonado a tu marido por no querer tener más hijos?*», a lo que ella respondió: «*Me cuesta, Camila, me cuesta*». «*Ay, Raquel, no des nada por sentado. ¿A qué estás esperando?*».

Cuando Raquel llegó a casa después del funeral, estaba tocada. Su marido Julio la abrazó y ella dijo: «*Lo siento, siento cómo he estado estos últimos meses contigo. Quiero que sigamos juntos, aunque suponga no tener otro hijo. Priorizo lo que tenemos ahora. Nos priorizo a nosotros*». Él la abrazó más fuerte. Su hijo fue corriendo al grito de «*¡Yo también!*» y se coló en medio, como si fuera el queso de un bocadillo.

CARLOTA

Una semana antes de que su compañero tuviera que ir a la clínica de reproducción asistida y masturbarse en una habitación para dejar una muestra de semen, Carlota había preparado una cena romántica y llevaba ropa interior nueva. Cenaron *sushi*, que a él le encantaba, y luego, cuando todavía no habían comido un pequeño pastel de chocolate negro que Carlota había comprado para la ocasión, ella se sentó encima de él.

Empezó a desnudarle y a besarle. Él no se esperaba esa pasión que mostraba Carlota. Últimamente, las veces que hacían el amor tenían un punto de tristeza, porque ese momento de unión no podía servirles para engendrar al hijo tan esperado. Pero esa noche Carlota estaba distinta.

Él se entregó a la energía que ella derrochaba sin preguntarse nada y optó por, simplemente, disfrutar. Del comedor pasaron al sofá y luego a la cama. Cuando Rubén le vio esa ropa tan diferente a la que ella solía llevar, se excitó muchísimo y empezó a besarle la barriga mientras iba bajando más y más abajo para observar bien esas braguitas tan sensuales que llevaba. No se las quitó, simplemente las apartó un poquito para poder lamerle todo el sexo y no paró hasta que ella le dijo: «*Ven, que, si no paras, me voy a correr y no quiero todavía*».

Siguieron una hora más explorando posturas que jamás habían practicado, como si todo, aquella noche, fuera nuevo. Llegaron al orgasmo sentados en la cama, ella encima de él, abrazados y sudados completamente a pesar de que tenían la ventana abierta por el bochorno que esa noche hacía en la ciudad.

Cuando, exhaustos, se acariciaron tumbados en la cama, ella le dijo: «*El día que tengas que masturbarte para dejar la muestra de semen, recuerda todo lo que hemos hecho ahora*».

«*Te quiero, ¿lo sabes?*», respondió él. «*Ha sido fantástico, y preferiré mil veces hacerlo recordándonos, que mirando una revista porno en esa fría habitación*».

CLARA

Hacía mucho tiempo que Clara y sus hermanas no se reunían en casa de su madre. Habían visto en contadas ocasiones a Gala y, cuando llegaron, todo el mundo se ocupó de dejar claro que «*Esta niña no nos va a conocer*». Como era el cumpleaños del abuelo, les habían invitado a merendar en el jardín. Cuando Clara en el chat de familia dejó entrever que quizá no era muy adecuado, teniendo en cuenta la cantidad de rebrotes que estaba habiendo, tanto su madre como sus hermanas le dijeron: «*¡Cómo no vamos a celebrar el cumple de papá!*». Clara calló y obedeció, sintiéndose culpable, como si hubiera dicho una tontería.

Gala tenía nueve meses y estaba para comérsela. Todos sus familiares querían tenerla en brazos, y aunque al principio Gala, muy sorprendida, no dijo nada, al cabo de un rato empezó a llorar. Clara lo pasó mal desde el minuto uno, porque era como que allí no podía ser la madre segura que era normalmente. «*Ahora ve con la abuela, que vamos a ir a la cocina a buscar el pastel*», se la arrancaban de los brazos, y ella no tenía la fuerza para imponer límites.

Gala empezó a alterarse y, cuando Clara se la puso a la teta, llegaron los «*¿Todavía le das el pecho? ¡Pero si ya come de todo!*». Y luego los típicos «*Dale pastel, venga*», a lo que Clara respondía: «*No, el azúcar, cuanto más tarde mejor*». «*¡Anda ya!* —le dijo su hermana—. *¿Qué daño le va a hacer comer un poco de pastel de su abuelo...? Los padres de hoy en día estáis cargados de manías. Los míos han comido azúcar toda la vida y mira, quince y diecisiete y lo guapos que están*». «*No, si no es un tema de ser guapo o no*», respondió Clara, pero estaban todos hablando a la vez para darle la razón y nadie la oyó.

Clara optó por callar y observar, y, cuanto más lo hacía, más se encogía y más pequeña se sentía. ¿Qué demonios le ocurría cuando estaba ahí? Cuando finalmente llegó a casa y Carlos la abrazó, ella dijo agotada: «*Pensaba que la maternidad me había hecho invisible y hoy me he dado cuenta de que he sido invisible siempre. Menuda mierda*». «*No lo eres para mí*». Y cuando Clara estaba a punto de soltarse y llorar, recibió un mensaje en el móvil de su madre que le decía: «*Anda que no eres feliz tú. Te has dejado el bolso en casa*». «*Feliz, dice*», pensó Clara.

FÉLIX

El verano y la vuelta a lo que se llamó la «nueva normalidad» había permitido algunos eventos y, por lo tanto, la empresa de Félix había vuelto a medio gas. No era suficiente, pero era algo. A mediados de julio, sin embargo, la palabra «rebrote» ocupaba todas las conversaciones y noticias, y algunos eventos programados también habían caído.

Félix andaba como loco: organizaba para luego tener que anular lo organizado. Un verdadero caos que aumentaba su angustia cuando los trabajadores le preguntaban cuándo les iba a ampliar la jornada laboral. Desde julio todos habían vuelto a trabajar, pero solo cuatro horas al día. No había tanto trabajo como para ocuparles más horas, pero Félix no quería (de momento) despedir a nadie.

«Félix, algo tenemos que hacer este verano, Quim lo necesita y yo también. Tendríamos que ir a alguna parte, aunque sea al pueblo de mis padres. Está la casa de la abuela: podemos instalarnos allí quince días y desconectar un poco. Necesitamos montaña». A Félix se le hacía un mundo irse porque sentía que hacer vacaciones ese año era una irresponsabilidad. *«¡Pero si no tienes eventos!»*, le respondía Bea, y él decía: *«No me lo recuerdes».*

Al final accedió a siete días de agosto en el pueblo. Bea lo creía insuficiente para conseguir que su marido cargara pilas y tomara un poco de perspectiva. También le sabía poco a ella, que necesitaba desconectar y reponerse del confinamiento que había vivido como algo muy pesado y agotador. Pero, a la vez, sabía que no le podía pedir más a Félix, así que decidió conformarse con un verano distinto y se dijo: *«Bueno, menos da una piedra».*

FRANCISCA

Francisca abrió la puerta sorprendida. No era viernes y Sole estaba allí. *«Ay, perdone que acuda a usted pero es que… No sabía adónde ir… Estaba en la pelu y, de repente, me he mareado y me he desmayado. No sé qué me ha pasado, creo que ha sido de tanto rato de pie sin comer, o por el agobio del calor y la mascarilla, no lo sé, pero me han enviado a casa a descansar y no quiero estar sola… No puedo estar sola… No sabía adónde ir, perdone».*

Francisca vio a esa chica con cuerpo de veintipico años como si fuera una niña de cuatro. Tenía la cara desencajada y se la veía completamente perdida. *«No te preocupes, Sole, claro que puedes acudir a mí. Pasa, entra, que te voy a preparar algo».* La joven se sentó en el sofá y Francisca fue lentamente hasta la cocina a prepararle una manzanilla. Cuando volvió con Sole, también llevaba un plato con un par de magdalenas.

«Come un poco, anda, que te sentará bien…». Y Sole dijo un tímido gracias y empezó a llorar con dificultades, porque costaba mucho llo-

rar con la mascarilla, intentando evitar que se empapase. Francisca se sentó a su lado y le puso una mano en la espalda, acariciándola a círculos. Sole pensó que hacía muchísimo tiempo que nadie la tocaba con esa ternura y le entraron más ganas de llorar.

«*Llora, cariño, llora. Estás segura, aquí... Dale a tu cuerpo el descanso que necesita...*». Mientras decía estas palabras, Francisca celebró poder ser de ayuda, todavía, para alguien. Celebró que Sole hubiera acudido a ella y le gustó pensar que la vida le permitía experimentar, aunque fuera por un instante, cómo se siente una al acompañar a una hija en un momento difícil de su vida.

CINTA

El embarazo de Cinta iba viento en popa. Estaba de ocho semanas y, a pesar de seguir con algunos síntomas un poco molestos, era tal la alegría de estar esperando un hijo o una hija que siempre decía: «*Bienvenidos fueran*».

Ese martes de julio hacía un calor abrasador. Eran las cuatro de la tarde y ella volvía del súper, de una nueva jornada laboral con clientes que la hacían pensar en los meteoritos. Cuando estaba a unos cien metros de casa, notó una punzada en el bajo vientre que la hizo detenerse de golpe. «*A lo mejor es de hambre*», pensó, porque no había comido aún y, quitando importancia a lo ocurrido, siguió caminando. Pero a medida que avanzaba, el dolor seguía. Llegó a casa a duras penas y, en el ascensor, notó que tenía pérdidas que le estaban mojando las bragas.

Su corazón empezó a latir con fuerza y, con torpeza, logró entrar en casa, coger el móvil mientras entraba en el baño y decir en voz alta y rota: «*Oye Siri, llama a Bruno*».

«*Hola, guapa, ¿qué tal?*». «*Bruno, que lo estoy perdiendo... que estoy toda llena de sangre, que lo estoy perdiendo...*». «*¿Cómo? ¿Dónde estás?*». «*En casa... que se nos va...*». Cinta rompió a llorar desesperada. «*Tran-*

quila, en cinco minutos estoy ahí, tranquila, todo va a salir bien, respira…
ahora vengo».

Cinta tenía sangre en las bragas, en el pantalón y en las piernas…
Entró en la ducha y vio caer un coágulo de sangre, o eso es lo que a
ella le pareció. Se sentó sin saber muy bien qué hacer y, sin atreverse
a poner en marcha el agua por miedo de que su bebé desapareciera,
cerró los ojos y lloró como jamás había llorado, repitiendo como un
mantra: *«No te vayas, no me dejes, no te vayas, no me dejes…».*

ROCÍO

Jose no había cedido y, como se habían separado a las puertas de julio,
había exigido empezar la custodia compartida por semanas enteras.
Rocío quería algo más progresivo y sí, tener una custodia compartida,
pero verles más a menudo, y que ellos no tuvieran que estar tantos
días separados de mamá ni de papá. Pero Jose en eso fue tajante y ella,
rodeada por una aura de culpa permanente, cedió.

La semana que no estaban con ella, sufría horrores. Les echaba
tanto de menos… Si les llamaba, Jose le decía que estaban jugando,
que no podían ponerse o que no era buen momento. En siete días,
era afortunada si podía hablar con ellos un par de veces. Luego, la
semana que volvían de estar con su padre, se pasaba los primeros dos
o tres días gestionando enfados, llantos continuos y malestares varios.

Era agotador, especialmente cuando el mayor le contaba cosas
que la hacían poner de mala leche. Como, por ejemplo, que el día que
había llamado ella, él se quería poner y papá no le había dejado. O
que papá había dicho que ella había querido dejarles, pero que él jamás lo hubiera hecho.

Rocío vivía esa situación como algo extremadamente injusto que
sentía que no merecían ni ella ni sus hijos. Sin embargo, había cosas
que, poco a poco, la iban reafirmando en su decisión: una de ellas

era ver cómo era Jose y lo que hacía. La otra, sentir que, desde que no estaba en esa casa, cuando pasaba tiempo con sus hijos, estaban infinitamente mejor. Su maternidad había cobrado otra forma, más gozosa, más plena y más conectada a ellos y a sus necesidades, porque sentía que las suyas estaban más cubiertas. La semana que no los tenía se llenaba para luego darlo todo la semana que sí.

El piso estaba a su gusto y se sentía bien en él. De verdad. Una noche, con los niños ya dormidos y en un arrebato de esperanza, mandó un mensaje a Jose: «*Siento si te he hecho daño. Lo siento, no era mi intención. Por favor, llevémonos bien. Por ellos, y por el amor que nos hemos tenido*». Jose jamás respondió.

ELSA

El día que Elsa e Iñaki quedaron a solas fue para ir al cine. Se dieron la mano nada más verse y estuvieron besándose durante toda la película. A la salida, ninguno de los dos hubiera sabido contar de qué iba el filme. Habían estado ocupados con las removidas físicas de sus cuerpos. Para ninguno de los dos habían sido los primeros besos, pero sí los primeros de ese modo: apasionados, bien hechos, sintiendo un mar de emociones dentro que les hacían temblar.

Para Elsa, aquel año estaba siendo el mejor de su vida. Se sentía mayor, enamorada, correspondida y además era verano. ¿Qué más podía pedir? Era feliz y ni siquiera recordaba el confinamiento largo y pesado que había tenido que vivir.

Iñaki estaba enamorado por primera vez y todo le parecía nuevo. Sentía que Elsa era la chica más interesante, guapa y atractiva que jamás había visto y sentía que llenaba de luz todo su agobio por la crisis del coronavirus. Porque él sufría con lo que estaba pasando, más que el resto. «*Es que es un chico muy sensible*», había oído siempre en casa y, a pesar de que odiaba tener encima esa etiqueta, sabía que tenían razón.

Él vivía la actualidad, las injusticias y las crisis como si le fuera la vida en ello. Sufría por los desvalidos y se indignaba con los que podían hacer algo para mejorar la situación de tantos y no lo hacían. Por eso, enamorarse de Elsa y esos besos en una tarde de cine le ayudaron a llenar de luz tanto sufrimiento y sensibilidad. Se centró en las caricias y en los labios de Elsa y, de repente, le dijo: *«Me encantaría ser tu primer novio»*. A lo que ella respondió: *«Y a mí tu primera novia»*. El beso que vino después duró toda una secuencia.

MARISA

Marisa estaba en *shock*. Su madre había muerto y, para ella, por dentro, era como si no. Cuando ocurrió, la llamaron de la residencia para decirle que Camila había muerto de madrugada, durmiendo, y Marisa no se lo podía creer. Tenía la sensación de que no podía ser, de que el funeral y demás era un puro trámite y que, en unos días, podría ir a la residencia a ver a su madre, como siempre.

En el funeral lloró poco. Actuaba como por inercia, haciendo lo que se esperaba de ella, pero aún no era consciente de lo que había ocurrido en realidad. Quizás era porque había sido de golpe, o porque tenía a Martín todo el rato con ella y no podía desmoronarse, o por las dos cosas a la vez.

«Ha venido muy poca gente», pensó Marisa, y se alegró. Por lo menos, la COVID-19 había impedido lo que seguramente hubiera ocurrido si no hubiera sido por la pandemia: un tanatorio abarrotado que, a Marisa, le apetecía cero. Así ella se ahorraba eso que se le hizo tan tedioso y desagradable cuando murió su padre: aguantar la venida de cada uno y oírles el *«Te acompaño en el sentimiento»* cuando solo tienes ganas de meterte en la cama y llorar.

Durante el funeral, le impactó algo en lo que no había pensado hasta entonces: la sensación de que ya no quedaba nadie por delante de ella y que la próxima en morirse, si se hace caso a la lógica, sería ella. Ya no había abuelos, solo ella (madre soltera) y Martín.

Ahí sentada, escuchando unas palabras de la maestra de ceremonias que le resonaban más bien poco, recordó, como un flash, las palabras de su hijo la noche anterior: «*Mamá, no llores. Tenemos un hilo invisible que va de nuestro ombligo al de la abuela y nos conecta para siempre. Nos lo contaron en el cole. Lo dice un cuento*».

Dio gracias a la vida por tener a Martín a su lado. Cerró los ojos y pensó: «*¿Por qué te has ido, mamá?*». De repente, fue como si la tuviera delante y la sintió presente diciéndole: «*Marisa, no ibas a pensar que iba a ser yo la única inmortal, ¿verdad? ¡Estaba aburrida, hija, y aquí estoy mucho mejor! ¡No te preocupes por mí y dile a esta que habla en mi funeral que se calle ya!*».

DOLO

Cuando Dolo llegó a la playa, vio enseguida que los hijos de Noe y Julia venían corriendo desde la orilla a recibirla. «*Menuda vista tienen*», pensó. Hacía meses que no se reunían, y Dolo siempre había sido la amiga enrollada de sus mamás. La abrazaron sin pensarlo y la dejaron totalmente mojada.

Dolo llegó donde tenían las toallas y saludó a Noe y Julia, que estaban intentando que el peque no tirara arena a los vecinos mientras construía un castillo de arena. Bet y Óscar se fueron al agua y, mientras, Dolo se quitó la ropa y se quedó en bikini, Noe le dijo: «*Ya nos lo estás contando todo. TO-DO*».

«*Estoy colgadísima, tías... Juan es... bufff... El hombre que creía que no existía, y lo tenía en el balcón de enfrente. ¿Os lo podéis creer?*». «*¿En serio? Jo, qué guay... cuánto me alegro, Dolo, te lo mereces*».

Y les contó, con pelos y señales, todo su romance. «*No nos hemos separado desde ese día que nos encontramos en el súper. Vamos, que ha dejado su piso y ya estamos viviendo juntos. Pim, pam*». «*¿EN SERIO?*

Ja, ja, ja… ¡A vosotros el coronavirus os ha dado la alegría del siglo! Debéis de estar felices de la vida, como viviendo en un mundo paralelo…». «*Un poco sí, la verdad… Aunque él echa mucho de menos a su familia, especialmente a su madre, y sufre por ella, porque la ve mayor y tiene miedo de que enferme».* «*Ay, Dolo, no me digas que es uno de esos enganchados a mamá».* «*Pues la verdad, no lo sé…».* «*¿Lo ves? Algún defecto debía tener»,* soltó Noe con una media sonrisa para chinchar un poco. «*Dolo, no le hagas ni caso. Tiene envidia porque ella y yo ya ni nos acordamos de cuando lo hacíamos sin parar… que, con tres, la cosa está chunga»,* dijo Julia.

Todas se rieron, aunque Dolo, por dentro, pensó: «*Por favor, que no sea de esos».* Y, para quitarse ese pensamiento de encima, se levantó y dijo: «*Me voy al agua con los niños. ¿Os apuntáis?».*

ÁFRICA

África y su familia volvieron de Francia justo para poder cumplir con dos conciertos que ella había podido conservar. Eran dos bolos al aire libre, en un lugar con entradas anticipadas y con distancia de seguridad. «*¡Qué raro será, Pau! ¡El público no podrá ni bailar! Será rarísimo».* A África se le hacía un mundo imaginar la nueva realidad, pero, al fin, podría cantar.

El día del primer concierto fue a la pelu y se maquilló a conciencia… Estaba nerviosa. Habían quedado a las cuatro para las pruebas de sonido y tenía media hora de viaje en coche. El batería del grupo la pasaba a recoger a las tres, para ir con tiempo, pero ella, media hora antes, estaba lista.

Dio teta a Leo, que flipaba con los collares que África se había puesto para la ocasión. Llevaba una bolsa grande con la ropa del concierto, pero el maquillaje y los collares ya los llevaba puestos porque, a veces, cuando ya estaba en el lugar concertado, surgían imprevistos y no le daba tiempo a maquillarse como a ella le gustaba: con tiempo y calma.

Cuando Leo había ya mamado de las dos tetas a conciencia, se subió la camiseta y se despidió de Lia y Pau, que le desearon la mejor de las suertes. «*Quiero verte cantar, mamá*», dijo ella. «*No, Lia, hoy no, que canto por la noche y, además, Leo no aguantaría. En el próximo concierto de tarde te vendrás conmigo, ¿vale?*». «*Vale*».

Cuando estaba en el rellano, recordó la noche de confinamiento en la que, llorando en el balcón, la voz de la vecina la hizo sentir menos sola. Una vecina con la que alguna vez se había cruzado, pero con la que jamás había hablado. Como se había prometido que un día iría a darle las gracias y a darle un abrazo, se acercó a su puerta y llamó.

Salió un hombre con cara de pocos amigos y la aguardó en silencio. «*Hola. Quería hablar un momento con la mujer que vive aquí… He visto en el buzón que se llama Rocío. ¿Está?*» «*No. No está ni estará, lo siento*», dijo, y le cerró la puerta en los morros.

África se quedó quieta, sorprendida y con cierto mal rollo dentro. ¿Qué le había pasado a su vecina?

Dentro del ascensor, se reprochó no haber hecho ese gesto antes y deseó, para sus adentros, mucha suerte a esa mujer que, por lo visto, se había ido del lado de ese hombre malhumorado.

ANA

Ana intentaba no meterse en la relación de Miguel con sus padres, pero a veces tenía que hacerlo si la situación pasaba de negro oscuro. La más especial, según Ana, era Josefina, que era de armas tomar. «*Tu madre tiene tela*», le decía siempre a Miguel, cosa que él ni afirmaba ni desmentía. Ana lo pasó fatal cuando nació Rita porque Josefina se adjudicó un papel que no le tocaba. Aparecía en su casa día sí y día también, le arrancaba a la bebé de los brazos y dirigía a su hijo como si él no fuera adulto, sino un niño de parvulario.

Un día, Ana, removida hasta las entrañas, tuvo que hablar seriamente con su compañero y le dijo: «*O le pones los puntos sobre las íes a tu madre o tendré que hacerlo yo, y no me apetece nada».* Miguel le tuvo que decir (no sin pasarlo fatal) «hasta aquí» a Josefina.

Ana creía que su suegra aún no se lo había perdonado, pero ya le daba igual. Fue duro, porque a Miguel le costó mucho contradecir a su madre. Ella se ofendió y actuó a lo tragedia griega durante semanas. Desde entonces, su relación nunca fue la misma.

Cosas sin hablar, sensación de no ser escuchado ni tenido en cuenta... hicieron que Miguel se alejara de ella, y lo sentía, porque, en el fondo, la amaba. Era de armas tomar, sí, pero... ¡era su madre!

Ana estaba feliz de no ver a la suegra esos días de pandemia porque, cuando estaba con ella, notaba que la juzgaba en todo. Jamás se sintió acogida. Jamás se sintió bienvenida en esa casa. Ana, al principio de salir con Miguel, le dijo: *«Tu madre me culpa por haberle robado el hijo»*, a lo que él respondió: *«¡Pero qué dices!».*

Ahora, años después, Ana seguía pensando lo mismo y Miguel, aunque nunca lo había dicho en voz alta, sabía que Ana tenía razón y le dolía en el alma porque él las amaba a las dos.

JUAN

Juan y Dolo estaban en la puerta de casa de la madre de él. Este le agarró fuerte de la mano y le preguntó: *«¿Estás nerviosa?».* *«Bueno, un poco...».* *«Le vas a gustar seguro».* Cuando Carmen les abrió la puerta, vieron cómo sus ojos se achinaban. *«Ay, qué ilusión conocerte, Dolo. Juan me ha hablado tanto de ti...».* *«Igualmente»,* dijo ella. La mujer la abrazó sin pensarlo. Dolo se quedó casi paralizada: que recordara, su madre nunca la había abrazado y le sorprendió que ella, sin conocerla, lo hiciera.

Carmen llevaba una mascarilla con una lengua dibujada y quedaba raro verla tan mayor con eso, pensó Juan. *«¿De dónde has sacado esto?».* *«¿A que es chula? Las hace mi vecina, la Paqui, y me las vende a dos euros».* *«Vaya, vaya, ya veo que en el barrio hay tráfico de mascari-*

llas». «Y de otras cosas, Juan, y de otras cosas. Que Reme, la que es superamiga de Paqui, hace unos aceites con marihuana para el dolor que van de maravilla. Yo me lo pongo en la cadera antes de acostarme y, donde esté ese aceite, que se quite el paracetamol».

«Qué divertida mujer», pensó Dolo, y se le quitaron todos los miedos de cómo iba a ser su suegra. Les hizo pasar y fueron al patio, donde Carmen había servido café y agua hirviendo por si Dolo prefería una infusión. «*¿Así qué? ¿Viviendo ya juntos? Menuda sorpresa... Aunque viendo cómo ha ido todo y cómo está el mundo, chicos, disfrutad, que la vida son dos días. Si lo veis claro, pa'lante, que, mira, un día viene la covid esta y te fulmina en un santiamén».* «*Me gusta saber que tenemos tu bendición, mamá».* «*¿Cuándo has necesitado tú mi bendición para nada? Que eres más tuyo que tu padre, en paz descanse. Además, tú las tienes todas. De parte de mí, todas».*

A Juan se le caía la baba. Sabía que tenía una madre especial y se sentía orgulloso de ello. Dolo observaba su conversación con admiración y con cierta pena al darse cuenta de que ella, esa relación con sus padres, no la había podido tener nunca.

MARISA

Ese sábado habían invitado a Martín a pasar el día en casa de un amigo de clase que tenía piscina. *«Aprovechemos antes de que nos encierren otra vez* —le dijo la madre del niño a Marisa— *y así puedes estar un rato tranquila». «Se agradecen esas mamás que saben lo importante que es, a ratos, estar sola y te echan un cable»*, pensaba ella. Primero aprovechó para limpiar con más calma de la habitual en ella. Estaba premenstrual, y, siempre que le tenía que venir la regla, le daba por ordenar, tirar y limpiar como si no hubiera un mañana.

Cuando le tocó pasar el aspirador por su habitación, en un rincón al lado de la ventana vio las dos cajas que Raquel, la cuidadora de la residencia, le había dado de su madre. A un lado, podía leerse, escrito con rotulador negro: «Camila». Había pensado abrirlas cuando se las dieron hacía unas semanas, pero no quiso sacar lo de dentro aún. Sentía que no estaba preparada para tocar la ropa y las demás cosas de su madre.

Pero ese día, con el arrebato de hacer limpieza y ordenar, decidió que había llegado el momento. Sacó la ropa y se dio cuenta de que casi no olía a Camila, pero había un ligero rastro de la colonia que su madre se ponía sin excepción cada día. Dejó la ropa y buscó la colonia en el neceser. La tiró al aire y la olió cerrando los ojos, dejando que las gotas le cayeran encima.

Siguió sacando cosas y encontró libros y una carpeta azul claro. La cogió y se sentó en la cama. La abrió convencida de que serían papeles sin importancia o algunas viejas fotos que debía guardar en su habitación. Ni por asomo pensó que encontraría unas treinta páginas escritas a mano por ambas caras encabezadas por una hoja casi en blanco en la que se leía: «Para Marisa».

El corazón le latía con fuerza y, de repente, sintió una mezcla de miedo y alegría que le impedía seguir leyendo. Paró, soltó los papeles y empezó a llorar. Su madre la había tenido en cuenta y presente incluso para cuando ella ya no estuviese aquí. De repente, Marisa se reprochó no haberla visitado más a menudo, no haberla llamado más, no haberle escrito cartas a mano y a dos caras mientras seguía viva. Cogió un pañuelo, se sonó la nariz, recogió los papeles y empezó a leer.

ELIA

Era la primera vez que Elia pasaba una semana sin los niños. Ese verano, el primero desde su separación, decidieron hacerlo así, a semanas. Hacía unos días, su hija Claudia le había dicho a Elia que papá tenía una amiga, y se había puesto a llorar diciendo *«Lo siento»*, como si ella tuviera la culpa de algo. Su madre respondió *«Lo sé y no pasa nada»*, aunque, en realidad, sí pasaba.

No era porque quisiera estar con Santi, sino porque le rompía el corazón ver la pena de Claudia. Aquella pena la hacía sentir culpable por haberle propuesto a Santi en su día que debían separarse. Y bueno, por qué no admitirlo, también le jodía que él ya estuviera en otra relación (aunque él decía que no) cuando ella ni siquiera había pensado en quedar con nadie.

Era agosto. Su amigo Juan Carlos la había invitado a tomar algo en un chiringuito de la playa para celebrar su cumpleaños: *«Seremos pocos, y algún hetero habrá»*. Él siempre le decía que empezara a desmelenarse, que la vida era lo que sucedía mientras ella le daba vueltas a todo. Elia le mandaba a freír espárragos, aunque parte de razón no le faltaba. Llevaba bloqueada desde la separación, y de eso ya hacía un año.

Era raro ir a la playa con mascarilla, quitártela para tomar el sol, ponértela para ir al chiringuito y volver a quitártela para tomar algo… *«¡Qué tiempos más raros!»*, pensaba, cuando, de repente, alguien le tocó el hombro: *«¿Elia?»*.

«*¿Matt?*». «*Guau, cuánto tiempo sin verte...*». «*¿No estabas en Londres?*», le preguntó Elia. «*Estaba, pero volví...*». Con Matt habían trabajado juntos y se habían liado un tiempo antes de que Elia conociera a Santi y de que Matt se fuera a vivir al extranjero. Estaba más calvo, «*Pero igual de atractivo*» que siempre, pensó Elia.

«*Matt, ¿eres tú?*». Juan Carlos se acercó y le abrazó fuerte. «*¡Qué bueno que estés aquí! ¡Es mi cumpleaños! Quédate a mi fiesta, vamos*». «*Me encantaría pero no puedo*». Elia pensó «*Lástima*», porque algo que estaba muuuy dormido se había activado en ella. «*Estoy ahí, en la orilla, con mi mujer y un bebé de diez meses que no para de comer arena. Sí, soy padre*».

«*Era de esperar*», pensó Elia. Hablaron unos minutos más, se abrazaron y Matt se fue.

Entonces Juan Carlos se fijó en Elia, que no podía quitarle los ojos de encima, repasando todo su cuerpo, y le dijo: «*Nena, Matt ya se fue. Ahora ven, que te presento al único hetero que ha venido a mi fiesta. Te va a encantar*».

MAYA

Maya había decidido no acceder a pasar las vacaciones con Santi y sus hijos. La semana que estaban con él, les veía algún rato, pero cuando realmente estaba con Santi era la semana que no le tocaban Claudia y Max. Entonces podían retomar lo suyo donde lo habían dejado: básicamente, hablar, cuidarse mutuamente y hacer el amor. Tenían una bonita relación, pensaban. El sexo les encantaba: exploraban, disfrutaban y llegaban a cotas de placer que jamás ninguno de los dos había alcanzado.

A veces Maya creía que estaban más juntos por el sexo que por lo demás, pero en el fondo sentía que no. Sabía que se habían encontrado en un lugar de conversación, escucha y no juicio que los dos necesitaban más que nunca. El sexo era fruto de todo lo anterior. O quizás era al revés, ¡qué más daba!

Cuando Maya llegó de visita al camping donde Santi estaba pasando unos días con sus hijos, en la montaña, le mandó un mensaje desde la puerta para que fuera a recogerla. Llegó solo y se besaron en los labios. A Maya le sorprendió, porque intentaban no darse muestras de afecto si Claudia y Max podían verlas. Santi le dijo: *«Tranqui, están jugando en la parcela de al lado con unos niños que han conocido».*

Se dieron la mano y, al cabo de un rato, Maya se la soltó de golpe. *«Todavía nos queda un buen trecho para llegar. Este camping es enorme, así que los niños no pueden vernos aún».* Pero Maya no se la había soltado por Max y Claudia, sino porque, a lo lejos, había visto a uno de los compañeros del equipo de fútbol sala de Berto.

De repente se sintió culpable y la asaltaron todos los miedos, los mismos que le habían impedido contarle a sus padres que había conocido a Santi y que este mejoraba su vida, los mismos que la habían hecho vivir esa relación sin contársela a nadie. Le daba miedo que los demás pensaran que, si sonreía, era feliz a ratos o estaba con otra persona, era porque en realidad no había querido a Berto. O lo había olvidado. O que su dolor no era de verdad. O que su duelo se había esfumado.

Pasó todo el día seria, ausente, y, antes de cenar, dijo: *«Bueno, yo me voy ya».* Antes de que Santi comprendiera lo que había ocurrido ese día, Maya ya no estaba allí.

FÉLIX

Cuando llegaron a casa de la abuela de Bea en el Pirineo, Félix, friolero desde siempre, tuvo que ponerse un jersey. Su hijo, Quim, estaba emocionado. Bea celebraba llegar al pueblo de su infancia; sentía que allí podría volver a encontrarse. Félix estaba, pero sin estar. Julio y agosto, dos meses potentes para su empresa, estaban siendo un auténtico fiasco. Habían organizado tres eventos en julio y solo uno en agosto.

«*El puto miedo*», siempre decía él cuando le preguntaban por qué se le había anulado el último evento organizado. Con eso no pagaba el local, el crédito ni las nóminas. Por suerte, Bea trabajaba como comercial en una farmacéutica y se ganaba bien la vida. Pero quizás eso le hacía sentir peor, porque ahora sentía que dependía de ella, y eso le incomodaba.

Se instalaron en esa casa de piedra y madera tan bonita, y tuvieron una agradable cena los tres. Después de dos copas de vino y un par de partidas de cartas con Quim, Félix se sintió feliz por primera vez en mucho tiempo.

Había algo, aunque no podría describir qué, que le acariciaba el alma. Ahí, con su familia y unos días de desconexión, llegó a pensar que todo pasaría pronto y que podría seguir adelante con su negocio, en el que confiaba con todo su corazón.

Bea, muchísimo más práctica, realista y sin apego alguno a la empresa de Félix, sabía muy bien (por su trabajo en la farmacéutica) que la pandemia se iba a llevar por delante esa empresa de eventos. Solo rezaba para que no se llevara también por delante a su marido, y de rebote, a la familia entera.

BRUNO

Hace un mes que Bruno llegó a casa y vio a Cinta en shock. Cuando llegaron al hospital, les confirmaron lo que sospechaban: el bebé ya no estaba, lo había perdido. Jamás pensó que le pasaría algo así, pero después, en los días posteriores amigos y familiares le contaron que era muy habitual y que no significaba que no pudieran conseguirlo la próxima vez. En un mes, él lo había asimilado y estaba preparado para, cuando Cinta quisiera, volver a intentarlo.

Pero Cinta seguía de duelo. Habían vivido la pérdida de una forma tan opuesta que a veces se miraban y no se reconocían. Habían ido a la par el día del hospital y el siguiente, sintiendo tristeza y sosteniéndose mutuamente. Pero luego, poco a poco, fueron transitándolo de forma distinta.

A Cinta le molestaba no verlo triste, escucharlo hablar de otros temas, como si nada hubiera sucedido. Un día se lo reprochó y Bruno se enfadó. *«No hagas eso»*. *«¿El qué?»*. *«Considerar mal o incorrecto que yo no sienta o viva las cosas como tú. Porque yo podría reprocharte lo mismo y no lo hago»*.

Pero es que Cinta no conseguía aceptar que eso que había imaginado no se iba a cumplir. Sin embargo, lo peor era pensar que quizás había sido ella, que había hecho algo mal y que por eso lo había perdido. Pasar demasiadas horas sin comer ese día, o no haber descansado suficiente cuando podía, o haber tenido demasiados miedos, o incluso no haberle amado mejor. *«Quizá no me ha querido como madre»*, pensaba. Y se hundía un poquito más.

Y cada vez que Bruno le decía *«Pero podemos volver a intentarlo»*, ella sentía un *«No puedo»* fuerte y potente dentro.

JUAN

Dolo y Juan habían preparado una cena exquisita. Esa noche iban a cenar a su casa Noe y Julia, unas amigas de Dolo a quienes Juan todavía no conocía. Sus tres hijos habían ido a pasar el fin de semana a casa de sus primos y ellas tenían un fin de semana para ellas solas, lo que no pasaba desde hacía un año.

El día que Dolo le contó a Juan que la relación más larga que había tenido había sido con una mujer, él se cagó. De repente tuvo miedo de que lo suyo fuera fugaz o un capricho, y que, en realidad, a Dolo le gustaran más las mujeres que él. Estuvo un buen rato callado y Dolo al final le preguntó si tenía algún problema con lo que le acababa de contar.

«No sé, me ha entrado miedo». *«¿De qué?»*. *«De que te gusten las mujeres. Porque contra eso no puedo hacer nada»*. *«Tampoco podrías hacer*

nada si me gustara otro hombre. Y, bueno, me ha gustado, sí, y ahora me gustas tú, muchísimo, más que nadie en mi vida. No sé si te sirve».

«¿Pero te gustan las mujeres o los hombres?». «Y eso, ¿qué más da? Me enamoro de la persona, de lo que siento con ella, de lo que me transmite, de lo que siento que es... Jamás me ha importado el sexo que tenga, aunque, sea dicho de paso, el tuyo me encanta».* Dolo se acercó y le besó.

Estuvo un buen rato removido pero luego, cuando se metió en la cama, recordó algo que siempre le había dicho su hermana: *«El amor, o es libre o no es».* Respiró hondo, se giró hacia Dolo y le dijo: *«Jamás había tenido una relación como la que tengo contigo. Supongo que siempre había habido algo de dependencia... y de miedo. No quiero que sea así contigo. No quiero tener miedo».* «No lo tengas. Vivamos esto sin miedo, nos lo merecemos».*

Días después, cuando cenaron los cuatro en casa de Dolo, Juan celebró estar al lado de esas mujeres con las que se lo estaba pasando tan bien. Celebró la apertura de Dolo, Noe y Julia, y decidió aprender de ellas.

FRANCISCA

El día que Sole acudió a Francisca porque se había desmayado en la pelu, pasó todo el día en su casa. Después de llorar un buen rato, se quedó dormida en el sofá. Mientras, su anfitriona preparó un arroz con verduras y comieron juntas. Pasaron la tarde charlando delante de una taza de té.

Francisca le contó que había tenido un hijo, Bernat, que había muerto al nacer, a los ocho meses de gestación. Le contó que es algo que se queda clavado en el alma para siempre y a veces, como en su caso, te impide volver a intentarlo por el miedo a pasar por ello otra vez.

Le habló también de Pedro y de cómo él siempre había respetado su duelo, su dolor y su deseo de no volver a intentarlo. No habían hablado mucho de ello. Era un tema tabú porque ninguno de los dos quería remover el dolor del otro y preferían quedarse en silencio con el propio.

Sole no le contó mucho de su vida, solamente que no tenía pareja ni tampoco familia. Que la poca que tenía vivía a miles de kilómetros y que no le apetecía recordarles ni hablar de ellos, cosa que Francisca respetó a rajatabla.

«Vuelve cuando quieras, me ha gustado tenerte en casa. Eres lo más apasionante que me ha pasado en todo el año», le dijo, y se rieron juntas. Fue la guinda del pastel de un día de julio en el que las dos se sintieron menos solas.

Desde aquel día, cada semana Sole iba a visitar a Francisca a su casa, además del viernes, que la peinaba. Unos días comían juntas y otros Sole la acompañaba a pasear y a comprar al mercado. La mujer se agarraba a su brazo y así no necesitaba el bastón, con el que no tenía mucha destreza. En una etapa de distancia social, habían encontrado la una en la otra el calor y la cercanía que tanto necesitaban.

CELIA

Ramon seguía pintando casas sin parar, esperando, inútilmente, recuperar los meses de confinamiento en los que todo se anuló. Ese año no habría vacaciones en la playa, pero Celia, que tenía tres semanas de vacaciones, esperaba hacer algo con sus hijas. Algo que no era fácil con una bebé, una de casi tres años y una de seis.

Ese verano ella tenía la sensación de que las dos mayores se peleaban más que nunca. Todo el rato estaban riñendo y ella, sin querer, disculpaba a la mediana porque la veía demasiado pequeña como para comprender nada. Así que Idoia, la mayor, estaba cada vez más enfadada con ella.

Un día, las dos niñas llegaron a las manos y Celia, que estaba dando el pecho a la bebé, perdió el control. Se levantó de golpe, la bebé empezó a llorar, fue hacia sus otras dos hijas y les gritó: «*¡Ya está bien, hombre, ¿qué es eso de pegaros? ¿Queréis hacer el favor? ¡Estoy harta! ¡Estáis todo el día chinchándoos!*». En dos segundos, Celia tenía a las tres niñas llorando a pleno pulmón.

«*La has cagado bien*», se dijo Celia, y se sintió agotada y muy enfadada con Ramon por no estar nunca, por dejarla sola y por trabajar de sol a sol, a pesar de no tener tanta necesidad económica que lo justificara. Se enfadó con ella por haber cruzado una línea roja y haber descargado en las niñas el cabreo que en realidad tenía con Ramon. Empezó a llorar a la vez que decía: «*Perdón, lo siento, no quería gritaros, lo siento...*».

Cuando se calmó, cogió el móvil y le mandó un mensaje a Ramon: «*O terminas de trabajar más pronto cada día o me largo con las niñas a casa de mis padres hasta que empiece el cole. No aguanto más*».

EVA

Hacía ya unas semanas que Bianca había nacido cuando Eva notó que cada vez tenía menos ganas de ver a su madre. Le ponía la excusa de la covid, de que tenían que protegerse, pero su madre se moría por ver a su nieta y le decía que estuviera tranquila, que no se preocupara. Últimamente, cuando su madre estaba con ella, Eva se ponía muy nerviosa.

No hubiera sabido decir qué la molestaba tanto: a ratos eran las frases que le decía a la bebé; en otras ocasiones, la forma de hablar con ella, lo que hacía en su casa moviéndose como un torbellino sin respetar el modo *slow* en el que estaban Eva, Bianca y Piero, su mera presencia...

Eva adoraba a su madre y siempre se habían llevado bien. Eso hacía que no comprendiera el porqué de esa aversión repentina que la hacía hablarle mal tan a menudo. No se lo merecía.

Su madre le respondía: «*Hija, debes de tener las hormonas raras, porque estás muy desagradable*». Y era verdad, estaba desagradable, pero solamente con ella. Era como que le había nacido una rabia que no había recordado sentir con su madre antes y no comprendía nada. Se sentía profundamente culpable y le decía a Piero, su pareja: *«¿Qué me pasa? ¡No me reconozco! Pero es que solo de pensar que mañana quiera venir otra vez, me entran todos los males».*

Lo peor era por la noche, cuando se desvelaba a veces dando el pecho a Bianca y empezaba a preguntarse por qué le molestaba tanto su madre, qué había pasado para sentir ese rechazo, y no encontraba respuestas.

Un día que los tres estaban durmiendo la siesta, su madre llamó, despertando a la peque y a sus padres: *«¡Mamá, estábamos durmiendo!».* *«¿A estas horas? Ay, perdona, no lo sabía».* *«¿Qué quieres?».* *«Nada, saber cómo estabais y si queréis que vaya a arreglaros algo».* *«Estamos igual que ayer, y no, no quiero».* Se hizo un silencio y su madre respondió: *«Solo quiero ayudar».* *«Pues no ayudes tanto»,* le salió a Eva, a lo que su madre solamente dijo *«Adiós»* y colgó.

«Mierda», musitó Eva. *«¿Qué ha pasado?»,* preguntó Piero. *«Que la he cagado pero bien. Es que no puedo con la transformación de mi madre en abuela apasionada».* *«Bueno, ven, túmbate, aprovechemos que ahora está tranquila y descansemos un poco más».* Pero Eva ya no pudo pegar ojo y Bianca tampoco.

JOSE

Las semanas que le tocaban los niños, Jose se organizaba con la ayuda de su hermana y de sus padres. Era funcionario y, cuando salía de trabajar, intentaba pasar las horas acompañado de alguien que le ayudase con los dos peques.

La decisión de Rocío de separarse le cogió por sorpresa. A él, su relación le parecía bien. Es cierto que no era para tirar cohetes, pero él no necesitaba fuegos artificiales. Había crecido en una casa con unos padres que tenían una relación mil veces peor que la suya y de

Rocío, así que, en comparación, lo que tenía era muchísimo mejor y le valía.

Jose no quería hacer autocrítica, estaba demasiado dolido y enfadado como para responsabilizarse de algo. A su hermana, en cambio, no le sorprendió esta separación posconfinamiento. Ella siempre le decía a su marido: «*Rocío es una santa. A mi hermano no le aguantaría ni la mitad de lo que le aguanta ella*». Porque Jose no hacía nada y todo el peso de la crianza y de la casa recaía en Rocío. Eso sí, luego opinaba de todo y, si le parecía, también lo criticaba.

Ahora, en pleno agosto, estaba de vacaciones y la semana que tenía a los niños no sabía qué hacer con ellos, así que tiraba de lo mismo: ir a ver a su hermana y a sus padres.

Ella, harta de tener que hacer de canguro de sus sobrinos cada dos por tres, y lo que era peor, también de su hermano, un día se cansó: «*Oye, Jose, no puedes venir aquí cada vez que tengas a los niños. Haced algo, llévales a algún sitio, jolín, que es agosto y estáis de vacaciones*». «*¿Te molestamos?*». «*No vayas por ahí, que te conozco. No me voy a sentir culpable por lo que te he dicho. Son tus hijos. Cuídatelos tú*».

Hubo un momento de silencio tenso y luego él admitió: «*Es que siempre los ha cuidado Rocío... Yo no sé*». «*Mira, Jose, pues haz como hemos hecho todos los demás madres y padres del mundo: aprender*».

CAMILA

«*Querida Marisa:*

Si estás leyendo este papel es porque he muerto y puede que estés triste. Lo entiendo, yo estaría rota si hubieras muerto tú, pero, de verdad, créeme, hija mía, estoy mejor donde estoy. Sí, ya sé que te escribo y no sé todavía lo que es la muerte, pero, francamente, ya he vivido lo que tenía que vivir. Siento que he terminado mi tiempo aquí y, aunque estoy bien, me apetece probar lo otro, sea lo que sea.

Mi madre, antes de morir, decía que veía a la suya. Yo no veo a nadie aún, pero si tengo que elegir, ojalá vea a tu padre. Si le veo, le voy a contar que te has convertido en una mujer maravillosa y que estoy muy orgullosa de ti. Que tienes a Martín, un niño fantástico que es todo amor, y que eres determinada, capaz y todo lo que él quería que fueras.

Te escribo estos papeles porque me cuesta decir estas cosas en persona y, cuando vienes, entre que estamos con Martín y mi dificultad de decir cosas bonitas cuando te tengo delante, se me pasa. Y luego te vas y me digo: "Jolín, Camila, ¿cuándo vas a decirle que la quieres más que a nada en el mundo?". Pero hija, a mi edad, cuesta muchísimo cambiar y lo que no tienes ya no viene. Los viejos somos tercos, qué le vamos a hacer.

Si he muerto, quizá te sientes culpable por lo de la residencia y estas cosas... No lo hagas. He estado bien, me tratan muy bien. Gritan demasiado, eso sí. A veces pienso que creen que somos todos sordos, y no. O que tenemos cuatro años, y tampoco. Pero bueno, sé que es con buena intención, así que me hago la despistada y no les digo "¡Que no soy sorda!" gritando como ellos, porque me sabe mal. Tampoco quiero ofenderles, que son buena gente.

Estoy feliz de no ser una carga para ti. Me gusta cómo nos relacionamos y ver que tienes tu vida. Aquí hay compañeras que se pasan el día criticando a sus hijos y no lo entiendo. No nos debéis nada... o eso creo. Pero bueno, ¡qué sé yo de sus relaciones e historias vividas! Por eso no digo nada y sigo a lo mío.

Y lo mío es escribirte, porque no quiero irme sin decirte, tantas veces como pueda, que no hubiera podido tener una hija mejor que la que he tenido. Ojalá te amaras tanto a ti misma como te amo yo».

ESTEBAN

Un sábado por la mañana de agosto, inesperadamente, Esteban se presentó en casa de Miguel. *«Hola, ¿puedo pasar? Os echaba de menos».* Rita fue corriendo a sus brazos. Hacía tanto que no se veían... Miguel se puso la mascarilla y salieron al balcón, donde todavía no daba mucho el sol.

«Nada, que como tu madre está tan asustada por la covid y no quiere salir ni hacer nada, al final he venido yo». «¿Está muy asustada?». «Uy, Miguel... no lo sabes tú bien. Tu madre siempre ha tenido mucho miedo a la muerte, ya lo sabes, y ahora imagínate. Pero es que lo que la va a matar será el miedo, no el virus».

«Ni a la playa ha querido ir ningún día... Menudo verano, Miguel... ¡Qué aburrimiento sin playa ni nietos!». «Lo siento, papá, creía que tú estabas de acuerdo con lo que ella decía». «Yo lo que no quiero es discutir, ya me conoces». «¿Y sabe que estás aquí?». «No, porque luego tendría miedo de que yo la contagiara, y se enfadaría, y no quiero tampoco, pero mira, he salido a dar una vuelta, no me he podido aguantar y me he acercado a veros». «Pues me alegro, papá».

A Miguel le dieron pena sus padres. Él por no poder vivir como le gustaría y ella por hacerlo con ese miedo que no le permitía disfrutar del momento. Los vio viejos, vulnerables, y le entraron ganas de resolver sus vidas. Siempre le pasaba cuando les veía mal: quería hacer algo para que estuvieran mejor. Pero hacía un par de años que se había dado cuenta de que no podía salvarles ni de ellos mismos ni de su relación. Así que respiró hondo, disipó esas ganas de ser Superman otra vez y se limitó a gozar de la presencia de su padre en casa.

ROCÍO

Rocío se había ido acostumbrando a estar separada. Seguía removida y con una culpa tremenda a cuestas, pero a ratos —solo a ratos— sentía que podía volver a disfrutar de la vida. A medida que la convivencia con Jose se iba alejando, iba dándose cuenta de cosas que, mientras estaba en la relación, no veía. Como que él, en casa, se comportaba como una ameba: no hacía absolutamente nada, ni siquiera jugar con sus hijos y, mucho menos, cuidarla. Rocío había asumido con una naturalidad pasmosa la pasividad de Jose y ahora, desde la distancia, veía que lo que a ella la había agotado no era tener dos hijos, sino tres.

A ratos, Rocío se cabreaba con ella por haber aguantado tanto. *«¿Tan poco me quiero?»*, se preguntaba.

Quien no llevaba tan bien la nueva situación era el pequeño, de tres años. Desde que se habían separado y habían empezado con el régimen de custodia compartida, él no quería separarse de su madre ni un segundo. Vivía con una angustia que a Rocío le rompía el alma.

«¿Qué debe de hacer en casa de su padre tantos días sin verme?». La verdad era que, cuando estaba ahí, el peque era otro. Se lo tragaba todo y durante el día no expresaba su malestar. Pero, de noche, los despertares nocturnos eran infinitos. Su padre se enfadaba y acababa por metérselo en la cama. Rocío ya ni intentaba que durmiese solo y, cuando estaba con ella, sabía que su cama era la de mamá.

Un día que vio que Rocío empezaba a prepararle la bolsa para irse al día siguiente con su padre, él empezó a llorar y a gritar: *«¡No! ¡No! ¡No!»*.

Ella se sentó con él en el suelo y le dijo: *«Lo siento. Ya sé que no quieres tener dos casas, lo siento mucho»*. Pero él no paraba de llorar en su regazo, desde una angustia tan profunda que a Rocío le dolió el cuerpo. Su otro hijo de cinco años se acercó y le dijo: *«Cuando te echa de menos, viene a mí y me abraza fuerte y dice "Mami", y yo le digo que falta poco para que vengas. Creo que tiene miedo de que no vengas más a buscarnos»*.

Y Rocío ya no pudo más y empezó a llorar junto a su hijo pequeño, y el mayor se les unió en el suelo. Esa noche, la última juntos en siete días, durmieron los tres, del tirón, en la cama grande.

CARLOTA

Unos días antes de que a Carlota le hicieran la transferencia del óvulo fecundado con el semen de su marido en la clínica de reproducción asistida, la doctora le dijo: «*Lo haremos distinto. Cuando estés tumbada en la camilla y te haga la transferencia, simplemente respira y sigue todo lo que te vaya diciendo, ¿vale? Aunque te parezca raro*». Carlota se limitó a asentir con la cabeza.

Ya había pasado por otros tratamientos, y eran tan fríos, tan vacíos, que, a pesar de que lo disimulaba muy bien, le daba pavor volver a pasar por ello. Sería distinto, porque esa vez el óvulo no era suyo, pero temía que todo fuera bastante igual. El olor, el frío, el tacto de la ropa en su piel, las sensaciones internas...

Llegó el día. Justo antes de empezar el proceso de la transferencia, con Carlota ya tumbada en la camilla y lista, la doctora se acercó y le dijo: «*¿Cómo te sientes, Carlota?*». «*Un poco asustada otra vez...*». «*Te entiendo. Antes de que empiece con lo que tengo que hacer, cierra un momento los ojos*». Carlota obedeció. «*Estamos a punto de introducir un óvulo fecundado en tu útero. Es probable que eso sea la semilla de tu hijo o hija, que habitará en ti. Mantén los ojos cerrados. Voy a empezar, ¿vale? Tú sigue mis instrucciones*». Carlota asintió con la cabeza y mantuvo los ojos cerrados, con el corazón palpitándole fuerte. Al cabo de un momento, escuchando la voz de la doctora un poco más lejos, le dijo: «*Carlota, ahora visualiza tu útero. Cuando exhales, deja espacio, límpialo de cualquier bloqueo anterior que pueda haber. Respira y, cada vez que expulses el aire por tu boca, haz de ese útero el lugar ideal para tu hijo o hija. Respira lentamente...*». La doctora se calló, como para permitirle hacer lo que le había indicado. Luego siguió: «*Ahora voy a empezar con la transferencia. Visualiza que lo que introduzco en tu cuerpo es tu bebé. Dale la bienvenida, acarícialo y mécelo en tu vientre, acógelo, poco a poco*».

Carlota se sentía cada vez más relajada. Había conseguido dejar de percibir el olor y las sensaciones frías de ese espacio, y estaba totalmente centrada en ese momento, en hacerlo especial y mágico.

«Así es, lo estás haciendo muy bien. Acógelo, dile que le quieres aquí, que puede anidar en ti, háblale mentalmente y empieza a conectar...».

A Carlota le caían lágrimas que iban a parar a esa sábana blanca estéril y visualizaba ese útero, de color blanco, haciendo un nido blando y acogedor para el óvulo fecundado. Cuando la doctora terminó, se colocó a su lado, le dio la mano y le dijo: *«Ya hemos terminado, Carlota. Ahora, a confiar. No sabemos si prosperará, pero que el tiempo que esté en ti sienta que le das un sí incondicional y que lo acoges sin miedo. Lo has hecho muy bien».*

«Gracias», dijo ella mientras lloraba en medio de una gran gratitud.

CLARA

Por su cumpleaños, Carlos le había regalado cuatro noches de hotel donde no tuvieran que hacer nada. Clara estuvo muy contenta y se imaginó descansando y disfrutando del merecido relax que, desde el nacimiento de Gala, no había tenido. Cuando llegaron a ese pequeñito hotel rural, se encontraron con una habitación preciosa. La pequeña Gala, excitada con tanto cambio, estaba pasada de vueltas. Había dormido un poco en el coche y estaba claro que ya no echaría la siesta a su hora. Clara pensó que retomarían la rutina horaria al día siguiente.

Pero Gala hacía unos días que había empezado a llorar cada vez que Clara la cambiaba de habitación, así que en el hotel, cuando Carlos se quería llevar a la bebé a dar un paseo para dejar descansar a su madre, o cada vez que Clara se quería duchar tranquilamente, Gala estallaba en un llanto desesperado.

Se empezó a agobiar: estaban en un hotel precioso, regalo de cumpleaños para que ELLA pudiera recargar pilas y descansar, pero Gala se le había enganchado con cola de impacto. Cuanto más la reclamaba la bebé, más se agobiaba ella. Por las noches, en una cama extraña y después de unos días tan movidos, tenía múltiples despertares nocturnos.

Un día, cuando se desveló a las siete de la mañana y vio que Carlos y Gala dormían a pierna suelta, cogió el móvil y escribió en el chat de amigas: «*Nenas, estamos en un hotel precioso y me quiero hacer el harakiri. ¿Esto es normal?*». «*¿Qué ha pasado?*», preguntó Luna, que debía salir de guardia. «*Que he descansado menos que en casa, y yo pensaba que nos tomaríamos unas vacaciones de verdad. Gala quiere estar todo el rato en brazos de lo excitada que está por estar en otro sitio y no quiere ver a Carlos ni en pintura*». Noe entró: «*Nena, Gala tiene nueve meses, es de manual: angustia por separación. Todo normal, respira, pa'lante y disfruta*». «*Pues yo solo quiero llorar*». Luna añadió: «*Te entiendo, es duro tener unas expectativas y que se vayan al traste, pero lo mejor es soltarlas y poder centrarte en lo que toca ahora*». «*Te abrazamos fuerte*», dijo Noe. De repente Clara se dio cuenta de que tenían razón. Respiró, segura de que era normal, y agradeció tener amigas con más experiencia que ella.

DOLO

Cuando Dolo abrió los ojos, vio a Juan mirándola sentado en la cama, con tres globos en la mano. «*Felicidades, amor mío*». Dolo estiró los brazos y el cuerpo perezosa, y dijo: «*Gracias, cariño*». Se besaron y Dolo cogió los globos. Se incorporó en la cama y se quedó sentada, todavía muy dormida. Juan le dijo: «*Cierra los ojos y dame la mano*». Dolo hizo lo que le había pedido y notó que le daba un sobre.

Cuando lo abrió, vio dos billetes de avión. Buscó rápidamente el destino y la fecha. Al día siguiente se iban a Formentera, la isla preferida de Juan, a la que Dolo nunca había ido.

Ella se tiró encima de él, lo tumbó en la cama y lo llenó de besos. Se había despertado de golpe. «*¿Nos vamos a Formentera? ¿En serio?*

¿Cinco días? ¡No me lo puedo creer! ¿Sabes la de años que he soñado con ir allí?». «*Lo sé, por eso vamos. Empezarás tus vacaciones en Formentera. Así que venga, elige ropa, bikinis y cepillo de dientes, métalo todo en una maleta para dejarla hecha y te invito a comer delante del mar, que quiero celebrar por todo lo alto que un día naciste*».

«*Joder, Juan… Estás dejando el listón muy alto y no voy a permitir que lo bajes una vez me tengas en el bote, ¿eh?».* «*Ah, pero ¿no te tengo en el bote ya?».* «*Mmm… no del todo*», dijo ella sonriendo con retintín. «*¿Y qué tengo que hacer para que acabes de estar en el bote?».* «*Hombre, pues ya que es mi cumpleaños y que estamos en la cama, ¿qué tal hacerme el amor como parte del regalo?».* «*Menuda penitencia*». «*Ven aquí*».

SANTI

Santi, con una mascarilla negra que le estaba haciendo sudar el bigote, la barba y casi los dientes, hacía una larga cola para pagar el material escolar que había comprado mientras pensaba que el verano había pasado demasiado deprisa. Los niños empezaban el cole en una semana, habían vuelto a la rutina de custodia compartida de antes del confinamiento y, más o menos, todo volvía a ser como antes de que empezara la pandemia.

Bueno, todo no. Ahora estaba Maya y esa relación que, de repente, en agosto se había enfriado tanto. Santi había intentado quedar algunas veces pero ella siempre le daba evasivas. Se había ido a la playa con una amiga, y luego de viaje al pueblo, con sus padres. Decía que estaba todo bien, pero Santi sabía que no era así.

Desde aquel día en el camping, ella se había alejado y él temía que fuera por Claudia y su circunstancia de padre de dos. Ahí, en la cola, cargado con bolis, libretas y libros para el nuevo curso de sus hijos, Maya parecía incompatible con su realidad. *«Ha sido bonito»*, pensó, con una clara sensación de pena por haber terminado.

Aun así, cuando descargó todo el arsenal en el coche, sintiendo un agobio dentro que le impedía dejar de pensar en ella, le escribió: *«Hola. Me gustaría verte. Aunque lo dejemos, estaría bien cerrar lo que sea que haya sido lo nuestro».*

Maya no contestó en todo el día y a Santi le supo mal. Disimuló como pudo delante de Claudia y de Max, que habían llegado hacía poco a su casa para pasar la noche, pero su hija, sensible, lo notó. Ya en la cama, cuando su padre le fue a dar un beso, ella le preguntó: *«¿Te pasa algo?». «No, ¿por?». «Porque te noto triste. Es por Maya». «¿Eh? No, no estoy triste». «Papá, no me mientas». «Vale, perdona, sí, estoy un poco triste. Y sí, hace tiempo que no veo a Maya».* Entonces

Claudia se tumbó hacia el otro lado y, al cabo de unos segundos, dijo: «*Es por mí, ¿verdad? La he tratado mal y se ha ido*». «*No, Claudia, no es por ti. Nada es por ti. Ni que me separara de tu madre ni que Maya ya no esté conmigo*».

Claudia se incorporó y lo abrazó. «*Te quiero, papá*», susurró. «*Yo también a ti, Claudia. Más, mucho más*».

ELSA

El verano había sido un auténtico romance para Elsa e Iñaki. No se habían podido ver mucho, entre las vacaciones a la playa de Elsa y el viaje de Iñaki con sus padres a Menorca, pero habían estado conectadísimos. Desde el quince de agosto se veían casi cada día para ir a dar una vuelta o quedar con alguien. Iñaki tenía más libertad: era mayor y sus padres le daban cancha. A Elsa no tanto, y muchas veces, cuando ella se iba, él seguía.

Sin fiestas mayores a las que ir de marcha, y con todas las restricciones de la pandemia, Iñaki, que no era de ir de botellones, se aficionó a ellos. Elsa lo sabía y no le molaba nada. «*Si mi madre lo supiera…*», pensaba, pero cada vez que le decía a Iñaki que no fuera, que era un nido de contagios, que su madre era médico en el hospital y que veía morir a enfermos de covid, Iñaki y ella discutían.

Él le decía que vale, que la comprendía, pero que él no tenía miedo. Que no compartía botellas y que guardaba las distancias. Pero Elsa no le creía y, cada vez que se veían después que él hubiera salido de marcha, ella no estaba igual. «*¿Qué pasa? ¿No me das un beso?*». «*¿Saliste ayer, verdad?*». «*Elsa, no empieces…*». «*Empiezo si me da la gana, joder, que mi madre es médico, que curra como una bestia, que llega llorando porque se le ha muerto un señor solo… hostia, Iñaki, tío, ¡es que no te entiendo!*».

Iñaki la entendía, pero no quería perder ni un ápice de la libertad que empezaba a saborear. Quería calle, y amigos, y luchas compartidas, y cagarse en los políticos y en el sistema, y derribar mentiras. Quería su adolescencia más que a Elsa, y no quería, por nada del mundo, dejar de hacer lo que sentía que tenía que hacer a cada momento.

Así que ese día de la bronca le dijo a Elsa: «*No dejaré de hacer cosas porque tú me lo digas. Te quiero y me gusta estar contigo, pero no eres mi madre y no me gusta cómo está yendo esto*». Elsa respondió: «*A mí tampoco, así que quédate con los botellones y que te aprovechen*».

Se fue. Mientras la veía largarse, Iñaki sintió que la echaría de menos. Tanto como hubiera echado de menos su libertad.

DOLO

Cuando llegaron al faro de La Mola en esa motocicleta, Juan y Dolo se quitaron el casco y el viento les dio en la cara. Ella no podía creer que estuviera allí con Juan. Era todo tan perfecto que, a ratos, perdía su centro y pensaba: «*Es demasiado bonito para ser verdad*». Pero seguía siendo bonito al día siguiente, y al otro, y al otro. Y cuantos más días pasaban juntos, más se permitía Dolo confiar en la vida.

Llegaron hasta el acantilado y Juan le pasó un brazo por encima de los hombros, abrazándola. Ella hizo lo mismo y, mirándolo a los ojos, le dijo: «*Gracias por el viaje a Formentera y por estar conmigo*». «*Gracias a ti por ser como eres y por haberte atrevido a escribir tu nombre en ese papel desde el balcón*». Se besaron y notaron cómo les volvían a entrar ganas de hacer el amor. Desde que habían llegado a Formentera, casi se habían limitado a eso: sexo. Bueno, y un poco de playa, pero, a la que se veían desnudos, entre el agua, el sol y al mínimo roce de piel, tenían ganas de volver al apartamento y pasarse la tarde en la cama.

Estaban en una borrachera continua de ellos mismos y de lo que formaban juntos. Se embriagaban desde que se despertaban, hasta que caían rendidos, de noche, en los brazos de Morfeo. Dolo pensaba que era un estado casi de levitación, aunque jamás había levitado, pero se lo imaginaba. Creía que debía ser algo como lo que ellos dos estaban sintiendo juntos.

«No quiero volver», dijo Dolo al día siguiente, cuando estaban a punto de subir al barco que les llevaría de vuelta a Ibiza para ir al aeropuerto. *«Volveremos, no lo dudes»*. *«Prométemelo»*. *«Te lo prometo»*.

BRUNO

«Es septiembre. Volvamos a empezar», le dijo Bruno a Cinta. Ella sintió que, con esa frase, él quería olvidar lo sucedido, como si nunca hubiera estado embarazada. *«Lo he estado, ha existido»*, pensaba ella.

Bruno no quería borrar lo sucedido, solo quería seguir adelante e ir a por el sueño que parecía que compartían. Pero con la tristeza de Cinta y ese reproche sutil y casi constante a cómo él había vivido la pérdida gestacional, sentía que cada día se distanciaban un poquito más.

Un día, la madre de Cinta le dijo: *«Parece que estás enfadada con el mundo, especialmente con Bruno, y él no tiene la culpa de lo que pasó. No lo castigues»*. Cinta se sintió muy poco comprendida, pero la palabra «castigo» le retumbaba en el cerebro. Quizá sí que había usado a Bruno para descargar toda la ira que sintió con la vida por haberle arrebatado un embarazo que iba bien.

Así que, al cabo de unos días de esa conversación, Cinta pensó que quizás ahora que era septiembre podía empezar a remontar y volverse a encontrar con Bruno de verdad.

«He estado pensando y, si quieres, volvemos a intentarlo». *«Pues claro que quiero»*, dijo Bruno. Se abrazaron y con una naturalidad que a Cinta la impresionó, él añadió: *«Mira en tu calendario menstrual cuándo ovulas y mándame un recordatorio al móvil. Iremos sobre seguro»*.

«Qué desagradable», pensó Cinta. No era así como quería reencontrarse emocionalmente con Bruno, con un mensaje desde su

Google Calendar. Pero lo peor fue imaginarse el momento de la penetración, por el mismo lugar por donde había «caído» su hijo o hija.

Cinta no dijo nada, pero por dentro, de una forma muy categórica que no dejaba lugar a duda, sintió: *«No estoy lista».*

CELIA

Ramon no había bajado el ritmo, así que Celia se pasó las últimas tres semanas en casa de sus padres, que era amplia y tenía jardín y piscina. Se había sentido acompañada y las niñas habían sido felices allí, pero estaba muy enfadada con Ramon. Sabía que era su trabajo, y que le gustaba, pero no comprendía por qué no encontraba un punto medio donde encajar también a la familia.

Cuando volvieron a casa porque empezaba el cole, Ramon las esperaba con la casa perfecta, la mesa puesta y un exquisito guiso servido. *«Os he echado mucho de menos entre semana estos días»*, le dijo cuando la abrazó. Pero Celia estaba de morros y se puso enseguida a dejar las maletas en cada habitación y a ayudar a las niñas a lavarse las manos para empezar a comer.

Por la tarde, cuando la bebé echaba la siesta y las otras jugaban, ella le dijo a Ramon: *«Si hubiera querido ser madre soltera, lo habría sido. No lo elegí. Así que te pido que estés más en casa. Lo del confinamiento no vale para toda la vida. Te necesitamos».* «*Lo sé, lo siento. En nada empieza mi temporada baja».* «*Me da igual. Lo que te digo vale para la temporada alta y para la baja. Ponte las pilas, tenemos una familia. LOS DOS».*

Ramon anduvo todo el día con las orejas gachas y Celia sintió que ya había llegado a su tope de aguante y que no iba a aflojar. Esa noche, aunque a los dos les apetecía un montón, no hicieron el amor. Una por orgullo y enfado mezclado, y el otro por miedo a llevarse un «no».

JOSE

Lo intentó. Intentó aprender a hacer de padre, como le había dicho su hermana, pero no le salía. Los días con sus hijos se le hacían eternos y, si miraba el reloj y solamente eran las siete de la tarde, se le caía el mundo encima. Le jodía un montón tener que hablar de eso con Rocío, pero llevaba peor el imaginarse un curso con semanas enteras así con sus hijos.

Un día le mandó un *mail* a su exmujer y le dijo que quería hablar con ella la primera semana de septiembre. Ella le respondió que iría a su casa encantada. Ese día no se hizo de rogar porque Rocío ansiaba ver a Jose y hablar con él cara a cara después de un verano duro y lleno de tensión.

Cuando llegó, se le hizo raro ver ese piso, que había sido el suyo, tan ajeno ya a ella. Él no la invitó a sentarse y, en el pasillo, le soltó: *«No veo claro lo de compartir semanas durante el curso. Por mi trabajo no les puedo llevar y no quiero pedirle a mi madre tantos favores. ¿Cómo verías que vivan contigo, hacer fines de semana alternos y que me los quede una tarde a la semana?».*

Rocío no se lo esperaba, y dijo un seguro y contundente *«Ningún problema»* que le salió de lo más hondo. *«Pues tendremos que cambiar el convenio». «Vale. ¿Se lo dirás tú a los niños?»*, preguntó Rocío. *«Sí».*

Se despidieron con un simple adiós porque Jose no dejó espacio a que Rocío preguntara nada más. Fue la reunión más rápida a la que nunca había asistido, pero ella se sentía como si le hubiera tocado la lotería. Ya en el ascensor, Rocío dio las gracias y, a pesar de que sabía que volvía a la carga de antes, lo prefirió mil veces a ver sufrir a sus hijos como lo había visto ese verano.

QUICO

Septiembre era el mes en que en la empresa de Quico habían decidido que sus trabajadores volvieran a la oficina. Después de meses teletrabajando cada uno en su casa, parecía que la cosa estaba más tranquila y que podían volver. A Quico, recuperar un poco su vida prepandemia le hacía ilusión. Lo único que no le gustaba era tener que ir en metro, que lo veía demasiado abarrotado y no entendía cómo se permitían ciertas aglomeraciones.

Le daba tanta cosa ir en transporte público que llevaba la máscara más protectora y grande que tenía y, antes de subir al metro, se ponía otra encima. Con ellas, solo se le veían unos ojos marrones enormes. *«Lo de la covid va en serio y, si no, que se lo pregunten a mi padre»*, pensaba siempre que alguien le miraba con ojos de *«Mira qué hombre tan paranoico y exagerado».*

El primer día, cuando ya llevaba dos horas sentado delante del ordenador, se levantó para ir al baño y se detuvo delante de la mesa de Marisa. No se habían visto desde el día del funeral de Camila, en el que aparentemente Quico estaba más afectado que ella.

«Hola, Marisa, ¿cómo estás? ¿Cómo ha ido el verano?». *«Bueno, normal, asimilándolo todo como he podido. Aún sigo en ello. ¿Y tú?».* *«Pues más o menos. Me cuestan los domingos, que es cuando íbamos a casa de mi padre a comer y nos preparaba una paella. No he vuelto a comerla desde antes del confinamiento».* *«Lo siento. Por cierto, gracias por venir al funeral de mi madre. Siento no haber podido saludarte».* *«No te preocupes por eso. Lo entiendo. Oye, Laura tiene ganas de verte. ¿Por qué no te vienes el sábado a comer con Martín?».* *«No sé, no estoy muy animada».* *«Yo tampoco, supongo que los dos estamos de duelo, pero los niños se lo pasarán bien y así desconectamos todos un poco».* *«Vale, pues sí».* *«Genial».*

Cuando llegó al baño, se dio cuenta de que estaba tenso. Hablar de la muerte en voz alta era algo a lo que todavía no se había acostumbrado.

MAX

Claudia y Max se despertaron muy contentos de volver por fin al cole. Después de seis meses en casa, había llegado la hora de recuperar cada uno sus espacios, sus amigos y sus rutinas. Estaban nerviosos; media hora antes de salir, ya estaban listos. «*Ojalá esta ilusión durara todo el año*», pensó Elia, que también celebraba que el cole empezara otra vez. El confinamiento y el verano se habían hecho duros entre pandemia y separación. Así que volver a una cierta rutina escolar, la animaba.

Ese día, Santi y Elia les llevarían juntos al cole, ya que entraban por puertas distintas, tenían que comprobarles la temperatura y los dos querían ver el sarao de cerca. Justo cuando Santi salía de casa para ir a recogerlos, recibió un mensaje de Maya que decía: «*Perdona el silencio de estos días. He estado hecha un lío y necesitaba soledad. ¿Puedes quedar estar noche?*». Que no hubiera respondido durante una semana le cabreó tanto que, después de leer el mensaje, pensó: «*Ahora quien no va a contestar seré yo*».

Cuando llegaron al cole, Max salió del coche sin la mascarilla. «*Maaaaax… que tienes que llevar la mascarilla puesta*». «*Mamá, es que me molesta*». «*Ya lo sé, pero son las normas. Póntela y no te la quites, ¿vale?*». Santi y Claudia fueron por una puerta y Elia y Max por otra. En la entrada, Claudia se encontró con unas amigas y empezaron a hablar. «*Me ha tocado la parte fácil… Claudia está encantada de volver al cole*», pensó Santi.

Abrieron la puerta y Max apretó fuerte la mano de su madre. Tenían que hacer cola para que les comprobasen la temperatura uno a uno y, a lo lejos, les esperaba su maestra. Esa espera lo hacía todo aún más difícil. Max estaba muy nervioso y le dijo a su madre: «*No te vayas*». «*Cariño, este año no puedo entrar, ya te lo he contado*». «*No quiero entrar solo…*». «*Lo sé. Me quedaré aquí, para que me veas, ¿vale? Y recuerda, tú nunca estás solo porque yo estoy en ti*».

Con un termómetro de pistola, comprobaron si tenía fiebre, y Elia pensó que, después de seis meses, «disparar» a los niños en la cabeza antes de entrar en el cole no era la mejor de las bienvenidas. Aun así, sonrió, besó a Max y le animó a acercarse a su maestra.

Ver cómo se alejaba con esa inseguridad que le hacía dar pasos de tortuga, con la mascarilla tapándole casi toda la cara, le rompió el alma. Se puso las gafas de sol para disimular que le estaban entrando ganas de llorar. En dos segundos dejó de ver a Max, porque el aire que salió de la mascarilla le enteló completamente las gafas.

FÉLIX

«Tú aguanta ahora. Los eventos volverán. Si aguantas este tirón, luego ya está. No aguantarán todas las empresas que se dedican a lo mismo que tú: tienes que ser uno de los que sí», le decía a Félix un amigo, también empresario, que seguía siendo positivo incluso cuando nada conducía al optimismo. Esas palabras resonaban en la cabeza de Félix continuamente y le pesaban en los hombros, como si en ellos sostuviera veinte toneladas de plomo.

Era agotador mantener un negocio al que no le salían contratos, y empezaba a pensar seriamente en tirar la toalla, básicamente para no endeudarse más. Lo llevaba peor cuando su padre o su cuñado le preguntaban: *«¿Qué? ¿Cómo te va?»*. Entonces sentía que, si les decía la verdad, le verían como un fracasado. Por eso ponía florituras a sus respuestas y las maquillaba con el optimismo de su amigo, y ellos se quedaban con la sensación de que Félix y su empresa estaban bien, a pesar de la que estaba cayendo.

Nada más lejos de la realidad. Félix había empezado a sufrir de insomnio. Bea le compraba valeriana e infusiones relajantes y le ponía en un difusor tres aceites esenciales que, en teoría, no fallaban: los olías y te quedabas frito. Bueno, pues Félix no. Cada día, como un reloj, se despertaba entre las dos y las tres de la madrugada y, a veces, no podía volver a pegar ojo.

Pensaba en las salidas que tenía: reinventarse, pero ¿cómo?; hacer suspensión de pagos, pero ¿y sus trabajadores?, ¿cómo iba a dejarlos ahora tirados…? Nunca encontraba la solución. Solamente angustia que, a veces, le costaba controlar y se manifestaba en forma de taquicardias o ganas de llorar que no acababan materializándose. Él no contaba nada de eso, pero Bea no era tonta y se daba cuenta de todo. Un día que él estaba en el sofá mirando el móvil a las cuatro de la madrugada, ella se levantó, se sentó a su lado y le dijo: *«Félix, no puedes seguir así. Esto va para largo y te está machacando. Tienes que tomar una decisión».* Y, con «una», ambos sabían a cuál se refería Bea.

SOLE

Cuando Francisca le propuso que se trasladara a vivir con ella, a Sole le pareció una locura. *«No me lo digas ahora, ¿vale? Tú piénsalo. Ya sé que vivir con una vieja como yo quizá no te haga ilusión, pero nos llevamos bien, y así te ahorrarás lo que pagas de alquiler. Tal como están las cosas, te vendrá bien».*

Sole, sorprendida, dijo: *«Gracias, Francisca, es usted muy buena persona. Me lo pensaré».* Su relación era poco habitual, cierto, pero cuanto más se relacionaban, más contentas estaban las dos. Sentían, casi al unísono, que eran útiles para alguien, que podían entregar algo de lo que eran y que, además, recibían aquello que hacía mucho tiempo nadie les daba. Cuanto más se veían y relacionaban, más calmadas sentían sus almas, y todo cobraba sentido.

El sobrino de Francisca le dijo un día: *«¡Qué bien que tenga una amiga con quien compartir estos tiempos. ¿Quién es?».* «Mi peluquera, *una chica joven muy desamparada, pero muy buena persona, que me alegra los días».* Su sobrino, lejos de desconfiar de las intenciones de esa joven a quien su tía describía como «amiga», celebraba que hubiera aparecido en su vida y, a la vez, se sentía aliviado de no ser la única persona con la que se relacionara Francisca.

Un día de finales de septiembre, Sole le dijo a la anciana: «*Si su propuesta sigue en pie, sí, me gustaría venir a vivir con usted, pero quiero dejarle una cosa clara: no es por el alquiler, sino porque su compañía me sienta bien. Ah, y quiero pagarle, no quiero vivir sin pagar mi parte*».

Francisca, sin acabárselo de creer, dijo, sonriente: «*Lo que tú digas*», y sintió que su pecho se ensanchaba.

SANTI

Santi quería aguantar y no responder a Maya en días, pero uno no puede ser como no es... y él no era así. O sea que a las doce del mediodía, respondió: «*A partir de las ocho de la tarde estaré en casa, por si quieres venir*». Para lo cariñoso que era, el mensaje no podía ser más escueto. Maya sabía que estaba enfadado, pero lo entendía. Se sentía tan culpable que había imaginado su conversación más de cien veces y, en todas ellas, Santi no la perdonaba.

Maya llegó a las ocho y media. Santi estaba preparando una tortilla de patatas. Toda la casa olía a cebolla y patata cocidas. «*¿Quieres cenar?*», le preguntó él. «*Preferiría hablar, si no te importa*». Él bajó el fuego y se dio la vuelta para mirarla.

«*Una vez más, te debo una explicación*». «*La primera vez no hacía falta, esta sí. ¿Qué te ha pasado? ¿Te he hecho algo?*». «*No, nada, al contrario. Pero ese día, en el camping, vi a un amigo de Berto. Nos vio cogidos de la mano, y me sentí tan mal que tuve que alejarme*». «*Joder, pero cuéntamelo. Creía que teníamos confianza. ¡Llevas un mes con evasivas!*». «*Ya, lo siento, pero es que no sé qué quiero. Me gusta estar contigo y a la vez tengo miedo y me siento mal al estarlo. Y el duelo, que a veces siento que no lo estoy haciendo, o sí, yo qué sé... No me encuentro, Santi. No me encuentro*».

Maya empezó a llorar: «*Lo siento, no te lo mereces*», le dijo. Él se acercó. Verla llorar siempre le hacía contactar con una ternura que le era imposible ignorar. La abrazó y le dijo: «*Me gustas y eres maravillo-*

sa, pero no puedo ni quiero tener una relación con alguien que no sabe lo que quiere. Quiero estar bien, y tus ausencias no me ayudan». «Lo siento...», dijo ella con cara de sentirse muy culpable. «Encuéntrate y luego ya veremos si hay un "nosotros"».

Maya lloró y Santi sintió que acababa de decir algo que ya le estaba doliendo. La echaría de menos. Se besaron lento y Maya dijo: «Me has ayudado mucho, más de lo que te imaginas. Eres generoso y bueno y... te quiero». Jamás le había dicho algo así antes, pensó Santi, cosa que hizo más difícil todavía ver cómo se giraba y salía por la puerta.

Cuando Santi pudo reaccionar y acudir a la cocina, la cebolla se había dorado más de la cuenta.

QUICO

«¡Ya están aquí!», dijo Laura. Dejó la puerta entreabierta mientras iba a avisar a su hija María, que estaba impaciente por ver a su amigo Martín al que no veía desde hacía meses. Por el rellano, venían Marisa y su hijo que cargaba un paquete con un lazo rojo. «¡Hola, Laura, qué alegría volver a verte! Toma, el postre», dijo Marisa.

Quico estaba en la cocina con un delantal un poco hortera en el que se leía: «Dad is the best». «¡Hola, Marisa! Espero que no vengas con mucha hambre, porque esto a lo mejor queda incomible...». Laura le contó a Marisa que Quico se había empeñado en hacer una paella, plato que jamás había cocinado y que estaba preparando después de haber visto más de diez tutoriales en YouTube.

«¿En serio, tutoriales para preparar una paella?». «Mira, no me hables, que me tiene frita, pero desde el día que te invitó, que no para de decir que es hora de comer paella y que quiere seguir la tradición de Matías, su padre».

Marisa se alegró de estar ahí. Martín y María se pusieron a jugar en la terraza y ellas pudieron hablar tranquilamente. «¿Cómo estás?», le preguntó Laura. «No sé, es raro. Todo el día con Martín... Tengo la *sensación de que aún no puedo pasar el duelo. En la residencia me dieron unas cajas con las cosas de mi madre entre las que había una carpeta con treinta páginas que escribió para mí. Las estoy leyendo poco a poco, y me remueven un montón».* «Guau, ya lo creo... pero qué bien poder leerla ahora, ¿no? Ojalá Quico tuviera algo así de su padre».

Por primera vez desde que había muerto su madre, Marisa se sintió acompañada de verdad (y un poco descansada de poder hablar así con alguien). Había sido un verano duro.

«Y Quico, ¿cómo está?», preguntó Marisa. *«A días. Le cuesta aceptar que no pudo despedirse ni estar con su padre los días del hospital. Morir en tiempos de covid es muy jodido para el que muere y para los que se quedan».* Por primera vez, Marisa se alegró de que su madre hubiera muerto como lo hizo.

Cuando se sentaron a comer, Quico sacó cinco fotos a la paella antes de servirla. *«Te ha quedado un poco sosa, cariño, pero para ser la primera, no está nada mal»,* dijo Laura después de probar la primera cucharada. *«¿Sosa? ¡No puede ser! Si le he echado sal, te lo juro».* «Oye, *que no pasa nada, que se la ponemos y ya».* «Que no, joder, que le he puesto la sal que decían en el vídeo». Marisa notó que Quico se tensaba y quiso ayudar: *«Yo casi nunca me pongo sal en la comida, para mí no es problema».*

Entonces, la hija de Quico y Laura soltó un sonoro y tajante *«La del abuelo estaba más buena».* Se hizo un silencio tenso que Laura cortó de raíz con un *«¿Tu hijo también derrocha sinceridad, Marisa?».* «Demasiada». Las dos rompieron a reír mientras Quico añadía sal a mansalva a la paella.

NOE

«Dos semanas hemos aguantado de normalidad. Dos putas semanas», le dijo Noe a Julia cuando se enteraron de que Óscar tenía que confinarse porque su maestra había dado positivo en covid. Eso significaba

que a la mañana siguiente tendrían que ir al centro de salud y hacerle una PCR al niño. Luego, catorce días confinado. Catorce. Ese número retumbaba en la cabeza de Noe. Aunque intentaba no proyectar, le era imposible. Se imaginaba que daba positivo y que, después de él, toda la familia, y que volvían al confinamiento de marzo.

Noe cogió el móvil y mandó un mensaje al chat de amigas: *«Os gano. Óscar confinado».* Solamente tuvo que esperar treinta segundos para que el móvil empezara a iluminarse con todos los mensajes de respuesta. Algunas eran en cachondeo y otras rogaban a Dios no ser las siguientes.

El runrún de la segunda ola flotaba en el ambiente y, mientras Noe se distraía con el móvil, a su mujer, Julia, le volvió el miedo de golpe. El hospital había trampeado bastante bien el verano, y aunque les dijeron que tendrían muchísimos más medios para afrontar la más que segura segunda ola, ya estaba llegando, y ellos volvían a lo mismo que en junio. Pensar que Óscar estaría confinado y que, con él, también Noe, la hacía sentir mal. Noe había pringado de lo lindo durante el confinamiento y a Julia le sabía mal no poder estar en casa y dejarla veinticuatro horas sola con los niños los días que ella tenía guardia.

Julia, también con el móvil en las manos, escribió un mensaje a Luna: *«Óscar confinado, su maestra ha dado positivo. Esto se está expandiendo, creo... Por favor, que no volvamos a marzo. Yo, otra vez, no lo aguanto».* Ella no se enteró, pero al dejar el móvil en el bolso, recibió la respuesta de Luna: *«Lo he visto en el chat, lo acaba de contar Noe. Ojo con el miedo, que es tu punto débil, y lo será hasta que no te des cuenta (como yo) de lo fuerte que eres. Ahora y aquí. Respira».*

AMIGAS

Podrían haber quedado al acabar la desescalada, pero las cenas de amigas eran (casi) imposibles. Cuando una no tenía un hijo enfermo, la otra estaba fuera de fin de semana. Cuando una no tenía guardia, la otra tenía la regla. Y así hasta aquel último viernes de octubre, que pudieron reservar mesa en una terraza del restaurante al que iban siempre. Estaban todas menos Noe, pues, aunque Óscar había dado negativo, prefirió quedarse en casa por si acaso. La terraza era espaciosa. Desde la pandemia, habían separado muchísimo más a los comensales. Era raro sentarse tan separadas. En ese momento, solo se permitían reuniones de seis personas, y ellas eran cinco.

Llegaron con mascarilla y, poco a poco, todas se la fueron quitando menos Luna, médico, que dijo: *«Yo solo me la quitaré para comer, ¿vale?».* *«Que cada una haga lo que sienta, sin juzgar, ¿ok?* —dijo Raquel. Luego, preguntó—: *«Qué, nenas, ¿qué tal lo lleváis?».* Así empezaron lo que llamaban «ronda de terapia», en la que cada una contaba cómo estaba en ese momento.

Clara, que era el primer día que salía a cenar después de ser madre, estaba intranquila. *«Carlos no me dice nada… ¿Y si Gala todavía no se ha dormido y sigue llorando? Quizá sea mejor que me vaya antes de los postres».* Enseguida, todas se lo quitaron de la cabeza. *«Carlos es su padre, confía en él».*

Luna contó el mal rollo que había en casa con Elsa, que estaba adolescente perdida, y su padre. Raquel habló de que no iban a tener más hijos; África explicó que tenía poquísimos bolos y que estaba agobiada; y Celia les contó que habían pasado un verano sin vacaciones, que sentía que no había cargado las pilas y que estaba cabreada con Ramon porque priorizaba su trabajo a su familia.

Era raro… Hacía muchísimos meses desde la última cena y, en esa, casi no se rieron. Se desahogaron, hablaron sin parar, pero no fue de esas cenas de risas sin fin. Se palpaba en el ambiente que había preocupación y peso encima de cada una: algunas por lo que habían vivido y otras por el miedo a lo que les tocase ese otoño. Antes de irse, Raquel levantó la copa y dijo: *«Por nosotras, para que no demos nada por sentado, tengamos salud y valoremos cada día de nuestra vida. Os quiero».* *«¡Por nosotras!»,* respondieron las demás al unísono.

LAURA

Laura volvía al cole con las pilas cargadas después del fin de semana. La comida con Marisa y Martín había sido muy agradable y habían pasado todos un muy buen día. De todo ese septiembre de pandemia, lo que llevaba peor era no poder acompañar a su hija María al cole. Le tocaba estar en la adaptación escolar de sus alumnos, pero no en la de su hija de cuatro años en un inicio escolar rarísimo y marcado por las medidas de seguridad.

Decidió centrarse en sus alumnos y quitarse de la cabeza a María llorando al ver cómo su padre se alejaba por el patio. No fue difícil, porque estaban todos un poco raros y tenía que atenderlos. Lo de que se les tomara la temperatura en la entrada y lo de que sus padres no pudieran acompañarlos lo hacía todo un poco más difícil que en un septiembre normal.

Para Laura, lo peor era la mascarilla. Ya había probado ocho y no encontraba una que le pareciera cómoda: no podía respirar, le hacía pelillos y el morro le picaba todo el rato, se le caía, le apretaba las orejas… Las odiaba. Quería hablar con sus niños y que le vieran la cara, la expresión, los dientes, la piel.

Un día, en el círculo en el que se sentaban para hablar de cómo estaban, ella preguntó: «*¿Alguien quiere decir algo?*». Max levantó el brazo como si le fuera la vida en ello y, cuando Laura asintió con la cabeza, dijo: «*No me gusta que lleves mascarilla porque no sé cómo es tu cara*». Laura le hubiera abrazado fuerte allí mismo. Pensó que tenía razón: ¿cómo iban a confiar en ella y a establecer un vínculo si solo le veían los ojos y no sabían ni qué cara tenía?

Así que dijo: «*Max, tienes toda la razón. Necesitáis ver mi cara, es normal. Me voy a quitar la mascarilla un momento para que me veáis*». Se apartó un poco del círculo, se la bajó y sonrió. Todos callaron y una niña exclamó: «*¡Qué guapa!*». Luego Laura sacó la lengua, y luego hizo una mueca, y luego otra, y luego giró los ojos. Cuantas más muecas hacía, más se reían ellos. «*¿Habéis visto cuántas caras tengo?*», preguntó. Luego volvió a ponerse la mascarilla y les dijo: «*Todas estas caras podéis verlas en mis ojos. Fijaos*». Delante de una clase que no podía estar más atenta, volvió a repetir la sonrisa y todas las muecas con la mascarilla. Como ya sabían qué cara tenía, podían interpretarla muchísimo mejor. Terminaron riendo y haciendo muecas todos.

Gracias a la pregunta de Max, ese día Laura se los ganó a todos.

MARISA

Desde que empezó a leer los papeles de su madre, Marisa estaba removida hasta las entrañas, pero, a la vez, más aliviada, más tranquila y muchísimo más conectada a Martín. Era como si todo el rato tuviera presente a su madre, como si estuviera allí. Leer sus palabras la hacía sentir como si no se hubiera ido.

Pero tenía que leerlas poco a poco porque cada página iba directa a su corazón y lo abría de par en par, haciendo salir lágrimas como si se hubiera abierto la compuerta de una presa. Solamente las leía el sábado, porque así, si la removían, tenía el fin de semana para recuperarse. Ese sábado, mientras Martín estaba viendo los dibujos en el comedor, ella se fue a la habitación y siguió leyendo:

«Mi infancia fue muy triste, Marisa. Después de lo que viví, te aseguro que estoy orgullosa de cómo conseguí criarte. Me pegaban a base de bien. Bueno, nos pegaban a todos. A mis hermanos con el cinturón, pero a mí y a mis hermanas, con la mano plana. No sé el porqué de la diferencia, pero tengo que confesarte que yo sufría más cuando mi padre pegaba a los demás que cuando me daba a mí.

Lo de la violencia nunca lo he llevado bien, y creo que es porque aún tengo el dolor clavado, el dolor de ver su cara con esa ira tan desbocada y el dolor de oír los gritos de mis hermanos pidiéndole que parase. Mi madre nunca decía nada. Sé que le sabía mal, pero a veces ella lo provocaba porque, cuando él llegaba, le leía el parte de todo lo que, según ella, había pasado. Luego él venía y nos pegaba. Supongo que, si mi infancia fue así, la de ellos fue diez veces peor y no supieron hacerlo mejor. Lo sabía, pero a ratos no me consolaba. Ahora ya me queda tan lejos que... qué más da.

Era una época oscura, Marisa, y celebro muchísimo que no la vivieras. Sentía una impotencia y unas ganas de hacer justicia que a veces me hervía la sangre. Pero ¿qué hacer cuando eres chiquita y no tienes ni idea de nada? Callar y obedecer, qué si no... Fue una etapa oscura, Marisa, muy oscura...».

CARLOTA

Carlota se había hecho una analítica, y ese día iban a decirle si estaba embarazada. Intentó distraerse, pero qué va, estaba histérica. En el trabajo no pudo concentrarse, pues todo el rato miraba el móvil para no silenciarlo sin querer y no contestar cuando la llamasen. Rubén también estaba nervioso, pero prefería no pensar todo el rato en lo mismo porque le entraba miedo. Tenía tantas ganas de ser padre, y tantas ganas también de ver contenta a Carlota que sentía que no superarían otro chasco esta vez.

Cuando Carlota salió de la oficina y estaba a punto de subir al metro, le sonó el teléfono. En la pantalla leyó «Clínica» y respondió con el pulso temblando. «*¿Carlota?* —era su doctora—. *Bueno, tengo buenas noticias. Estás embarazada, esta vez ha salido bien*». Carlota soltó un grito de alegría y preguntó: «*¿De verdad?*». «*Sí, pero ya sabes, es muy temprano como para cantar victoria, ¿vale? Ahora mismo sí, lo estás. Te llamarán para darte hora para la primera eco, ¿ok?*». «*Gracias, doctora, gracias*». «*Un placer*». Y colgó.

Carlota hubiera gritado en medio del andén: «*¡ESTOY EMBARAZADAAAAA!*», pero, en vez de eso, dejó que se fuera el metro al que tenía que subir y llamó a Rubén.

«*¡Hola!*», dijo Rubén, y escuchó un emocionado: «*¡Esta vez sí, amor! ¡Esta vez sí!*». Él sintió un escalofrío y, de repente, le entraron unas ganas locas de llorar que aumentaron cuando, al otro lado del teléfono, oyó a Carlota llorando. «*Estoy embarazada, Rubén, está aquí dentro*». Rubén casi no podía hablar. «*Estás embarazada, cariño, tengo ganas de abrazarte... Lo hemos conseguido...*». «*Sí...*». «*Salgo ahora mismo y te veo en casa*». «*Te quiero*», dijo ella llorando a mares. «*Y yo, muchísimo*», respondió él, también llorando.

Cuando colgó, una chica se acercó a Carlota y le preguntó: «*¿Estás bien? ¿Te puedo ayudar en algo?*». Carlota, ni corta ni perezosa, la abrazó fuerte y le dijo: «*Estoy embarazada al fin*».

La chica, alucinada, se dejó abrazar y le dijo: «*Enhorabuena*».

JOSEFINA

Cuando Miguel descolgó el teléfono, su padre le contó que Josefina se había caído en el patio y que seguramente se había roto la cadera. «*Están haciéndole radiografías. He tenido que llamar a una ambulancia*». Lo primero que pensó Miguel fue: «*¿Por qué demonios no me ha llamado antes?*» y, lo segundo: «*Con el miedo que tiene mi madre al coronavirus y ahora tiene que estar en un hospital sí o sí... Lo que es la vida*».

Esteban tuvo que esperar fuera. Desde la pandemia, los acompañantes no podían entrar en urgencias, así que, cuando Miguel llegó, se lo encontró de pie, delante de la puerta. «*Me acaba de llamar el médico. Dice que se ha roto la cadera... Que es mayor, que es normal, pero que es una rotura fea y que tiene para unos días ingresada y luego rehabilitación. Ah, y que solo la podemos ver dos horas por la mañana y una única persona*».

A Miguel le entró otra vez ese instinto de resolverlo todo y, como no podía, le atrapó un sentimiento fuerte de impotencia. Le dolía imaginarse a su madre asustadísima y sola en un box del hospital. Hubiera querido entrar y saltarse todas las normas para estar con ella y decirle: «*Tranquila, estoy aquí*».

Josefina, mientras, se sentía dolorida y atrapada en un lugar que veía hostil y muy pero que muy peligroso. Era como si hubiera caído en las fauces del lobo y no podía creer las palabras del médico cuando le contó lo que se había hecho. «*Maldita sea* —pensaba ella—, *seré torpe*».

Antes de irse, el médico le preguntó: «*¿Tiene alguna duda que quiera preguntarme?*». Ella respondió: «*¿Los enfermos de coronavirus están también aquí?*». «*No, están en otra ala del hospital, no se preocupe. Le hemos hecho la PCR y lo más probable es que salga negativa. Lo sabremos en un rato. Aquí vamos todos muy protegidos, así que no se preocupe, que nadie la va a contagiar*». Josefina sintió que ese hombre la entendía y, por primera vez en muchas horas, se sintió, finalmente, a salvo.

EVA

Cuando Carlota entró en casa de Eva, esta pudo verle la alegría en la cara: «*Esta vez sí, ¡estoy embarazada!*». «*¡Ay, Carlotaaaaaa!*». Eva intentó abrazarla como pudo porque en brazos tenía a Bianca, que las miraba expectante. Carlota se emocionó y le dijo: «*No me lo puedo creer, estoy tan contenta y a la vez tan cagada... ¿Y si no va bien?*». «*Hermanita, AHORA estás embarazada y va bien. Por favor, intenta disfrutarlo, ¿vale? Pronto estarás como yo*». «*Ojalá*», dijo Carlota.

Eva fue hacia el cambiador que tenían en la sala de estar y empezó a desnudar a Bianca para cambiarle el pañal. Esa vez Carlota miró con más atención que nunca, pensando que quizás pronto tendría que hacer lo mismo.

«*Estoy superfeliz de que estés embarazada, por ti, por vosotros, y también, para qué engañarte, para que mamá me deje un poco tranquila*». «*¿Por? ¿Qué pasa con mamá?*». «*No lo sé, me agobia que venga. No quiero que esté aquí. Ahora me siento muy lejos de ella, como si estuviera enfadada por algo, pero no sé qué y es muy desagradable estar juntas. Y luego, cuando se va, me siento muy mala persona y peor hija, y me quiero morir... Y es una mierda, porque el resto es maravilloso y soy superfeliz con Bianca y Piero, pero lo de mamá me enturbia este momento tan dulce*».

«¿Has hablado con ella?». «No, qué va, no sabría ni qué decirle». «Pues lo que te pasa». «No, da igual, sería peor». «No sé, como veas. ¿Quieres que hable con ella?». «No». «Vale». «Y ahora dejemos de hablar de mamá... Háblame de ti. ¿Te encuentras bien? ¡Qué ilusión!». Las dos hermanas estuvieron dos horas charlando sin parar en el sofá mientras Bianca dormía agarrada al pecho de su madre.

JUAN

«¿Cuándo me presentarás a tus padres?», le preguntó Juan a Dolo. *«No lo sé, ya sabes que no tenemos muy buena relación... Algún día iremos, ¿vale? Pero es que son dos horas de viaje y, con la covid, están como muy agobiados. Y entre eso y que no me apetece, pues no sé... Ya iremos». «Ok. No hay problema».*

A Juan le sabía mal que Dolo no tuviera con su familia la misma relación que él tenía con su madre y su hermana. Se llamaban poco y, cuando escuchaba sus llamadas, le parecían de todo menos cálidas. *«No sé muy bien qué os pasó, pero si algún día quieres hablar de ello, aquí estoy». «¿Sabes qué es lo curioso? Que no pasó nada. Bueno, nada extraordinario. Pasó lo que pasa tantas veces entre padres e hijos: un día creces y no haces lo que ellos pensaban, y créeme que los míos pensaban mucho. Querían una hija distinta a la que tenían y, entre eso y los kilómetros, la distancia fue inevitable».*

«¿Y no los echas de menos?». «En realidad no. Es lo que hay. Ellos son como son y yo soy como soy. Nos queremos, claro, pero tenemos una relación distante más por lo que hubo que por lo que hay». «Lo siento», le dijo Juan sintiéndolo de veras. *«Mira, con el yoga he aprendido a aceptar lo que es. Yo no lo siento, lo acepto. En una época lo sentí mucho y lo lloré más, pero ya pasó. Es lo que es y ya está».*

Después de un breve silencio, Juan le apartó un mechón de la cara y le dijo: *«Me gusta conocerte... A veces pienso que hace tan poco que nos conocemos que apenas sabemos nada el uno del otro». «¿Y te asusta?»,* preguntó Dolo. «*No, me sorprende*». «*Ya, a mí a veces también, pero en realidad tengo la sensación de que hace siglos que te conozco y que debía estar contigo. Que es lo que tiene que ser, como si fuera inevitable*». Juan la sorprendió con un «*Nos conocemos de otra vida, fijo*». «*Anda, míralo. ¿No decías que la espiritual era yo?*». «*No me conoces aún, baby*». «*Oh... pues ven aquí, que te conoceré un poco mejor*». Y un beso largo puso fin a la conversación.

RAQUEL

Cuando a Raquel le metieron el palo por la nariz para hacerle la prueba de la COVID-19, sintió como si le llegase al mismísimo cerebro. No era dolor, solo una molestia muy desagradable que la puso de mala leche. Pero tenía que hacerlo. Había habido un positivo entre los trabajadores y trabajadoras de la residencia, y debían hacerle la PCR a todo el mundo.

Al terminar, se fue a casa y se confinó. Tenía que esperar veinticuatro horas hasta saber el resultado, y estaba convencida que saldría negativo. Pero no. Al día siguiente le comunicaron que ella y tres trabajadoras más eran positivas y que, por lo tanto, quedaban confinadas durante diez días, momento en el que les volverían a repetir la prueba.

Se asustó de golpe. «*Covid, ¿yo?*», le dijo sorprendida a Julio. «*¿Y por qué no? Estás más expuesta que otras personas, es normal*», le respondió él. Lo que más le preocupaba a Raquel ahora eran tres cosas: haber contagiado a Julio o a su hijo, no poder acompañar a su peque a hacerse la prueba en un momento tan delicado, y lo peor, haber contagiado a algún abuelo o abuela de la residencia.

Los quería a todos. Cada uno de ellos, como Camila, eran especiales. Sentía una compasión y un amor infinitos por esos viejitos y viejitas tan entrañables y, a veces, un poco pesados. Pero los cuidaba y los mimaba con un cariño que muchas de sus compañeras admiraban.

Preocupada por si había contagiado a alguien, de repente se dio cuenta de que no iba a ser madre de otro hijo o hija, pero que se pasaba el día *maternando*. Y ahí fue cuando vino el *insight* que lo cambió todo: podía ser madre sin tener hijos propios. Podía *maternar* a ancianos en una residencia. Eran su segundo hijo. Saberlo le llenó profundamente el corazón, y fue como si algo dentro de ella encajara y disipara toda frustración o dolor por la decisión de Julio de no querer más hijos. Ese día, confinada en una habitación de su piso, se sorprendió de no haber visto antes algo tan sumamente claro.

ROCÍO

«Voy de culo con los niños —pensaba, y luego se respondía—: *Vas igual que antes, Rocío, no te engañes. Bueno, igual no, porque ahora solo tienes que cuidar de dos niños, no de tres».* Los peques habían aceptado muy bien que la casa de mamá fuera su casa base e ir solamente a dormir con su padre fines de semana alternos. El pequeño volvía a ser él, y ese cambio le ayudó a tener seguridad a la hora de asumir un nuevo cambio: adaptarse al colegio después de medio año sin ir.

El fin de semana que Rocío estaba sin sus hijos, lo exprimía al máximo. Aprovechaba para dormir, descansar, quedar con alguna amiga y, básicamente, nutrirse. No quería volverse a sentir jamás como la mamá amargada que había sido antes. Este tiempo para ella era un regalo que le había dado la separación y lo saboreaba profundamente.

Un viernes por la tarde que había ido a dejar a sus hijos a casa de Jose, en el rellano del edificio se encontró con una mujer muy bien arreglada y maquillada. *«¿Eres Rocío?»*, le preguntó. *«Sí». «No sé si te acordarás de mí. Soy África, la vecina del tercero segunda». «Ah, sí, cierto, hola». «Mira, hace meses que quería decirte que, en pleno confinamiento, un día salí al balcón a llorar y me dijiste justo las palabras que necesitaba oír. Me ayudaste. Gracias».*

«¿Ah, sí? Ostras... Sí, creo que lo recuerdo... Aquel día yo estaba fatal... Ya no vivo aquí». «Lo sé, me lo dijo tu exmarido un día que pregunté por ti». «Acabo de salir de dejar los niños, que este fin de semana les toca con él». «No tiene que ser fácil...». «No, pero estoy mejor que antes, la verdad». «Me alegra saberlo. Por cierto, no sé, quizá no te apetece ni nada,

y sin compromiso, pero soy cantante y esta noche doy un concierto en la sala Azul. Si quieres, te dejo una invitación en la entrada». «*Ah, vaya, no sé…».* «*Tranquila, no lo decidas ahora. Empieza a las nueve. Te dejaré esa entrada por si decides venir. Aprovecha, que en nada nos confinan y se acaban los conciertos en directo».* «*Gracias».* «*A ti por ese día. Que tengas mucha suerte».*

África se fue y Rocío se quedó sin saber qué hacer. Ni se acordaba de la última vez que alguien la había invitado a algo.

ELSA

Elsa llevaba diecisiete días de instituto, pero, en vez de estar contenta por haber recuperado una parte de su vida que había echado mucho de menos, estaba de mal humor, medio triste. Luna, su madre, no tenía ni idea de lo que le había pasado, pero esa chispa de felicidad que había llevado consigo todo el verano a raíz de lo de Iñaki había desaparecido.

Elsa nunca contó nada en casa, ni que salían ni que no. *«Es más cerrada que una concha»,* decía su padre, a lo que Luna respondía: *«No sé a quién demonios se debe de parecer»,* y él callaba y disimulaba. Un día, Luna recogió a Elsa en el instituto para llevarla a comprar ropa. *«¿Qué tal? ¿Cómo ha ido?».* Su hija, sentada en el asiento del copiloto, iba revisando su móvil y dijo, sin levantar la mirada: *«Bien».* *«¿Qué has hecho hoy?».* Elsa respondió: *«Nada».* *«¿Cómo que nada?».* *«Mamá, lo de cada día».* *«¿Y qué es lo de cada día?».* *«¿En serio? No me ralles»,* dijo Elsa fastidiada.

Luna se estaba inquietando. La veía rara desde hacía semanas y ese día, que quería aprovechar para hablar con ella y acercarse, Elsa estaba más borde que nunca. *«¿Se puede saber qué te pasa?».* *«Jolín, mamá, ¿podemos ir en silencio y ya?».* *«Te he hecho una pregunta».* *«Que pares de interrogarme, en serio, déjame en paz».* *«¿Perdona? ¿Desde cuándo me hablas así?».* *«Desde que pareces una poli».* *«¿Poli? Estoy flipando».* «*Hostia, mamá, déjalo. Vamos a casa, que no quiero ir a comprar ropa».*

Luna estaba furiosa. Tuvo ganas de parar el coche y hacerla bajar, pero ¿de qué serviría? Elsa se alejaría todavía más de ella y lo que buscaba era acercarse, no alejarse. A ella tampoco le apetecía ir de compras con su hija, así que volvieron a casa. Estuvieron en silencio todo el camino, lo que las ayudó a serenarse un poco, especialmente a Elsa.

«*Mamá, hoy necesitaba silencio, no quería hablar. ¿No te has dado cuenta?».* «*No».* «*No me preguntes. Si quiero hablar, ya lo haré».* Su madre no supo qué decir. Se había dado cuenta de que no quería hablar, pero eso la preocupó aún más y por eso había seguido interrogándola.

Elsa bajó del coche y entró en casa. Luna se quedó sentada un rato preguntándose cómo podía llegar a ella. Cogió el móvil y escribió en el chat de amigas: «*¿Cuánto dura la adolescencia?».*

MAYA

Maya había vuelto a terapia a regañadientes. Una parte de ella sabía que necesitaba volver porque se sentía bloqueada, y otra parte solamente quería simular no darse cuenta y seguir con su vida. En la primera sesión, lo dijo claramente: «*No quiero estar aquí pero creo que debo venir».* «*Vale, ¿y por qué no quieres estar aquí?».* Le daba tanta rabia que su terapeuta siempre le respondiera con preguntas, pero respiró hondo y contestó: «*Porque me harás bucear en la mierda y me apetece cero».*

«*Seguramente han pasado cosas que te han hecho volver, ¿verdad? ¿Qué ha sido?».* Hubo un silencio largo porque Maya no quería empezar a contarle cosas como si estuviera a gusto. Luego pensó en el dinero que tendría que pagar a la salida y que nadie la había apuntado con una pistola para estar ahí, así que respondió: «*Hace meses, co-*

nocí a un hombre bueno que me hace reír, me gusta y me cuida, pero cuando estoy con él me siento culpable, como si estuviera traicionando a Berto, y no lo puedo soportar». Maya se emocionó y calló.

«Berto sigue muy presente, ¿verdad?». «No, cada vez menos, y eso me está matando. Ya casi no recuerdo como era su voz, su piel... Estoy perdiéndolo poco a poco». «No recuerdas esas cosas, pero su ser está presente en ti. Te acuerdas de él». «A diario», dijo Maya.

Hubo unos minutos de silencio. Maya miraba al suelo. Su terapeuta esperaba. Luego, dijo: «Quizá Berto tiene que encontrar su sitio en ti, un lugar que no duela y que, a la vez, te deje seguir con tu vida. Y para que él lo encuentre, tienes que dárselo: acepta que no está físicamente, pero que siempre estará de alguna forma EN ti. Tú decides cómo».

Maya lloraba ya sin reprimirse. Siguieron hablando un buen rato y cada vez se sentía mejor, como más ligera y muy, muy cansada. Volver había sido una buena idea. Luego, le hizo cerrar los ojos y hacer un ejercicio con la mano derecha en el corazón. Notó que latía y, en ese momento, Maya sintió ganas de abrazar ese corazón que tanto había sufrido últimamente.

ÁFRICA

Esa noche era especial: actuaba en la ciudad, y los niños se iban a quedar con los abuelos para que Pau la viera actuar. Cuando iba a verla su compañero, se ponía un poco más nerviosa de lo habitual: quería seguir impresionándolo, como la primera vez que él la oyó cantar. Pau le decía que ella lo impresionaba por el simple hecho de ser, que no necesitaba oírla cantar para enamorarse más. Pero África sentía que era más ella cuando cantaba y que, si entonces Pau se rendía a sus pies, significaba que realmente amaba su esencia, lo que era de verdad pero a veces no podía mostrar.

Ese concierto también era especial porque había rumores de que iba a volver el confinamiento y que la actividad cultural se iba al traste otra vez. Estaba tan fastidiada con eso... Ahora, que sentía que su carrera estaba en un punto alto, navegando viento en popa, tenía miedo que la pandemia le impidiera triunfar.

En la sala Azul, hicieron las pruebas de sonido y los rituales típicos del grupo en cada actuación. Luego, risas y, antes de empezar, cada uno se centró en sus cosas. Ella, con la excusa de repasarse el maquillaje, siempre se apartaba y aprovechaba para cerrar un momento los ojos y pedirle al Universo entero que la ayudara en esa actuación. Se encomendaba a todo lo mágico habido y por haber para sentirse más fuerte, más capaz y con menos miedo y nervios.

«¿*Vamos*?», le preguntó el guitarra del grupo. África se miró por última vez en el espejo y respondió: «*Venga*». Cuando salió al escenario y escuchó los aplausos, miró hacia la tercera fila sonriendo y vio, a duras penas por tantas luces, a Pau, y, dos asientos a su derecha, a Rocío, la vecina separada del hombre con malhumor.

Cogió el micro, dijo «*Gracias*» y empezó a brillar.

FÉLIX

Le había costado horrores, pero consiguió cerrar tres eventos en octubre y cuatro en noviembre. «*Un milagro*», decía Félix, mientras pensaba en la gran necesidad de normalidad que tenía todo el mundo, él incluido. Seguía sin cobrar, porque lo poco que facturaba se destinaba a pagar a los trabajadores, el crédito y el local. No llegaba, y desde hacía meses tiraba de ahorros. Por eso, cerrar algunos contratos lo animó hasta que... todo se fue al traste otra vez.

Llegó la segunda ola del virus. Las palabras «toque de queda» y «segundo confinamiento» empezaron a ocupar titulares en los periódicos. Cerraron restaurantes y bares y, por supuesto, pendían de un hilo los pocos eventos que tenía Félix para los siguientes fines de semana.

Ese viernes en la oficina fue de apaga y vámonos. Las caras de los trabajadores eran un poema porque veían a venir un expediente de regulación de empleo temporal del cien por cien y hablaban de ello en corrillo. Uno de ellos se acercó a Félix y le dijo: *«Si nos envías a casa otra vez, no lo resistiré».* *«¿Y qué quieres que haga, si no hay trabajo? Con tres eventos, no hacemos nada».* *«¡Joder, que no tengo un duro!».* *«¿Y qué cojones te crees que tengo yo? ¿Millones?».* Se hizo un silencio incómodo y Félix se levantó, cogió sus cosas y se fue a casa.

Durante el viaje, le entraron ganas de llorar, pero hacía tanto que no lloraba que no podía. ¿Cómo deshacer ese nudo de años? Conducía con tal peso en el estómago que, a ratos, le daba la sensación de que tendría que parar a vomitar. Pero aguantó.

Llegó a casa y sonrió a su hijo Quim. *«Que no lo note»*, pensaba, pero él lo notaba todo. Su energía, que estaba por los suelos, esa sonrisa falsa que escondía un montón de angustia, su cuerpo, agotado y desencajado. Se sentó en el sofá, encendió la TV y de repente escuchó la declaración del consejero de Sanidad: *«Nos estamos planteando el confinamiento de fin de semana».*

Félix cerró los ojos y renegó: *«Los tres putos eventos que tengo, en fin de semana, a tomar por culo. Bravo».* A lo lejos, escuchó la voz de Quim: *«¡Mamáááááá! ¡Papá, ha dicho puto! ¡Papá ha dicho puto! ¡Tiene que poner un euro en la cajita de las palabrotas!».*

SOLE

Sole se había instalado en casa de Francisca como si ese cambio en sus vidas fuera justo lo que debía ocurrir: todo había sido fácil, absolutamente fácil, como empujado por vientos a favor. Se había presentado en su nueva casa con tres maletas no muy grandes. *«No tengo mucho»*, le dijo cuando Francisca le abrió la puerta. Juntas, se dirigieron a la habitación que, a partir de ese día, sería la suya.

El piso era de esos de techos altos del centro de la ciudad, lo suficientemente grande como para vivir las dos sin molestarse. Francisca le había preparado un cuarto donde, hasta ese momento, solo había habido una mesa y una cama de invitados en la que nunca había dormido nadie. «*Hay cosas, pero háztela tuya. Puedes quitarlo todo, si quieres, o cambiar lo poco que hay, me da igual. No tengo apego a nada*».

Francisca añadió: «*Por cierto, si vas a vivir aquí, quizá te podrías quitar ya la mascarilla, ¿no? Llevarla en casa te molestará, y quiero que estés a gusto*». «*No, Francisca, usted es mayor y estoy con gente en la pelu cada día. En mi habitación me la quitaré, pero cuando compartamos espacios, la llevaré puesta. Para comer, nos sentaremos un poco lejos, lo que en su supermesa no será difícil*».

Sole la cuidaba. Saber eso, a Francisca le llenaba el alma. A la chica igual. Desde que se sentía sostenida por una abuela con poca movilidad pero con un corazón enorme, no había vuelto a sentir esa ansiedad dentro, ni tampoco esas ganas de morir. Sí, a veces a Sole le entraban ganas de morir.

SANTI

A Santi el otoño siempre le había costado un poco. Si tuviera que elegir, se quedaría permanentemente en invierno y primavera. El otoño, y especialmente ese, le pesaba. Había un ambiente pésimo. Con el aumento de contagios por el coronavirus, cuando en su empresa ya habían vuelto a la normalidad, les habían vuelto a mandar a casa a teletrabajar, y eso no le gustaba nada. Se pasaba el día delante de la pantalla, currando más de lo que tocaba, sin levantarse de la silla. Aniquilada de nuevo la interacción social no virtual de una empresa donde reinaba el buen rollo.

Le aterraba que volvieran a confinarlos. El confinamiento de marzo le había ido bien, pero ahora no se veía en el mismo punto que entonces: no quería pasar tantas horas con Elia, la madre de sus hijos. Ni quería que casa de Elia volviera a ser el campamento base. Pero especialmente, pensaba que un confinamiento en otoño tenía que ser infinitamente peor: la oscuridad, el peso de ser la segunda vez, el cansancio y... sin Maya.

Porque en el otro confinamiento por lo menos tuvieron video-llamadas, mensajes y ganas de volver a verse para hacer el amor y abrazarse hasta el día siguiente. Ahora no. No habían vuelto a hablar desde ese día en casa de Santi, cuando se le quemó la cebolla.

Pensaba en ella a menudo, deseando, por encima de todo, que estuviera bien. A pesar de morirse de ganas de mandarle un mensaje para comprobarlo, quería protegerse. Su autoestima no era la de antes de Elia, así que no iba a volver a la antigua versión de sí mismo. Prefería estar solo que con alguien que no lo amase.

Bueno, solo del todo no. Viendo cómo evolucionaba la pandemia y que iba a pasar muchas horas en modo yo-mi-me-conmigo en casa, abrió una nueva pestaña en su navegador y escribió: *«Perros protectora de animales»*. Los niños iban a estallar de felicidad cuando lo supieran.

CINTA

En septiembre, Cinta se había apuntado a clases de yoga en un centro de su barrio. Después de todo lo sucedido y lo removida que estaba, pensó que el yoga le vendría bien.

Todavía no habían hecho el amor con Bruno. Ella se había inventado excusas y no había querido mirar su calendario menstrual. Él empezaba a inquietarse y, a la que ella se despistaba, ya la estaba manoseando, buscando ese momento de intimidad que parecía no llegar.

Pero ella estaba rara, distante. Era como si perder ese bebé la hubiera sumido en una crisis personal y existencial profunda en la que empezó a dudar de todo: de querer un bebé, de querer estar con Bruno, de querer volver a pasar otro confinamiento en la gran ciudad… Era una gran duda andante.

Su profe de yoga le encantaba. Se llamaba Dolo y parecía tan feliz que su luz lo iluminaba todo. Un día, al terminar la clase, Cinta se le acercó y le preguntó: «*¿Te puedo hacer una pregunta?*». «*Sí, claro*», dijo Dolo. «*¿Hay alguna forma de buscar certezas en el yoga?*». «*¿Cómo? ¿A qué te refieres?*». «*En julio perdí un bebé y no sé si quiero volver a intentarlo. Mi novio quiere, pero no estoy segura. No se lo he dicho. Desde eso, nos hemos distanciado… No sé, quizá desde antes, desde que nos focalizamos en quedarnos embarazados y ahora… Le miro y no sé si quiero estar con él. ¿Qué puedo hacer?*».

«*Guau…*», respondió Dolo. «*No hay certezas en la vida ni tampoco en el yoga. Sin embargo, la práctica te ayudará a estar más centrada y conectada, y eso te dará pistas… Pero no busques las respuestas fuera, sino dentro de ti. Para, escúchate y, cuando menos te lo esperes, lo sabrás. Siento que perdieras a tu bebé*».

Esa respuesta, a pesar de no ser la que buscaba, la hizo sentir mejor. Las dos cogieron sus bolsas y salieron juntas del centro. Antes de despedirse, cuando Cinta ya estaba a unos diez metros de Dolo, le gritó: «*¡Cinta, confía!*».

JULIA

La COVID-19 se estaba expandiendo otra vez. Las cifras eran alarmantes, y Julia lo veía cada día en el hospital, donde no paraban de llegar enfermos con el virus. Seguía pensando que no iba a poder con una nueva ola como la de marzo, y aunque todo el mundo le decía que no sería igual, ella andaba reviviendo las mismas emociones y sensaciones: cansancio, estrés, ansiedad…

Un día tuvo que llamar a la mujer de un hombre con muy mal pronóstico. Eso era lo peor, tener que llamar a los familiares y darles malas noticias cuando no podían acompañar a sus seres queridos. Los oía llorar al otro lado del teléfono y su sensibilidad la hacía añicos. Tenía compañeros que también tenían que hacerlo, pero envidiaba su seguridad y entereza.

Ella no podía. Lloraba en cada llamada, no se acostumbraba. Su pareja, Noe, le decía que era una suerte que no se acostumbrara, que decía mucho de ella y de su sensibilidad, y que el mundo andaba corto de eso, así que era una suerte que ella existiera. A pesar de tanto piropo, Julia se sentía igual de mal y le pesaban en la espalda el hospital, los enfermos y la pandemia.

El día de la llamada a la mujer para darle malas noticias volvió a casa temprano después de toda la noche de guardia, muy derrotada. Aún dormían todos. Entró en el baño para ducharse a conciencia y empezó a llorar. No podía mantenerse en pie, así que se sentó en la bañera mientras el agua le caía encima. Noe, que escuchaba un ruido raro desde la habitación, acudió y la encontró rota, llorando desnuda. Asustada, entró en pijama en la bañera, se sentó detrás de ella y la abrazó, como si así pudiera relevarla de sostener tanto peso. *«Ya estás en casa, ya estás aquí y yo estoy contigo...».*

DOLO

El día que Dolo vio cómo Juan jugaba con el hijo pequeño de Noe y Julia, flipó. Era otro niño, totalmente abducido, que entraba en el juego del peque y se lo hacía pasar bomba. *«Caramba con Juan, tiene mano para los niños»*, le dijo Noe al oído. Porque sí, la tenía.

Cuando llegaron a casa después de visitar a sus amigas, Dolo le dijo: *«Juan, te gustan mucho los niños, ¿no?».* «Sí, me encantan. ¿Sabes que estuve a punto de estudiar magisterio? Pero luego una orientadora del instituto me dijo que serviría para ciencias y, tonto de mí, le hice caso. Creo que sería más feliz con niños que en la empresa donde trabajo». «¿Y por qué no lo haces? Vuelve a estudiar, haz lo que te mola». «No lo sé».

Dolo se fue a cambiar y, cuando Juan volvió con ella a la habitación, le preguntó: «*¿A ti no te gustan los peques?*». «*¿A mí? Mmm...,
sí, normal, no sé*». «*¿Y querrías tener hijos?*». «*Guau... y llega LA PRE-
GUNTA, señoras y señores. ¡redoble de tambores!*», respondió, y Dolo
se puso a reír. «*Venga, que lo pregunto en serio*», dijo Juan. «*Sinceramente, no lo sé. ¿Y tú?*». «*Me gustaría*». «*Vale, lo que te puedo decir hoy
es que contigo es con la única persona de todas las que he estado que, si lo
imagino, no me da grima vernos con un bebé*». «*Bueno, ya es algo*», se rio
Juan, y le tiró el jersey a la cara, excusa que sirvió para empezar una
guerra de ropa y cojines y acabar riendo a carcajada limpia en la
cama.

Cuando recuperaron el aliento, Dolo le dijo: «*Necesitamos cono-
cernos más y disfrutarnos más, Juan. Hacer una buena base que, si no,
llega un bebé y todo se desbarajusta. Lo he visto tantas veces... Tener un
hijo son palabras mayores*». «*Lo sé, no era una insinuación de nada, solo
tenía curiosidad. Jamás iría a buscar un hijo a lo loco. Me gusta saber que
tú tampoco. Y mientras... ¡a practicar!*».

«*¡Juan, que en quince minutos tengo que salir a dar clase!*». «*Bueno,
pues entonces marchando uno rápido*». «*¡Marchando!*».

JOSEFINA

Ya hacía un mes y una semana que Josefina se había roto la cadera.
Volvía a estar en casa, pero necesitaba mucha ayuda y cuidados.
Obligatoriamente, tuvo que tragarse sus ganas de no tener contacto
con nadie por la covid y aceptar la ayuda de sus hijos, sus nueras y su
marido. Fue un buen baño de humildad para Josefina, que jamás se
había dejado ayudar.

A menudo entraba y salía gente de su casa. Ella no podía estar
todo el día limpiándolo todo, como solía hacer, porque el cuerpo no
la seguía. Tuvo mucho tiempo para reflexionar durante su ingreso en
el hospital, y también mucho dolor. También tuvo miedo de que lo

de la cadera no se solucionara, que hubiera complicaciones y terminara en la caja de madera. Sí, ella siempre tan positiva.

Esteban, en cambio, creía que lo que le había pasado a Josefina, aunque a él lo había desestabilizado un poco, les había sentado bien a todos. Ahora veía más a menudo a sus hijos y nietos y eso le hacía feliz. *«La vida ha puesto a Josefina en su sitio»*, pensaba Esteban, pero no lo decía en voz alta. Si lo hubiera hecho, su mujer no le habría dirigido la palabra en días.

Josefina llevaba mal no ser completamente autónoma y especialmente cuando era Miguel el que la tenía que ayudar. Le daba entre vergüenza y rabia que la viera así. Un día, él le dijo: *«Mamá, intento ayudarte y tú estás como enfadada conmigo. No te he hecho nada para que me trates así, solo intento ayudarte». «¡Es que no quiero que me ayudes! ¡Quiero ser la de antes, maldita sea! ¡No quiero que me veas así! Tuve que cuidar de mi madre hasta que murió y fue una carga enorme... No quiero serlo yo para ti». «No lo eres, mamá, pero sería todo más fácil si aceptaras que ahora toca esto».* Josefina notó cómo le bajaban dos lágrimas por una mejilla. Se las secó con la mano y luego dijo: *«Siento ser una vieja testaruda. Gracias, Miguel».* Y se dejó ayudar.

EVA

Eva llevaba dos días muy removida. Un día le preguntó a su madre qué pasó cuando nació. Una amiga le había recomendado que le hiciera esta pregunta por si le daba pistas del porqué de su malestar con su madre, que no había mejorado ni pizca.

Su madre, totalmente ajena a lo que le pasaba a Eva, le contó que, cuando ella nació, Carlota también era muy pequeña y, como ella trabajaba en la tienda de los abuelos, muy pronto tuvo que dejarla al cuidado de una tía-abuela. Ella se llevaba a Carlota a la tienda. Allí jugaba en un parque de la zona del almacén o se quedaba con ella pintando o tocándolo todo. A la tía-abuela no podía dejarle las dos niñas, así que le dejó la bebé, que daba menos trabajo.

«*¿Y cuándo fue eso? ¿A partir de cuándo?*». «*Debías de tener un mes… tomabas biberón y eras muy buena. Solo comías y dormías, realmente demandabas muy poco. Yo quería estar contigo, pero mis padres no hubieran entendido que me hubiera quedado en casa, con todo el trabajo que había en la tienda en esa época*».

Ese día Eva no dijo nada más, pero los dos días siguientes no pudo dejar de sentir que eso tenía que ver con su enfado repentino con su madre. Ahora que Eva sostenía a una bebé de casi tres meses, era como si sintiera toda la ausencia de ese primer tiempo de su vida, de la mamá que no estuvo.

En dos días lo comprendió todo: ahora que su madre quería acompañarla y sostenerla, Eva sentía que llegaba tarde. Todo el enfado que no le pudo expresar de bebé le venía ahora, de una forma totalmente inconsciente y repentina. Cuando todo encajó, Eva respiró hondo y se preguntó: «*Vale, ya lo entiendo… ¿Ahora, qué?*».

QUICO

Quico era un tipo optimista y más bien alegre, pero, desde la muerte de su padre, empezó a tender al pesimismo y a la desconfianza. Muchas veces le entraba la mala leche y le daba rienda suelta en casa. «*¿Tú te crees, Laura? Hoy iban hacinados en el metro, y he tenido que esperar veinte minutos a que pasara alguno donde no tuviera que ir como una sardina en lata. Es que me cabrea, joder, ¿no son suficientes las miles de muertes que llevamos para hacer las cosas como Dios manda?*». Laura asentía con la cabeza y le dejaba hablar. Estaba acostumbrada a sus monólogos de indignación. «*Y el no va más es cómo lo gestionan… Es que siento vergüenza, te lo juro. ¿Cómo vamos a superar una pandemia con estos políticos? A veces me dan ganas de mandarlos todos a la mierda*». «*Ya lo haces, Quico, casi cada día*», decía Laura *sottovoce*.

Con el aumento de casos, Quico empezó a sentirse muy inseguro. No tanto por él, sino porque la vida le volviera a robar a alguien muy querido. Sufría por su hermano, que era asmático, y por Laura, que iba a trabajar cada día a un colegio con ochocientas personas. Sentía que no soportaría otra muerte en las condiciones en las que tuvo que vivir la de su padre: sin contacto, sin despedida, sin acompañamiento, en la distancia.

Cuanto más inseguro se sentía, más aumentaba la mala leche. Su hija María, al notar que su padre no estaba bien, se enganchaba más a su mamá y rechazaba a Quico. Cuando él quería bañarla o le proponía contarle un cuento antes de irse a dormir, ella siempre contestaba: «*Tú no, ¡mamá!*», a lo que Quico reaccionaba ofendido y con más mal humor.

Un día Laura se acercó a él y le dio un papel con cuatro nombres, números de teléfono y direcciones de correo electrónico. «*Visto que no te puedo ayudar, aquí tienes dos grupos de duelo, un terapeuta y una psicóloga que pueden hacerlo. Haz lo que quieras, y elige lo que más te apetezca, pero haz algo porque esto es ya insostenible*». Cuando terminó de hablar, Laura volvió con María a su habitación.

A Quico le molestó el tono de voz de Laura. ¿Tan desagradable estaba él? No se lo parecía. Dobló el papel por la mitad y se lo metió en un bolsillo sin leerlo.

CELIA

«*¿Qué haces, mamá?*». «*Un altar para nuestros ancestros, los que vivieron antes que nosotros*». «*¿Todos? No te van a caber*», dijo la mayor. «*No, solo para los que recuerdo de mi familia. ¿Me ayudáis? Podéis poner cosas que os gusten encima de esta tela. Yo pondré flores y piedras que pintamos en verano en casa de los abuelos*». A las niñas les encantó la idea. Situó el altar encima de un mueble para que la peque, Berta, que ya se ponía de pie y quería caminar sola, no lo cogiera y lo arrasara todo.

Era treinta y uno de octubre, y ella y Ramon estaban muchísimo mejor. Él se había dado cuenta de que no podía dejar a Celia con todo el peso de la crianza y, como máximo a las cuatro de la tarde, cada día estaba en casa. A Celia le había sentado muy bien el cambio de actitud de Ramon y sentía que todo volvía a encajar otra vez.

Ese último día de octubre, a Celia le apetecía muchísimo conectar con su hermano Adam, fallecido cuando solamente tenía dos meses. Su madre le había ido contando cosas de ese bebé que murió demasiado pronto y, entre que era su hermano y que ahora estaba muy removida porque también tenía una bebé, necesitaba más que nunca recordarle y hacerlo presente.

Cogió un papel en blanco y, con unos rotuladores, escribió: «Adam». La mayor, que ya sabía leer, preguntó: «*¿Quién es Adam?*». «*Mi hermano. Murió de una enfermedad cuando yo tenía dos años y medio. Era un bebé casi recién nacido*». «*¿Los bebés se pueden morir, mami?*». «*Sí, pueden morir también*». «*Yo no quiero que se muera Berta*», dijo Idoia mientras iba decorando el altar. «*Lo sé, yo tampoco, tranquila. No se va a morir, no te preocupes*». Pusieron fotos de los padres de Ramon, que habían muerto años atrás y también de un gato que habían tenido y que había fallecido atropellado.

Cuando terminaron, Celia tomó una foto y se la mandó a su madre. «*Adam está con nosotros siempre, pero hoy más. Te quiero, mamá*».

CLARA

Gala cumplía un año y Clara llevaba tres días muy removida. Primero, porque no acababan de decidir cómo celebrar ese cumpleaños. Con la pandemia, no le apetecía juntar a los abuelos y los tíos en su piso de la ciudad. Pero a su madre le daba igual el virus y el riesgo de contagio, y dijo: «*Si no quieres hacer una fiesta, allá tú, pero yo el miércoles iré a tu casa a felicitar a mi nieta sí o sí*». Clara callaba porque había comprendido que hablar con su madre no servía de nada, aunque la siguiera removiendo por dentro.

Eso y el continuo *revival* de «*Hace un año ya habían empezado las contracciones*», «*Hace un año rompí aguas a esta hora*», «*Hace un año ingresábamos en el hospital*», etc., la hacían navegar en un cúmulo de emociones difíciles de sostener. Carlos, en cambio, estaba simplemente feliz, contento por el primer cumpleaños de su hija, y se sorprendía y se llenaba de ternura cada vez que, al comentar algo de Gala, Clara se ponía a llorar.

Ese miércoles fue el clímax de removida interna: pasó de sentirse profundamente afortunada y feliz, a llorar con una pena terrible que no sabía a qué venía. Su madre llegó a las cinco de la tarde, como un reloj suizo, con dos regalos para Gala, llenando toda la casa de su energía torbellino. «*Ay, mi niña, que ya tiene un año… Qué mayor estás… ¿Ahora le vas a dejar de dar el pecho, no, Clara?*». «*Ya estamos otra vez* —pensó ella—, *ni dos minutos lleva aquí*». No respondió y se hizo la sorda.

Su madre ignoró que Gala estaba jugando con el juguete nuevo que le había traído, la cogió y se la sentó en el regazo. Clara lo observaba todo y se iba cabreando más y más, hasta que, de repente, le soltó: «*¿Por qué haces esto? Ignorarnos, a ella, a mí, a lo que sentimos, a nuestras necesidades, a lo que somos…*». «*¿De qué hablas?*». «*De nada*», dijo, y se fue llorando a su habitación. Carlos se quedó con su suegra y Gala, que empezó a llorar al ver que su madre se iba corriendo.

«*¿Qué le pasa a tu mujer? Mira que hablarme así el día que vengo a felicitar a mi nieta... ¡Me he tenido que cruzar toda la ciudad!*», dijo la abuela. Carlos, que notó cómo se le encendía el volcán dentro, solamente consiguió decir: «*Creo que será mejor que se vaya*».

SOLE

«*Yo la acompaño*», le dijo Sole a Francisca. Acababa de contarle que hacía mucho que no iba al cementerio a ver la tumba de su difunto marido porque ya era mucho ajetreo para ella. «*Iremos en taxi hasta la puerta y luego volveremos también en taxi. ¿Qué le parece?*». «*¿Harías eso por mí, Sole?*». «*Pues claro*».

Hacía tiempo que tenía la necesidad de ir al cementerio, pero se le hacía un mundo. Ella sentía que no era lo mismo hablar con Pedro estando en casa, que ahí, delante de su tumba, pensaba. «*Vale, sí, vamos, pero a última hora, que el uno de noviembre todo el mundo quiere ir y no encuentro ni la calma ni el silencio que necesito*».

Cuando llegaron al cementerio, ya había oscurecido. Sole nunca habría ido de noche y con frío, pero las condiciones las ponía Francisca, y ella no las juzgaba. Al llegar al lugar indicado, Sole la dejó sola y fue a pasear por el cementerio, dándole el espacio de intimidad que sintió que Francisca necesitaba.

Allí, paseando, pensó en su abuela, quien le dio la poca estabilidad que recibió de niña, y también en la pena infinita que sintió cuando le dijeron que había muerto. Sole tenía once años y se sintió morir. Entonces se dio cuenta de que en Francisca encontraba algo de su abuela que había estado buscando durante años en hombres que jamás se lo habían dado: ese sostén, esa estabilidad, esa calidez de cuando alguien que te quiere te dice: «*Tranquila, todo va a salir bien*».

Cuando Sole volvió con Francisca, esta le dijo: «*Ya podemos irnos. Me ha gustado venir… Le he hablado de ti*», y le guiñó un ojo.

RAQUEL

Raquel resultó ser asintomática. Lo más duro de esos días encerrada en una habitación fue separarse de su hijo. Lo veía ataviada con dos mascarillas, pero de lejos, y no lo abrazaba. Él no lo entendía y pasó de llorar desconsolado los primeros días a ignorarla profundamente.

Ella se hartaba a llorar. Era como que ese aislamiento, a partir del segundo día, le había ido quitando toda la alegría con la que siempre resonaba. Le faltaba el tacto, el cariño, los abrazos, la piel. Le faltaba tener a su peque en el regazo, dormir con él, acariciarle el pelo y olerlo. También le faltaba Julio, más que nunca.

Después de lo distantes que habían estado durante meses, ahora se fustigaba por no haberse dado cuenta de lo maravilloso que era, como hombre y como padre, y haberse planteado, incluso, separarse de él. Cada vez tenía más claro qué necesitaba para vivir feliz, aquello que la hacía resonar siempre con alegría, y ver la indiferencia en la mirada de su hijo, que estaba siempre en brazos de papá, le activaba los miedos de si, pasado el confinamiento, su relación volvería a ser la de antes.

Al cabo de diez días le repitieron el test para ver si podía desconfinarse y volver a trabajar en la residencia. A la mañana siguiente, Raquel abrió la *app* en la que se podía comprobar el resultado y leyó: «Negativo». Estaba sola en casa y gritó de alegría. Salió de la habitación y ahí puso punto final a diez días de catarsis y llanto personal como no había experimentado en la vida.

Cuando el peque llegó a casa con su padre y la vio sin mascarilla, agachada y con los brazos abiertos, dudó. Miró a Julio y él le dijo: «*Puedes ir, ya pasó, cariño, ya pasó*». Él, con una sonrisa que a Raquel le disipó todos los miedos, corrió a los brazos de mamá y, a los dos minutos, empezó a llorar con un desconsuelo tan profundo que ni ella ni Julio pudieron evitar llorar con él.

ELIA

«Me debes algo, Santi», le dijo Elia un día en el rellano de su casa. *«¿El qué?»*, y ella le recordó que un día, en pleno confinamiento, él le dijo que cuando terminase el encierro celebrarían lo bien que lo habían llevado.

«Cierto —dijo Santi—, *pero cuando lo dije pensaba en salir a tomar algo algún día y ahora está todo chapado por el virus. ¿Qué propones?»*. Elia le dijo que podían encargar un *ramen* y cenar el viernes en su casa, cuando los niños estuvieran dormidos. *«Así no les confundimos»*. *«Hecho»*.

Santi accedió, pero no supo si se estaban equivocando. Elia tenía razón: le salió del corazón proponer esa celebración y, qué demonios, tal y como estaban las cosas, mejor celebrar la vida, la verdad.

Horas más tarde, se presentó en casa de Elia con comida preparada cuando los niños ya dormían. *«¿Abro un vino?»*, preguntó ella mientras ya estaba abriéndolo. Antes de que él respondiera, el tapón había salido haciendo «pop». Cuando ella se dio cuenta, dijo: *«Ups, lo siento… he dado por sentado que querrías»*. *«No pasa nada, nos conocemos»*, dijo, y sonrieron, porque Elia siempre hacía eso: preguntaba cuando ya había decidido.

Cenaron a gusto, hablando casi todo el rato del cole y de cómo veían a los niños tras la separación. Ni palabra de Maya, ni de la vida personal de Elia. Antes de dar la cena por terminada, Elia levantó la copa y dijo: *«Por nosotros. Por tener una relación atípica, pero buena y respetuosa. Por querernos a pesar de todo y por antes y ahora sostener todo esto, que no es poco»*. *«Por nosotros»*, respondió Santi, que entendió que no había nada que temer. Que podían tener una relación agradable sin confusiones, aunque fuera raro para algunos. En realidad, los únicos que tenían que comprender lo suyo eran ellos dos.

CINTA

Cinta ya no podía ir al centro de yoga porque, con las nuevas restricciones, habían tenido que cerrar. Ahora seguía las clases *online* con Dolo, pero no era lo mismo. Aun así, ese rato era sagrado. Su vida se había reducido a trabajar en el súper, las clases de yoga en una pantalla y a la angustia de cuándo volverían a hacer el amor con Bruno. Tenía que ser ya, él se estaba cabreando, pensaba Cinta. Pero es que le apetecía cero... Hizo lo que le recomendó Dolo, escucharse y practicar yoga en casa, pero seguía dudando de todo.

Bruno también estaba agobiado. Era repartidor y, desde que habían cerrado los bares y los restaurantes en esa especie de confinamiento raro de noviembre, estaba de mala leche. Decía que no podía tener un respiro, que no sabía dónde mear y que volver a casa o a la central cada vez que tenía una urgencia fisiológica le hacía sentir imbécil. Cinta sabía que tanta mala leche no era solo por eso, sino porque llevaban meses sin follar y a él, no hacerlo, le sentaba fatal.

Ese viernes, cuando él se arrimó en el sofá y la besó con lengua, ella sintió que quizás había llegado el momento, así que siguió. En realidad, tenerlo tan cerca y tocarse la piel le pareció muy agradable. Lo había echado de menos: reír, disfrutarse, conectar...

Todo iba bien hasta que él la penetró. En milésimas de segundo, Cinta volvió a pensar en ese día caluroso de julio, en la ducha, llena de sangre. Intentó borrar ese pensamiento, pero le fue imposible y, mientras él se excitaba más y más, ella sintió que lo único que quería era que saliera de ella ese pene que le recordaba todo lo sufrido.

A Cinta le fue imposible llegar al orgasmo. Cuando él se corrió, a ella le cayeron dos tímidas lágrimas que pasaron absolutamente desapercibidas para Bruno.

Cuando él se apartó, le preguntó: «¿*Tú has podido?*». «*Ni se ha dado cuenta*», pensó ella, y mintió: «*Sí*». «¿*Quieres levantar las piernas y te acompaño como ese día? Nos dio suerte*». «*No, hoy no, estoy cansada*». Cinta se tumbó hacia el otro lado y pensó: «*Ojalá no me quede. Así, no*».

ROCÍO

En noviembre, los virus entraron en casa de Rocío. Empezó el peque con un resfriado, muchos mocos y, lo peor, llorando cada vez que su madre tenía que sonarle la nariz. Al día siguiente fue ella la que empezó con una congestión que le hacía estallar la cabeza y, por la tarde, el mayor empezó a decir que le dolía la garganta.

Esa noche la pasaron los tres en la cama grande, a cual más resfriado, Rocío no daba abasto. El peque lloraba porque quería dormir, pero no podía respirar. La nariz del mayor parecía una fuente y estaba agobiado de tanto sonarse. Rocío iba de uno a otro, intentando que cada uno tuviera lo que necesitaba.

Hubo un momento en el que los dos empezaron a llorar de frustración y agotamiento y a ella el cuerpo le pedía gritar muy fuerte «¡*Que paréis de llorar y os durmáis de una puta vez!*». Pero en vez de eso, los abrazó y les dijo al oído: «*Ya lo sé, ya lo sé... Tranquilos, pasará*».

Poco a poco se fueron calmando y se durmieron encima de ella, incorporados y apoyados en su pecho. Si ella se movía, se despertarían seguro, así que se quedó quieta, mirándolos y pensando que criar sola era muy duro. Le caían lágrimas por las mejillas y, con ellas, se producían más mocos que en ese momento, con dos niños encima, no podía limpiarse.

Cuando ya estaba a punto de sentirse profundamente desgraciada, se dio cuenta de que era lo que siempre había hecho: darse pena, lamentarse de su suerte, ver lo de fuera mejor que lo de dentro. Fue consciente de ello y volvió a mirarlos. Ya sabía lo que era no poder estar con ellos, y se los imaginó resfriados igual en casa de su padre y sin ella poder ayudarles. Entonces se produjo el cambio y conectó con lo afortunada que era de estar allí, en ese momento, con ellos, sosteniéndoles. Se sintió afortunada de que estuvieran vivos y de que solamente fueran mocos. Les dio un beso a cada uno en la cabeza, cerró los ojos sintiendo que algo profundo acababa de cambiar en ella, e intentó dormir.

CAMILA

«Marisa, ya te he contado muchas cosas de mi familia y de la de tu padre. Siempre he creído que es bueno saber de dónde viene una, ¿no crees? Ojalá puedas contarle a Martín todas estas historias porque, en parte, también son suyas. Son las raíces, a veces fuertes y sanas y, a veces, alguna está un poco podrida.

Pero no te he contado lo del día que naciste. Tu padre lloraba como un bebé y en cambio tú... Tú tenías los ojos abiertos como dos naranjas y lo observabas todo. De repente, me asusté: te veía tan segura que sentía que quizá yo no estaría a la altura de un bebé tan sabio, pero bueno... Poco a poco te fui conociendo y tu padre y yo fuimos aprendiendo a cuidarte y a quererte.

No lo hemos hecho todo bien, faltaría más. Todo el mundo se equivoca; tú también te equivocarás. Pero Marisa, de verdad, no vayas con el látigo en la mano para fustigarte un día sí y otro también, que esto ya lo hice yo en su momento y te prometo que no me sirvió de nada. Cría con amor... El amor nunca hace daño, pero que sea de verdad, no de ese que llaman amor pero en realidad es manipulación, dependencia y falta de libertad. Tu padre y yo te hemos educado para que seas libre. Deja libre a Martín.

A veces, por cosas que dices, sé que te sientes culpable simplemente por no haber hecho las cosas como la mayoría. Como si porque Martín no tenga padre fueras mala persona. No lo dices abiertamente, pero hay días que noto que te sientes mal o que tienes miedo de que te lo reproche. Eso no lo sé, quizá sí, pero oye, todos los hijos reprochamos algo a los padres, qué se le va a hacer.

Y no te enfades porque te diga cómo tienes que hacer las cosas, que esa no es mi intención, ¿vale? No querría hacerte enfadar incluso estando muerta, ¿te imaginas? Te veo y me quito el sombrero que no tengo. Eres una mujer fuerte que decidió tener un hijo sola y eso no es nada fácil, ya lo sabes. Pero ole tú, cómo lo haces. De verdad, se lo digo siempre a las chicas de la residencia: tengo una hija como pocas. Seguro que creen que desvarío o que todas decimos lo mismo, pero me da igual: que sepan la suerte que tengo de tenerte».

QUICO

«*¿Qué tal lo llevas?*», le preguntó Marisa un día por teléfono. Como tenían que teletrabajar, ya no coincidían en la oficina. Quico le respondió: «*Bien*». «*No mientas…*», dijo ella. «*¿Has hablado con Laura?*», le preguntó Quico. «*Está preocupada por ti*». «*Me ha dicho que vaya al psicólogo*». «*Pues a lo mejor deberías*». «*¿Para contarle qué? Ya sé lo que me pasa. Me jodió que se muriera mi padre allí solo, en el hospital, y me cuesta aceptarlo*». «*Ya, pero no te puedes quedar bloqueado. Laura y María te necesitan, y te necesitan bien. Que seas el optimista y divertido de antes*». «*Marisa, no me jodas. Me vas a decir que tú eres la de antes de que muriera tu madre*». «*No, pero no estoy enfadada con el mundo. Estoy triste, pero no de mala leche*». «*Yo no estoy de mala leche, joder, ya pareces Laura*». «*Bueno nada, olvídalo, que tengas un buen día*». Marisa colgó.

«*¡Mierda!*», dijo Quico en voz alta, porque le sabía mal haber terminado así la conversación con Marisa. A ella tampoco le sería fácil… y estaba más sola que él. Pero es que Quico vivía como dentro de una pesadilla. Lo que quería era olvidar que su padre había muerto por culpa del coronavirus y, en vez de eso, todo se lo recordaba: las noticias en la tele, ver a la gente con mascarilla, etc. Quería que terminara la pandemia y, por lo que veía hacer a la gente, iba para largo.

Después de hablar con Marisa, cogió el papel que le había dado Laura y lo leyó. Los dos primeros contactos eran de grupos de duelo y, al lado, había un *mail*. Todo le daba pereza, pero pensó que sería menos incómodo un grupo (donde podría pasar desapercibido) que ir al psicólogo y sentirse entre la espada y la pared.

Se sentó delante del ordenador y escribió al primer *mail* de la lista: «*Hola, me llamo Quico y mi padre murió de covid en primavera. No sé qué se hace en un grupo de duelo, pero mi mujer dice que necesito ayuda*».

SANTI

Neo había alegrado profundamente la vida de Santi. Ese perro que encontró en una protectora de animales era profundamente agradecido y tranquilo. Le había destrozado un par de zapatos y un lado del sofá, pero en general era un perro fácil que le hacía los días de teletrabajo muchísimo más agradables y que, cuando estaban los niños, la vibración de la casa era mucho mejor.

Claudia y Max tenían otro foco de atención y se peleaban muchísimo menos entre ellos. Salían a pasearle juntos y Santi sentía que, desde que estaba Neo, había más alegría en casa. Porque, demonios, no estaba siendo fácil: no había adónde ir a tomar algo con un amigo, ni salir a cenar. Todo estaba cerrado, había toque de queda y el ambiente general tanto en el trabajo como en su grupo de amigos era de decaimiento total.

Un día sacó una foto tan bonita de Neo que tuvo la tentación de mandársela a Maya y, así, aprovechar para preguntarle qué tal le iba. Cuando estaba a punto de hacerlo, pensó: «*Pero ¿qué espero con este mensaje? Si no me ha escrito ni un solo día…*» y se vio como juró que no quería verse, yendo detrás de alguien que había decidido alejarse.

Un día le contó a su amigo Charlie que echaba de menos a Maya, aunque era absurdo, porque no iba a volver. Él le dijo: *«Jolín, Santi, eres un dramas. Se fue. Ya. Pasa página. Hay que ver cómo te enganchas a todo. ¡Si está lleno de chicas que querrían salir contigo!».* «Sí, claro, llenísimo. Si ahora no hay ni dónde encontrarlas». *«En eso te doy la razón, es una puta mierda. Pero bueno, no te quejes, que por lo menos tienes a Neo que te ríe las gracias, que yo, ni eso».* «Cierto, siempre has sido un poco más desgraciado que yo», sentenció Santi riendo, a lo que Charlie respondió intentando darle una colleja sin éxito.

ÁFRICA

Cuando las restricciones por la COVID-19 afectaron de lleno a la cultura en noviembre, África revivió el mes de marzo, a diferencia de que en ese momento ya se lo esperaba. Pero, a veces, esperarse las cosas no las hace menos duras, y fue como si le volvieran a tirar por encima una jarra de agua helada. Estaba cansada por todo el año: sentir ilusión por un nuevo concierto o colaboración que había soñado con que llegara y, cuando lo tenía al alcance de la mano, que desapareciera otra vez. Ilusión y frustración combinándose a la perfección desde marzo. Agotador.

No podía estar más parada, así que se puso a dar clases de canto *online* a sus alumnos de la escuela de musicales de la ciudad.

Jamás lo había hecho a través de una pantalla y, a pesar de que creía que se podía sacar poco provecho, se fue dando cuenta de que las clases eran mucho mejores de lo que pensaba. Había preparado una habitación con el ordenador, la *webcam* y el piano, y lo compartía con Pau para que él pudiera atender a los niños mientras ella daba clases.

Leo a veces se escapaba del control de Pau y se colaba en las clases de África que, por no desatar un llanto descontrolado, se lo ponía en la teta y seguía, como si dar clases con tu bebé colgado del pecho fuera lo más normal del mundo. Eso lo había aprendido del escenario, y siempre decía: «*Cuando algo vaya mal, actúa normal, como si todo estuviera calculado para que eso sucediera así*».

Y así, unas veces con Leo y otras sin él, África fue descubriendo que no era solamente cantante, sino que podía ser muchas otras cosas, entre ellas, mamá y profesora de canto, y lo mejor era que se le daba bien y la hacían conectar con su esencia.

Así, entre cantos y notas de piano en una habitación con una *webcam*, África descubrió que era más de lo que creía y que no hay mal que por bien no venga.

FÉLIX

Félix había tenido que mandar a todos los trabajadores a casa. No había eventos, no había curro. Pasó unos días horribles comunicándolo a sus empleados y tramitándolo todo con el gestor. Ese fin de semana de noviembre estaba en casa con Bea y Quim. Se había decretado confinamiento perimetral municipal de fin de semana, así que no podían airearse mucho. Como oscurecía pronto, decidieron tener una tarde de peli, palomitas y sofá.

Bea llevaba días inquieta. Quería que Félix diera el paso de admitir que su empresa no podía seguir en esas condiciones, pero él se resistía. Estaba menos estresado, pero más deprimido. Ese día, mientras estaban viendo una peli infantil que a Quim le estaba fascinando, Félix empezó a sentirse mareado. Pensó que eran las palomitas, que no le habían sentado bien, pero, poco a poco, el malestar se fue expandiendo y fue centrándose en su pecho.

Empezó a respirar mal y notó un fuerte dolor en el lado izquierdo que le bajaba por el brazo y se expandía por su tórax. Bea paró la peli enseguida y le preguntó: «*¿Qué te pasa?*». A duras penas, Félix respondió: «*No... puedo... respirar...*». Quim empezó a llorar y a gritar «*¡Papá! ¡papá!*», y Bea corrió a llamar a emergencias pidiendo una ambulancia.

Cuando llegó, le dijeron que, desde la covid, no podían entrar acompañantes en la ambulancia, así que se llevaron a Félix. Ella cogió a Quim y lo llevó a casa de los abuelos, e intentó disimular el terror que sentía de que le pasara algo a Félix.

Cuando llegó a la recepción del hospital, preguntó dónde estaba su marido y le dijeron que lo estaban atendiendo, pero que no le podían decir nada. Si su marido estaba bien, él mismo la llamaría; si no, su médico le haría una llamada. Salió a la calle, donde no había ni un bar abierto y todo estaba oscuro y quieto. Cerró los ojos fuerte y pidió: «*Por favor, que no sea un infarto*».

JOSEFINA

A Josefina no le había quedado otra que rendirse a la obviedad de que ya no era lo autónoma que había sido antes de caerse y romperse la cadera. Necesitaba ayuda, aunque no le gustara. Le costó lo suyo tragarse tanto orgullo, pero poco a poco fue dándose cuenta de que tener la casa llena de gente le sentaba bien.

Una mujer iba a limpiar dos veces por semana. Al principio, Josefina odiaba tenerla en casa tocando «sus» cosas, pero lo fue aceptando y se dio cuenta de que le gustaba cuando se iba y quedaba la casa con olor a limpio sin haber tenido que hacer nada. Sus hijos iban más a menudo y claro, sus nietos, Rita y Jon, también.

Como se veían más, pudieron relajar un poco aquella tensión que se había acumulado desde Navidad y el posconfinamiento, y se sentía más cerca de sus hijos.

Un día que Miguel estaba con ella en el salón, le dijo: «*Mamá, se acerca Navidad, y este año, ya te aviso, no quiero sorpresas. Te daremos un papel con dos cosas apuntadas, así que, por favor, cíñete a lo que pide Rita, ¿vale? Si quieres, lo compramos nosotros y así papá no tiene que ir. Pero no quiero que pase lo del año pasado*». «*Miguel, lo hice para que Rita no se sintiera menos que Jon*». «*Mamá, Rita no se siente menos que nadie, es tu película, pero pasaste por encima de lo que yo te había pedido. Me dolió».* «*Ay, hijo, yo qué sé... De pequeña viví muchas diferencias con mi hermano porque él era el varón. No quería que Rita se sintiera como me sentí yo porque a Jon le hubiéramos regalado una bicicleta y a ella no. Les queremos igual, por eso se la compramos».* «*Lo sé... pero esa es tu historia, mamá, no la de Rita...».*

Se hizo un silencio. A Josefina le entraron ganas de llorar. Lo hacía tan bien como podía, pero no era suficiente, pensaba... nunca era suficiente... Luego, un poco emocionada, consiguió decir: «*Es muy difícil ser abuela, Miguel, ya lo verás cuando te toque... Lo hago como puedo, no sé hacerlo mejor, lo siento».* «*Lo sé, mamá, lo sé...».* Miguel le agarró la mano fuerte, para que supiera que, a pesar de la bicicleta y de todo lo demás, la amaba profundamente.

DOLO

Cuando Dolo colgó el teléfono, fue a la habitación en la que Juan estaba teletrabajando y le dijo: «*En quince minutos vienen mis padres. Me acaban de llamar para decirme que han tenido que venir a una clínica de Barcelona a revisarle la vista a mi padre. Voy a ordenar un poco, que mis padres se fijan en todo».* «*¿Quieres que haga algo? ¿Se quedarán a cenar?».* «*No, espero...».*

Dolo estaba nerviosa. Odiaba que sus padres no la avisaran cuando pasaban por Barcelona porque entonces eran ellos los que decidían los tempos, no ella. Esa tarde tenía clases de yoga *online* y ellos se plantaban en su casa una hora antes de empezar su jornada. «*¿Tanto les cuesta llamarme el día antes?»*, pensaba.

«*Ah, por cierto, no saben que vives aquí».* «*¿Cómo? ¿No se lo has dicho?».* «*No. Hemos hablado poco y, si no preguntan, yo no cuento».* Juan alucinaba. Llevaban juntos meses, su historia era digna de salir en el periódico por lo de los balcones y ella no había dicho nada a sus padres. Le ofendió un poco. Saberlo le tocó en un lugar muy hondo, como si ella no hubiera dado la importancia que él daba a lo que compartían.

Llegaron, Dolo les presentó a Juan y todo fue cordial. Les dijo que en una hora tenía que dar clases y que tendrían que irse, porque las hacía en el comedor. «*¿Todavía sigues con lo del yoga?*», le preguntó su padre. «*Sí, papá, es a lo que me dedico ahora y espero que durante muchos años más*». Hablaron más con Juan que con ella y, cuando se fueron, les invitaron a su casa en Navidad.

«*Son majos. Me ha molestado un poco que no les hayas hablado nunca de mí*». «*Juan, esto va con ellos, no contigo ni con lo que tenemos. Mi relación no es como la que tienes tú con tu madre. Lo acepto, estoy bien con eso. ¿Vas a estarlo tú?*».

Sin darle la posibilidad de responder, ella le dio un beso y cerró la puerta del comedor para encender el ordenador y conectarse a la clase *online* que tenía que dar esa tarde.

BEA

No fue un infarto, sino un ataque de ansiedad como la copa de un pino. Cuando el móvil de Bea se iluminó en la oscuridad de la calle, delante del hospital, pudo leer: «*He tenido un ataque de ansiedad. Me darán el alta pronto. Siento el susto*». Suspiró aliviada y se puso a llorar de gratitud y por el miedo que había pasado, que se le había quedado atrapado dentro. Pero también le entró mala leche y ganas de gritar: «*¡Joder! ¡Te dije que esto iba a acabar mal! ¡Dichosa empresa de los cojones!*». En vez de eso, escribió: «*Menos mal, estoy aquí fuera, esperando para abrazarte*».

Bea llamó enseguida a los abuelos para que tranquilizaran a Quim y le dijeran que se quedara a dormir allí. Era tarde, y no sabía a qué hora iban a darle el alta. En realidad, Bea quería estar a solas con Félix. Quería hablar con él largo y tendido (si él accedía, claro), porque esa situación había llegado demasiado lejos.

Cuando Félix salió, se abrazaron fuerte. «*¿Estás mejor?*», preguntó ella. «*Sí, me siento tan ridículo... Pensaba que me moría, Bea, te juro que sentía que me moría... ¿Cómo es posible? Estoy fatal de la cabeza...*», y se puso a llorar. Félix, que nunca lloraba... Bea le abrazó de nuevo y se lo llevó al coche, donde él recuperó el aliento y se calmó.

Ya en casa, se tumbó en el sofá y apoyó la cabeza en las piernas de Bea, que le acariciaba el pelo en silencio. «*Cierro la empresa. No me puede costar la salud. El lunes empezaré los trámites*». Ella no dijo nada, pero por dentro sintió una alegría y un alivio que no hubiera sabido describir. «*Y otra cosa. Cuando estaba en el hospital lo he visto claro. Mudémonos al pueblo de tus padres. Allí podrás seguir trabajando y yo me reinventaré o algo, no lo sé, pero larguémonos de la ciudad. Quim será más feliz y nosotros también*».

«*¿Estás seguro?*», preguntó ella. «*Yo sí, ¿y tú?*». «*No hay nada que desee más*».

LUNA

La segunda ola había llegado al hospital y Luna volvía a hacer más horas que un reloj. En marzo lo vivió con mucha expectativa y adrenalina y ahora, en cambio, el cansancio le estaba pasando factura. Sentía mucha desazón cada vez que oía hablar a los políticos y, a ratos, se preguntaba si había nacido para ser médico.

Debido a tantas guardias, veía menos a Elsa y Unai. Con el peque se sentía conectada porque, cuando estaban juntos, él no la dejaba ni un segundo y encontraban la forma de volver a unirse profundamente después de muchas horas de ausencia. Pero con Elsa era infinitamente más difícil. Luna sentía que no podía acceder a ella y, en parte, había tirado la toalla confiando en que, algún día, volvería.

Un día que Luna salía de la ducha, Elsa entró en el baño con los ojos rojos de tanto llorar. «*Hace un tiempo que lo hemos dejado con Iñaki*». Su madre se recordó: «*No preguntes, no interrogues, calla y es-*

cucha». «Él iba a botellones y me daba mal rollo. *Prioriza su libertad (aunque ahora ya no tiene, porque todo está prohibido) pero eso nos hacía discutir mucho y lo dejamos. Pero jolín, mamá, pienso en él caaaada día. Ahora él ya no viene al insti porque los de bachillerato lo hacen todo on-*line *y le echo mucho de menos...».*

Luna se acercó y la abrazó: «*Te entiendo, no es fácil no ver las cosas igual con el chico que te gusta».* «*Es un tío muy guay, mamá, en serio, te gustaría, pero a veces parece que se toma esto a la ligera».* «*Es normal, Elsa, vivir una pandemia no es fácil para los adolescentes».* «*Es que...»* y la chica empezó a llorar... «*Cuando salíamos, tenía miedo de que él lo cogiera, me lo pasara a mí, y yo traerlo a casa y que a ti o a papá os pasara algo».* «*Uf, Elsa, ¿y te lo has guardado todo este tiempo? ¡Cuánto sufrimiento! Lo siento. No te preocupes, no nos vas a contagiar ni nos pasará nada».* «*Mamá, ya no soy una niña, eso no lo sabes».* «*Las madres lo sabemos todo, Elsa, todo, y las madres médico más».* Luna acababa de usar una frase que le decía a Elsa de cachondeo desde que era una niña; le daba una seguridad inconsciente que la tranquilizaba en el acto. Se rieron y, al fin, se sintieron conectadas y aliviadas de nuevo.

EVA

«*¿Se lo has dicho a tu madre?»,* le había preguntado Piero a Eva hacía semanas, cuando esta le contó todo lo que acababa de descubrir de sí misma y de su enfado con ella. «*¿De qué serviría? No, ni se lo he dicho ni se lo diré. Ahora no podría hacer nada con esto, le sabría mal y no hay necesidad de hacerla sufrir».*

Pero el enfado seguía ahí, así que se inventó que estaba un poco resfriada y que, por seguridad, mejor que no pasara por su casa en diez días. La verdad es que necesitaba espacio para escucharse, y verla a menudo no la ayudaba.

Un día, mientras daba el pecho a Bianca en el sofá, Eva se dio cuenta de cómo, poquito a poco, se iba quedando dormida plácidamente. Finalmente, con las manitas totalmente abiertas, soltó el pecho y siguió durmiendo en su regazo. Entonces, Eva cerró los ojos y se visualizó a ella misma pequeñita como Bianca. La emoción se le puso en la garganta y, a pesar de que intentaba no llorar para no despertar a su bebé, no pudo contener las lágrimas.

Se sintió bebé buscando a mamá. Conectó con ese sentimiento que tenía tan arraigado y que aún a día de hoy podía reconocer en muchas situaciones de la vida cotidiana, siempre buscando algo afuera que le diera felicidad, sostén, alegría o validación. Se sintió bebé, sin saber si mamá volvería a por ella. Se sintió insuficiente porque mamá no la había elegido a ella.

Luego, con ese dolor, se imaginó que su yo adulto abrazaba y sostenía a su yo bebé igual que ella estaba sosteniendo a Bianca. Imaginó cómo la abrazaba, cómo la acariciaba y le daba, en ese preciso instante, la mirada y la validación que había necesitado. Y entonces, para sus adentros, se dijo a sí misma: *«Sufriste, ahora me doy cuenta, y yo, la adulta que soy, veo tu sufrimiento, lo comprendo, lo abrazo y te digo: bebé que fui, jamás volverás a estar sin sostén porque yo siempre estaré aquí».*

Cuando Bianca despertó, su madre todavía tenía los ojos rojos de llorar, pero había en ella otra luz, más clara y ligera, que hacía intuir que algo importante había pasado durante su siesta.

JUAN

Juan no acababa de estar del todo bien. Desde que supo que Dolo no había contado lo suyo a sus padres, era como que desconfiaba de que los dos sintieran lo mismo y lo vieran igual de importante. Ella se dio cuenta, pero no se enganchó a la emoción de Juan. Sabía que tenía que ver con él y sus miedos, no con ella.

«Juan, llevas unos días un poco raro. ¿Y si mañana sábado pasas el día a tu rollo y te aireas un poco?». Juan no quería estar sin ella, pero nece-

sitaba hablar con alguien, así que le hizo caso y fue a casa de su hermana a pasar el día con ella y sus sobrinos.

A la hora del café, le contó lo sucedido, y Amalia le dijo: «*Juan, acabo de vivir un déjà vu*». «*¿Por?*». «*Jolín, tío, ¿no te das cuenta? Con todas tus relaciones has tenido un momento de miedo de que no te correspondieran con la misma entrega que tú. Es tu talón de Aquiles, siempre pensando que te quieren menos de lo que las amas tú, como si fueras el inventor del* medímetro *del amor y supieras exactamente lo que sienten*». «*Siempre no...*». «*Siempre, Juan, en cada puñetera relación te sale eso*». «*¿En serio?*». «*Palabra de Amalia*».

Juan se quedó pensando. Hubiera preferido que su hermana le diera la razón y unas palmaditas en la espalda, pero Amalia no era así: le decía las cosas como las pensaba y por eso, siempre que necesitaba consejo, recurría a ella. Porque era sincera, buena persona y, si él necesitaba una colleja, se la daba y ya. Acababa de dársela, y el ego de Juan aún estaba recuperándose cuando sus sobrinos le pidieron que fuera a jugar con ellos.

Por la noche, al llegar a casa, llevaba pizzas y una botella de vino blanco. «*Bueno, veo que el día te ha sentado bien*», dijo Dolo con una sonrisa. «*Siento haber estado raro. Era el puto miedo. Miedo a que no me quieras*». «*Pues estate tranquilo, porque, si mi corazón no me falla, aquí hay amor para rato*».

JULIA

Julia no aguantó la presión ni el estrés que supuso la segunda ola en su hospital, donde otra vez iban cayendo los positivos del personal como moscas. A mediados de noviembre, su médico de cabecera, compañero de la facultad, le dio la baja. *«En poco tiempo supongo que podré volver, es simplemente que estoy muy cansada y a pesar de estarlo no puedo dormir».* «No tienes que justificarte. Lo que tienes es estrés y creo que también un poco de estrés postraumático de lo que viviste en la primera ola y tienes que cuidarte. Un médico tiene que estar bien para poder trabajar y tú no lo estás».

«¿Te puedes creer que me da vergüenza?» «Te creo. A mí, una vez que me hice un esguince en la rodilla, también me pasó. Me sentía mal. Supongo que los que cuidamos a personas sentimos una responsabilidad extra. Pero ahora descansa, recupérate, y en un mes hablamos, ¿vale?».

Noe estaba contenta de que Julia se quedara en casa una temporada. Tenía que cortar la dinámica en la que había entrado hacía tiempo. El aumento de guardias no la ayudaban y tenía el sueño completamente desbarajustado.

«Nunca había estado de baja», le dijo Julia a Noe. «¿Y qué tal?», le preguntó. «Raro». «Ya…, bueno, es normal. Ahora te toca nutrirte, cuidarte y luego ya se verá, pero lo primero eres tú, ¿vale? Lo primero eres tú». «¿Sabes por quién me sabe muy mal? Por Luna. Que yo no esté hará que tenga más trabajo, y ya va demasiado a tope… Me siento fatal».

«Luna te entiende y te apoya. Ella fue quien te dijo que te cogieras la baja, ¿te acuerdas?». «Ya». «Es tu amiga y te quiere, quiere lo mejor para ti, deja de darle vueltas. Estás de baja porque estás mal, olvida el hospital ahora y céntrate en ti».

«¿Qué haría yo sin ti, Noe?» «Uy, nada. Entonces sí que estarías fatal, pero mucho más que ahora, estarías en un sinvivir horrible». «Tonta, que *es verdad...».* «*Anda ya... Sin mí serías igualmente la mujer maravillosa que eres ahora, pero te perderías la maravilla que soy yo*». Y antes de besarse, Noe se alegró al darse cuenta de que esa era la primera vez que había visto sonreír a Julia en las últimas semanas.

RAQUEL

En la residencia de Raquel trabajaban como nunca. Como algunos trabajadores seguían siendo positivos por covid, algunos días le tocaba doblar turno. Era duro, no solo por el desgaste que llevaban sino porque se notaba, en los abuelos y abuelas, la bajada de ánimos. El no poder recibir visitas pesaba. Pero también la falta de actividades y el saber que en la residencia campaba el dichoso virus.

Raquel puso más empeño en esparcir alegría en cada habitación y, a pesar de que le salía de lo más hondo, cuando llegaba a casa estaba exhausta.

Un abuelo de noventa y tres años estaba en plena transición hacia la muerte. Llevaba dos días muy agitado a ratos y Raquel pasaba buena parte de su turno pendiente de él. No moría de covid, moría de viejo, y ningún miembro de su familia podía acompañarle, así que ella se tomaba el sostenerle como algo personal. «*Que note que le quiero, como si su hija pudiera estar aquí*», se decía, y lo intentaba profundamente.

Un día que ella estaba curándole y atendiéndole, él empezó a llorar gritando «*¡Mamá! ¡mamá! ¡mamá!*» y a Raquel se le hizo un nudo en la garganta. Cuando terminó de curarle, se acercó y le dio la mano. Él seguía musitando esta única palabra como buscando consuelo en un momento de miedo. Raquel le empezó a acariciar el pelo y a decirle muy flojito: «*Estoy aquí, Alfonso, estoy aquí... No estás solo, respira*».

El tránsito a menudo era un momento difícil. Lo había visto y vivido muchas veces en la residencia. Raquel pensaba que debía de ser como bajar por el canal del parto para un bebé: un momento muy potente y, a veces, aterrador para el que transitaba ese camino. ¿Qué habría al otro lado? ¿Habría alguien esperando?

Todavía escuchando a Alfonso decir *«¡Mamá! ¡mamá!»* con los ojos cerrados y gran pesar, ella empezó a cantar la nana que siempre había cantado a su hijo. Y cuanto más cantaba, más se calmaba Alfonso. Y cuanto más se calmaba él, más se escuchaba la voz de Raquel impregnarlo todo de una ternura y calidez que penetraban muy hondo. Cuando terminó de cantar, Alfonso dormía plácidamente, tranquilo y con una expresión muy distinta a la de hacía un rato. Parecía haberse sentido sostenido. Entonces Raquel se acercó a su oído y le dijo: *«Alfonso, sigue la luz blanca sin miedo. Te están esperando. Buen viaje».*

Se quedó cinco minutos con él mientras su respirar era cada vez más ronco. De repente escuchó su último suspiro. Raquel se secó las lágrimas y miró el reloj: hora de la muerte, 19:32.

MAYA

La madre y el padre de Maya estaban sentados en el sofá. Ella les había pedido hablar un rato de cosas que quería contarles desde hacía tiempo. Estaba nerviosa, pero como había visto claro en terapia, tenía que hablar con ellos de lo que le había ocurrido estos últimos meses. Merecían saber un poco cuál era el proceso que estaba haciendo, así que esperó a sentirse fuerte para reunirse con ellos en el salón de la que había sido su casa.

Cuando los tuvo delante pensó: *«No llores, Maya, no llores, háblalo normal, porque sino, se van a preocupar».* Así que empezó despacio pero segura:

«Desde que murió Berto lo he pasado muy mal. He andado muy perdida... Todo mi mundo se desmoronó. Siento haber estado tan cerrada y ausente y siento muchísimo si os he preocupado en algún momento. Quería

deciros que estoy mejor, que siento que poco a poco lo voy superando». Sus padres tenían los ojos húmedos. Habían sufrido efectivamente lo que no estaba escrito. Maya, la niña de sus ojos, había estado rota durante más de un año y no había nada que pudieran hacer para que ella estuviera mejor. Lo habían intentado, pero en vano.

Luego, Maya tragó saliva y les dijo: *«Después de Berto, he estado con otro hombre... Él me ha ayudado sin saberlo. Ya no estoy con él porque me sentí tan mal... tan culpable...»* (Maya empezó a llorar). *«Siento si os he decepcionado... lo siento».*

Su madre se levantó y se sentó a su lado, abrazándola. *«¿Decepcionado? ¿Por haber conocido a alguien que te ha ayudado? Para nada, Maya... tienes derecho a vivir».* *«Sí»,* dijo su padre. *«Mereces vivir y estar bien».* *«Me he sentido tan mal... tan mala compañera de Berto, tan mala hija...»* Luego su madre añadió: *«Berto te quería feliz y libre, Maya. Ya te has torturado bastante, ¿no crees?».*

Y entonces se dio cuenta: necesitaba esto. Necesitaba saber que no la juzgaban, que la comprendían. Necesitaba sacarse de encima la sensación de ir sucia por haber estado con otros durante el duelo de Berto. Necesitaba su validación y su amor incondicional.

CLARA

«¿Este año sí que vais a venir, no?», preguntó la madre de Clara en el chat de la familia. *«No lo sé, ¿vamos a celebrarlo como siempre tal y como están las cosas? Pensaba que este año quizá lo dejábamos».* *«¡Cómo vamos a dejar de celebrar la Navidad!»* *«Bueno, porque si nos juntamos somos dieciséis y está prohibido, mamá».* *«¿Y quién se va a enterar?».* *«No sé, yo no me sentiré cómoda siendo tantos... Si es por vosotros, mamá, que sois de riesgo...».* *«Tú no te sientes cómoda nunca en Nochebuena con nosotros».* Los pinchos, volando otra vez.

«Mamá, si vosotros lo veis claro, pues adelante», dijo una hermana de Clara. *«Navidad es Navidad y en esta casa nunca se ha dejado de*

celebrar», dijo la madre. *«Nunca había habido una pandemia. No sé, nosotros tenemos que hablarlo y ya os diremos qué hacemos»*, sentenció Clara. *«Si no venís este año me va a doler mucho, hija»*, terminó la conversación su madre.

«Siempre te duele todo lo que no sea a tu gusto, mamá», pensó Clara, pero no escribió nada más. Su madre volvía a intentar que se sintiera culpable y ella había decidido no tolerarlo, así que soltó el móvil y le dijo a Carlos: *«Tenemos que decidir qué hacemos el veinticuatro de diciembre, si vamos o no»*. Él respondió: *«Lo que tú quieras»*. *«No, lo que yo quiera no, también es tu vida y también tienes opinión»*. *«Oye, que te has cabreado con tu madre, no conmigo, te lo recuerdo»*. Se hizo un silencio. *«Perdona, es que dice que si no vamos le va a doler»*. *«Menuda novedad. Yo, sinceramente, no lo veo, pero lo que digas está bien, es tu familia»*. *«Pero es que si no vamos, me desheredan»*. *«Bueno, pues seguiremos pobres, ni tan mal»*.

Clara pensó que ya lo decidiría más adelante, aunque en lo más profundo de su ser ya sabía lo que quería, lo que pasa es que no se atrevía a defraudar, una vez más, a su madre, aunque ella la estuviera defraudando cada vez que hablaban.

BRUNO

«Estoy hasta los huevos», le dijo Bruno a Jaime, su compañero repartidor como él. *«Ya, trabajar como trabajamos ahora es una mierda, maldita pandemia y maldita Navidad y sus entregas para ayer»*, le respondió. Pero Bruno iba más allá. No hablaba solamente del trabajo, sino que ahora mismo le sobraba todo. Se sentía estresado y con una vida de mierda.

Cinta seguía rara y distante y él ya había tirado la toalla. Estaban tan lejos, que Bruno se preguntaba qué demonios hacían juntos. Así que ese nueve de diciembre, cuando llegó a casa y se encontró a Cinta acabando de preparar la cena, le soltó a bocajarro: *«He estado pen-*

sando y creo que lo nuestro no funciona. Hace meses que no va ni con ruedas y tenemos treinta y dos años, joder, merecemos más. Quiero dejarlo».

Cinta no se lo esperaba. Dejó lo que estaba haciendo y dijo: *«Pero… es una mala racha… Lo siento, he estado rara, pero quizá lo podemos arreglar». «Es que no quiero arreglarlo. No quiero ya más esto. Me cansa, me mina, me frustra… Yo quiero un hijo y tú creo que no. O no lo sé ya, no lo tengo claro. Pero da igual, no es ni por eso, sino por todo».*

Ella empezó a llorar y él dijo: *«Lo siento. Me mudaré a casa de Jaime este fin de semana. El compañero de piso que tenía se ha ido».* Cinta no tuvo tiempo de decir nada, que Bruno ya se había encerrado en el baño dispuesto a ducharse como cada día después de llegar del trabajo.

Pero nada era como cada día. Cinta lloraba, sentada en una silla del comedor, con la cena preparada en la mesa y dos platos esperando. Sentía pena, amaba a Bruno, pero, si era sincera, también sentía alivio por no haber tenido que tomar la decisión ella. En realidad, él tenía razón. Ahora que lo había expresado con palabras lo sintió claro dentro: ella tampoco quería seguir. Pero demonios, cómo dolía darse cuenta.

QUICO

«Yo no hablaré», le dijo Quico a Laura justo antes de cerrar la puerta para conectarse a la primera reunión *online* del grupo de duelo al que se había apuntado. Había decidido solamente escuchar y decidir luego si esto era para él o no. Después de los saludos iniciales, la guía del grupo presentó a Quico, que solamente tuvo que saludar con la cabeza. Eso de estar delante de una *webcam* con gente a la que no conoces de nada y tratar un tema tan profundo e íntimo como la muerte de un ser querido era un poco raro.

La primera que habló fue una chica de treinta y un años a la que se le había muerto el padre de un accidente de coche. Estaban muy unidos y ella no había levantado cabeza desde entonces. Luego habló un hombre de más o menos la misma edad que Quico al que se le había muerto su madre de covid en una residencia de ancianos. Su testimonio le tocó... Era muy parecido al suyo.

Ese hombre tenía un don para describir cómo se sentía y a Quico le pareció que estaba hablando de él. Era todo tan similar, tan doloroso, que no se había dado cuenta y ya se estaba aguantando las ganas de llorar. Cuando terminó, la guía preguntó si alguien más quería hablar y Quico abrió su micro:

«*Quería darle las gracias a Manuel por su testimonio... Has puesto palabras a lo que yo sentí cuando murió mi padre. Fue tan doloroso...*», y al decir esta última palabra no pudo contener las lágrimas. «*Lo siento*», se apresuró a decir. «*Aquí no hace falta que pidas perdón por llorar, Quico. Nos permitimos sentir. Te permitimos sentir. Vemos, acogemos y sostenemos tu dolor y te damos las gracias por compartir. Te escuchamos, si quieres...*», dijo la guía del grupo. Él siguió: «*Murió de covid, en el hospital, en primavera... Le echo tanto de menos... Era tan buen hombre... y pensar que murió solo me mata...*». Cuando arrancó, estuvo veinte minutos hablando y llorando, todo a la vez. «*Yo no quería estar hoy aquí... y por lo visto, es lo que más necesitaba*». La guía le sonrió, le dio las gracias y al cabo de un buen rato, cuando terminaron la reunión y él apagó el ordenador, se fue hacia Laura, la abrazó fuerte y le dijo: «*Te quiero*».

ELIA

La típica comida de Navidad en casa de los padres de Elia se suspendió. Las restricciones por la covid impedían que treinta personas de distintas familias se reunieran en una casa, así que tuvieron que organizarse. Ella y los niños irían el veinticuatro a casa de los abuelos solo a buscar los regalos del árbol, con mascarilla, los abrirían y se marcharían otra vez. Tal como estaban las cosas, habían acordado visitas de médico y ya. Su hermana iría al día siguiente y su hermano mayor iría el veintiséis, por San Esteban. Los tres hermanos ya se reunirían con los primos al aire libre cualquier mañana durante las vacaciones escolares.

Este año todo era distinto, también la Navidad, y como Elia llevaba desde la separación haciéndolo todo distinto, un cambio más no la incomodó en absoluto. Un día preguntó a los niños: «*¿Os apetecería que invitáramos a papá a comer el día de Navidad y lo pasamos los cuatro?*», a lo que Max y Claudia respondieron con un sonoro «*¡SÍ!*».

Llevaba días sintiendo que ya estaba preparada para conocer a alguien y compartir. Echaba de menos tener intimidad con un hombre, tanto a nivel emocional como corporal. Pero… ¿dónde demonios iba a conocer a alguien si estaba todo cerrado, había toque de queda, y las reuniones con gente estaban casi prohibidas? Una amiga le habló de una aplicación y, entre risas, se abrió un perfil.

Una noche, mientras Claudia y Max dormían, la abrió y empezó a deslizar caras de chicos con el dedo. Cuando llevaba diez minutos y solamente había habido un perfil que le había llamado la atención, encontró la cara de Santi. La foto era vieja y leyó que no se conectaba desde hacía meses, pero igualmente se echó a reír y se dio cuenta de que ya no le veía, ni por asomo, como alguien con quien salir o tener algo más que lo que tenían: una relación pasada y unos hijos compartidos. Eso le confirmó lo que ya creía, que estaba lista para estar con alguien.

Respiró hondo y dijo: «*Venga, va, el no ya lo tienes Elia*» e hizo *like* al único chico que le había gustado de los que había visto ahí.

MARISA

Marisa veía a todo el mundo muy preocupado por la Navidad y cómo celebrarla, pero ella solo tenía ganas de que fuera mediados de enero y olvidarla. Porque sabía que la primera Navidad sin su madre sería dura. Le entraba la risa tonta cuando escuchaba por la radio que este año solamente se podrían hacer reuniones familiares de diez personas, porque a ella le sobraban ocho.

Era sábado y le quedaban cuatro páginas de la larga carta de su madre. Ese día iba a leer solamente dos, porque no quería que terminara aún. Cuando Martín ya dormía, se sentó en el sofá y empezó una nueva lectura:

«¿Qué crees que será eso de la muerte, Marisa? Tanto hablar y pensar sobre ella y nadie tiene idea de lo que es. Yo me fío de mis sensaciones y no sé, como no tengo miedo, pienso que no debe de ser tan malo, y especialmente porque si lo fuera, alguien volvería para avisar, ¿no crees? Vamos, tu padre me habría avisado seguro…

Ojalá hubiera vivido más tiempo. Echo de menos sus bromas y el tiempo con él, que era bello de vivir. También tuvimos malas rachas, no te creas. Recuerdo sobre todo una, cuando él quería que tuviéramos otro hijo y yo no. Ay…, tuvimos que hablar mucho para no distanciarnos y sí, a ratos fue difícil porque pasara lo que pasara, uno de los dos se quedaba sin lo que deseaba. Pero al final pudimos reencontrarnos.

Quizá te sepa mal no tener ahora una hermana o un hermano con quien compartir tu vida. Siento si te he dejado muy sola. Pero si lo piensas, en realidad, todos estamos solos. En el fondo del fondo, todos estamos solos y, a la vez, todos unidos, incluso con aquellos a los que no conocemos.

Ay, no sé, quizá desvarío pero yo lo veo así. En fin, que estos días pienso mucho en la muerte, en lo que será, en lo que habrá… y si te he de ser sincera, me siento un poco impaciente. Sé que a las hijas no os gusta escuchar esto, pero lo siento, me apetece ya morirme».

SANTI

Cuando Santi ya tenía en mente volver a pedir la furgo de su hermano para irse al monte a pasar el día de Navidad como el año pasado, Elia y los niños le pidieron que comiera ese día con ellos. ¿Cómo iba a decirles que no?

A Santi le hizo ilusión que lo invitaran y a la vez también le supo mal no poder largarse al monte con Neo, con la necesidad de naturaleza que tenían los dos después del dichoso confinamiento municipal de fin de semana. Santi llevaba tantas semanas encerrado en la ciudad que el cemento ya le pesaba encima como una losa. Él, si pudiera elegir, viviría en el campo, rodeado de árboles, de tierra y de montañas. Por eso tantos fines de semana en la misma ciudad se le estaban haciendo insoportables.

Salía a correr a menudo, a veces con Neo y a veces solo. Con el perro, buscaban nuevos rincones donde pudiera explorar, jugar y pasárselo bien lejos de los típicos pipicans que Santi tanto odiaba. Un día que habían salido a correr los dos, en la otra acera vio a Maya. Salía de un portal vestida con una larga falda negra y un abrigo que le llegaba por debajo de las rodillas de color gris. Santi tuvo la tentación de cruzar la calle e ir a saludarla pero iba sudado, rojo como un tomate y seguramente olía mal.

No quería verla así. Bueno, en realidad no sabía si quería verla ni así ni de otra manera. Dudó, la volvió a mirar, volvió a dudar… y mientras ella se alejaba y él discutía consigo mismo sobre si ir corriendo disimuladamente en su misma dirección y saludarla, Neo hizo una caca gigante al lado de sus zapatos.

IÑAKI

«Te echo de menos», decía el mensaje que Iñaki le mandó a Elsa ese jueves por la noche. Ella no sabía qué responder. Le echaba de menos, mucho, pero no quería volverse a colgar de él otra vez y discutir de nuevo por lo mismo. El amor tenía que ser fácil, le habían dicho siempre sus padres, y a ratos, con él, sentía que era de todo menos eso.

«A mi padre le detectaron un cáncer de colon hace un mes y medio. Lo operaron y parece que tiene un buen pronóstico pero está con quimio y te-

nemos que ser muy prudentes. Todo aquello que hacía y que te cabreaba ha pasado a la historia».

Elsa sintió mucha pena por Iñaki. Entonces respondió: *«Lo siento mucho. ¿Cómo estás?».* *«No lo sé… todo en casa es raro. Casi no salgo entre que las clases son* online *y que tengo que vigilar con lo de mi padre… Mi libertad a hacer puñetas otra vez, Elsa, ¿te lo puedes creer?».*

«Llevaba tiempo queriendo escribirte…». *«¿Y por qué no lo hiciste antes?».* *«Porque no sabía qué decirte… ni quería liarte».* *«¿Y por qué me has escrito ahora?»,* preguntó Elsa. *«Supongo que para que sepas que pienso en ti, que te echo de menos, aunque no quieras salir nunca más conmigo, pero esas charlas largas que teníamos sobre cualquier tema… lo echo mucho de menos, tu amistad, a ti».* Elsa se lo pensó bien antes de responder.

«Tiene que ser fácil». *«Vale»,* dijo Iñaki sin saber muy bien a qué se refería Elsa. *«¿Quieres que quedemos mañana?».* *«¡Sí!»,* respondió Iñaki, y a los dos se les desbloqueó algo muy profundo que había quedado trabado meses atrás.

FÉLIX

Félix estaba en casa haciendo cajas y se sentía mal. Por un lado, estaba haciendo lo que había decidido: cerrar la empresa y mudarse al monte a vivir de otra forma. Pero que lo hubiera decidido no significaba que fuera lo que quisiera. Hubiera preferido que la empresa tuviera contratos y siguiera dando trabajo a unas cuantas familias. Hubiera preferido seguir dedicándose a lo que le gustaba.

Pero a veces lo que quieres no puede ser, y con el mazazo que le había supuesto la pandemia, su empresa de eventos no podía seguir. Los trabajadores lo comprendieron, era crónica de una muerte anunciada y, aunque hubo caras largas cuando lo contó, nadie se enfrentó a él. Quizá porque vieron que era el que estaba más hecho polvo de todos, quizá porque ya se habían hecho a la idea.

Precintó la última caja de libros y cargó el coche hasta arriba. De camino al pueblo, tuvo tiempo para pensar. A medida que iba recorriendo kilómetros se iba sintiendo mejor. Era el paisaje, suponía, que cada vez era más bello, o era la sensación de estar dejando atrás los peores meses de su vida.

Cuando llegó a la casa donde se iban a instalar a partir de ahora, olía a montaña: a verde y a madera, a aire limpio y a frío. Descargó las cajas en la entrada y empezó a abrir ventanas para ver qué cosas se tendrían que arreglar. Se mudaban antes de Navidad, para tener esos días para instalarse y que Quim empezara en la nueva escuela justo después de Reyes.

Hizo una lista en el móvil de las cosas que iba viendo que se tenían que arreglar antes de su llegada. Sería eso, una mano de pintura y entrar a vivir. De repente, Félix notó que se sentía distinto. Sentía menos peso encima y muchísima ilusión. Cogió el móvil y escribió a Bea: *«Nuestra nueva casa me hace sentir bien. Siento que es aquí donde tenemos que estar. Quizá tenía que vivir todo lo que he vivido para acabar aquí. Gracias por la paciencia. Te quiero infinito».*

JOSEFINA

Josefina estaba intentando dormir sin éxito. Desde lo de la cadera que por las noches dormía mal: a ratos por el dolor, pero también porque se desvelaba pensando: *«¿Y si no puedo volver a moverme nunca como antes?».* Imaginar un futuro negro siempre la había desvelado. También le pasaba de pequeña, que se ponía a pensar en desgracias y le daban las tantas.

Esa noche Esteban, que también andaba despierto, le preguntó: *«¿Estás bien?».* *«¿Y si no me recupero? Yo no quiero ser una carga».* *«¿Cuántas veces te he dicho ya que no eres una carga? ¿Por qué no aceptas que te cuide con gusto? Igual que Miguel, Ana... Todos te queremos. ¿Por qué te resulta tan difícil creerlo?».*

Y ahí... ahí ocurrió algo. Josefina no respondió, pero lo comprendió todo de golpe. Le resultaba difícil creer que la amasen porque en su infancia y juventud jamás se sintió amada de verdad. Esa noche, desvelada, entendió de dónde le venía tanta desconfianza y miedo. Recordó que sus padres solo tuvieron ojos para su hermano, que lo heredaría casi todo: la casa familiar, las tierras... Recordó que ella intentó siempre ser una buena hija, estudiante, trabajadora... para encontrar, en los ojos de su madre y de su padre, ese «SÍ» incondicional que jamás había sentido de ellos. Ese *sí me importas*, *sí te veo*, *sí te quiero*.

Nada de lo que hizo nunca fue suficiente para ellos, y desde la amargura de la escasez fue desde donde construyó su vida. Tuvo que venir una pelea con su hijo Miguel, una pandemia después, y una cadera rota para amasarle el corazón y darse cuenta de que quizá no le había importado a sus padres, pero sí a su marido, sus hijos y sus nietos.

Esa noche no durmió, pero lloró en su almohada y valoró como nunca había hecho todo lo que sí tenía.

CARLOTA

Carlota había pasado un primer trimestre de embarazo físicamente muy bueno pero emocionalmente muy removido. Era como si, tras superar aquello que tanto le había costado (quedarse embarazada), le costara confiar en que todo iría bien.

No se quitaba el miedo de encima y esos tres primeros meses estuvieron marcados por las idas continuas al baño a comprobar que no estaba teniendo pérdidas. Cada vez que se limpiaba con el papel, contenía la respiración hasta que comprobaba que no estaba manchado de sangre. «*Es una agonía*», le había contado a su hermana Eva cuando habían hablado de su miedo. «*Es normal*», le decía ella, pero la verdad es que a Eva jamás le había pasado. Quedarse embarazada fue tan fácil y todo fue tan rodado, que en ningún momento pensó que algo tuviera que ir mal.

Carlota, y también Rubén, estaban cagados. La situación de pandemia tampoco ayudaba porque Carlota tenía que acudir sola a muchas revisiones y lo odiaba. Pero a la eco de los tres meses les dejaron entrar a los dos. Lo hicieron cogidos de la mano y casi conteniendo la respiración. Lo más difícil era esperar hasta escuchar el corazón. Luego, el bum-bum-bum les aliviaba un poco la espera, hasta que oían: «*Está todo estupendo*».

Cuando la doctora le dijo que ya podía vestirse y ella y Rubén se dirigieron al despacho, se sentó en la camilla y empezó a llorar de golpe. Con las manos en el vientre, lloró aliviada, como si hubiera cruzado alguna línea de meta después de una doble maratón. Viendo que Carlota no entraba en el despacho, Rubén se acercó y la encontró a medio vestir y llorando. «*¿Estás bien?*». Ella lo abrazó fuerte y le dijo al oído: «*Ahora sí, Rubén, ahora ya lo sé... Todo va a ir bien*».

FRANCISCA

Un domingo de diciembre por la noche, Francisca no se sintió bien. Tenía décimas de fiebre, y cuando Sole le preguntó que qué le pasaba, ella le dijo que tenía malestar y que prefería acostarse temprano, que dormir lo curaba todo. A pesar de que su tono era despreocupado y amable como siempre, Sole se preocupó.

El miedo se le coló dentro pensando si sería coronavirus que ella misma le hubiera traído de la peluquería. Esa noche no pudo dormir: pensaba en qué hacer si a la mañana siguiente Francisca seguía enferma y le entró una pena enorme cuando se la imaginó sola, en el hospital, con covid. Pero luego le vinieron a la cabeza las palabras que siempre le decía su abuela: «*Piensas demasiado, Sole, y piensas mal, siempre en desgracias*». Y tenía razón, pero es que la vida le había dado motivos de sobra para no confiar en el buen curso de las cosas.

Estuvo toda la noche despierta intentando escuchar algún ruido de la habitación de Francisca, pero a juzgar por el silencio, todo era normal. Cuando la abuela se levantó como siempre a las seis de la mañana, Sole la siguió: *«¿Cómo se encuentra?»*. *«Bien, como una rosa... Creo que necesitaba dormir. A veces me pasa de vez en cuando, que tengo décimas, pero a mi edad, unas décimas son lo más normal del mundo. Sí que te has levantado pronto hoy»*.

«Ay, menos mal... He pasado la noche en vela». *«No, mujer, si estoy bien. Mala hierba nunca muere»*, dijo Francisca sonriendo. *«Eso espero, que no se me muera, que yo la necesito, eh, que yo la necesito»*, y Sole, de repente, la abrazó, algo que no había hecho jamás hasta entonces. *«Un día moriré, Sole, pero todavía no, que tenemos muchas cosas que vivir juntas todavía»*. Y esas palabras en pleno abrazo, a Sole le supieron a gloria.

LUNA

«¿Has visto qué buen humor gasta estos días nuestra hija?», le preguntó Manuel a Luna. *«Sí, ha vuelto con Iñaki, creo»*. *«¿Ah, sí?»*. *«Sí, el otro día quedaron. Se ve que su padre tiene cáncer de colon y que lo que les hacía chocar a él y a Elsa ya es historia»*. *«Bueno, pues me alegro si eso tiene que hacer que ella esté mejor, porque, madre mía, menudos meses nos ha dado»*.

«Es que tú te enganchas, Manuel». *«Pues claro que me engancho cuando es borde»*. *«Ya, si no te culpo, pero jolín, intenta recordar un poco más tu adolescencia, que parece que siempre hayas sido un carca como ahora»*, y Luna se puso a reír. *«¿Carca? ¿Yo? Pero si soy un moderno»*. *«Anda ya»*. *«Mi adolescencia me la pasé encerrado en mi habitación y pensando que mis padres eran horribles»*. *«¿Lo ves?»*. *«Pero nunca les hablaba mal»*. *«Claro, porque tu padre te habría dado un revés que no lo hubieras contado»*. *«Bueno, pero no le hablaba mal»*. *«Mira, Elsa nos quiere y nos tiene*

*confianza y cuando está mal, pues no puede evitarlo y lo expresa en casa...
Pero prefiero eso a que nos tenga miedo o no nos cuente nunca nada. Ya irá
aprendiendo a ser más asertiva».* «Vale, tú ganas».

Estaban sentados en el sofá, eligiendo qué serie ver sin mucho
éxito. *«Oye, Manuel... en Navidad... creo que este año tenemos que estar
solos. ¿Crees que tus padres lo van a entender?».* «Les vas a hacer un favor... Con el cague que llevan encima, estarán mucho más tranquilos si
no vamos, especialmente tú, que eres médico y no te quieren ver ni en
pintura, ja, ja, ja».* «Pues hecho». *«¿Y qué quieres que hagamos nosotros?»,*
le preguntó Manuel. *«Algo en el mar, lo echo tanto de menos...».* «Ok.
Pues marchando una de mar».

Y mientras Manuel le daba *play* a una serie que habían leído que
estaba bien, Luna se quedó atrapada en el mar, imaginando que lo
miraba y que se nutría de él. Ese año, que era cuando más necesitaba
verlo y nadar en él, había sido el año que lo había tenido más lejos y
quizás había llegado la hora de visitarlo otra vez.

DOLO

*«Adoro ser de tu burbuja de convivencia y adoro que solamente seamos
dos»,* le dijo Dolo a Juan cuando se anunciaron las restricciones de
cara a Navidad. *«Así podremos estar tooooda la Navidad y las vacaciones juntos. Venga, elige, ¿qué quieres hacer?».*

Juan le contó que él, la noche del veinticuatro, siempre cenaba
con su madre y que eso quería hacerlo sí o sí. Con ventanas abiertas,
anoracs, mascarillas, y lo que hiciera falta, pero que no quería dejar
sola a su madre esa noche. Dolo estuvo de acuerdo y añadió que, en
su casa, lo típico era comer juntos el día veintiséis, que este año serían menos pero que ella tenía que ir. Que si quería, él no fuera, que
podía ir sola. *«Ni hablar»,* respondió él, y a Dolo le gustó sentir que
en esa comida en casa de sus padres donde siempre se sentía un poco
removida tendría el apoyo y la compañía de Juan.

«*¿Te das cuenta de todo lo que hemos vivido solamente en unos meses? Hace un año ni siquiera nos conocíamos, ni había pandemia, y si nos hubieran hablado de confinamiento no hubiéramos ni sabido qué demonios significaba*», comentó Dolo. «*Y el confinamiento nos unió…*».

«*Por cierto, ya tengo tu regalo de Navidad*», dijo Dolo, «*y no sé si lo sabes pero nunca me puedo aguantar y siempre acabo regalándolo antes*». «*¿Cómo? Esto es un sacrilegio*». «*Lo siento…, no puedo más, llevo tres días con esto en casa y me queman las manos, ábrelo ya, no me puedo aguantar más, ábrelo o me da algo*». «*Nunca he abierto un regalo de Navidad antes de Navidad*». «*Nunca habías estado con una tía tan guay como yo. Venga, ábrelo*».

Dolo le dio un paquete rectangular y grande, envuelto en un papel verde con franjas doradas. Cuando Juan lo abrió vio un cuadro precioso donde solamente había dos balcones. Ningún edificio, solamente dos balcones suspendidos en el aire. Ellos dos. Notó como los ojos se le entelaban, dejó el cuadro encima de la mesa y la abrazó. «*Te quiero*» «*Te quiero*», respondió ella. Acabaron haciendo el amor en el sofá, mientras por la ventana se veía el reflejo de las luces de Navidad.

CELIA

Mientras Celia se duchaba la mañana del veinte de diciembre, pensó en ese año de pandemia tan removido y en lo que había supuesto para ella y Ramon tanto ajetreo. Habían tenido épocas de estar muy unidos y otras de temer la separación. Como un ir y venir sin fin. Ahora que a Ramon le había bajado el trabajo, parecía que todo estaba más en armonía, pero Celia sabía que eso no era garantía de nada. Sin embargo, los cinco estaban viviendo un momento dulce, así que se dijo: «*Disfruta de lo que tienes, que ya es mucho*».

Al salir, Ramon le dijo: «*Me acaba de llamar mi madre, que, tal y como están las cosas, esta Navidad cada cual en su corral y, joder, me ha sentado fatal*». «*Hombre, ya sabes lo que han recomendado, es normal que prefiera anularlo, ¿no?».* «*Que es Navidad, y que tampoco éramos tantos... pues dice que no, que mejor no arriesgar y que ya vendrán tiempos mejores...»,* le dijo Ramon indignado.

Celia, que celebró la decisión de su suegra, no comprendía el cabreo de su marido. Para ella era una nueva oportunidad de conectar los cinco y hacer algo que no habían hecho nunca: comer solos el día de Navidad. Preparar la comida ella, decorar la mesa a su antojo... De repente, le hizo una ilusión tremenda y la lista de cosas que tendría que comprar para prepararlo todo se amontonaba en su cabeza.

«Toda mi vida celebrando la Navidad en casa de mi madre y este año... solo nosotros en casa... vaya mierda». «*Hombre, gracias, Ramon, ya te vale».* «*No, no quería decir eso».* «*Pues lo has dicho».* «*Lo siento... quiero decir que no sé, es una tradición y me entristece mucho no poder hacer como cada año».* «*Ramon, es solo una comida. Nada más...».* «*No, es mucho más: es estar con mis padres y mi familia, es cantar villancicos, es... no sé... recordar mi infancia».*

Celia lo hubiera apoyado si no fuera porque sus palabras la habían herido profundamente.

ROCÍO

Primer día de Navidad de Rocío sola. Sus hijos estaban con su padre y ella no tenía ningún plan. Su hermana la invitó a comer, pero no le apetecía pasar el día con una familia y sin sus hijos, así que prefirió aceptar que ese año era distinto por muchos motivos y pasarlo como pudiera. Hicieron una videollamada con los peques hacia las once de la mañana, y después se duchó, se vistió y salió a la calle, a perderse en una ciudad casi vacía. Pensó que pasar el mediodía caminando, algo que nunca había hecho un veinticinco de diciembre, la ayudaría a no pensar tanto en los niños y en la comida que no harían juntos.

Primer año que no tenía que correr para llegar a ninguna parte. Primer año que no tenía que pensar en si los niños tenían hambre o que no tenía que gestionar llantos, estrés y enfados. Era raro, pensaba, pero tampoco estaba tan mal, para variar.

En su paseo, veía a gente bien vestida caminando y cargando regalos, entrando en portales donde, intuía, debían vivir sus padres, suegros o hermanos. Veía a familias salir del coche y correr porque llegaban tarde. Veía también a gente sola, deambulando como ella. Gente sin prisa, porque nadie les esperaba.

A medida que se iba haciendo tarde había alguna calle absolutamente vacía. A las dos y media la ciudad parecía desierta. Solo se veía movimiento en algún restaurante de donde salían olores que la hacían conectar con el hambre que tenía.

Compró un *kebab* y se lo comió sentada en un banco. *«¿Cuántas Navidades distintas se podían vivir?»*, pensó. Cada una de las personas que había visto vivía una diferente. Desde su momento, su realidad, su estado de ánimo, su forma de ser. Ni mejores ni peores, pensó, simplemente distintas. Entonces pensó en la suya y se dio cuenta de que tampoco estaba tan mal: estaba consigo misma, algo que jamás había valorado y que, desde su separación, había empezado a hacer. Su compañía también valía. Mucho. Y si aprendía a estar bien con ella, jamás se volvería a sentir sola.

Dio el último mordisco al *kebab* y se dijo a sí misma: «*Rocío, feliz Navidad*».

CINTA

Cuando Cinta volvió a casa después de visitar un momento a sus padres para felicitarles la Navidad, encontró un comedor donde todavía había huecos en las paredes, muebles y armarios, que dejaban constancia de que alguien se había ido y no había habido tiempo (o ganas) de rellenarlos o reorganizarlos.

De Bruno no sabía nada desde hacía un mes. Habían llorado juntos el día que él le había devuelto las llaves. Se habían abrazado largo y se habían pedido disculpas mutuas. Cinta había transitado entre la pena profunda y la sensación de puerta que se abre y deja circular el aire.

Se había centrado en su trabajo y se había apoyado en sus compañeras del supermercado, que valían un imperio. Había seguido con el yoga y había empezado a meditar. Seguía sin tener claro qué quería pero, sin nadie al lado, se sentía más libre de vivir esa incertidumbre existencial.

Sin embargo, el miedo volvió la mañana anterior cuando la asaltó la duda de «*¿Cuándo me tenía que venir la regla?*» y se dio cuenta de que llevaba una semana de retraso. Compró un test en otra farmacia, pues no quería que fuera la misma de esa fatídica vez en junio.

Dejó la caja en la cocina. No había querido hacerse la prueba antes de la comida de Navidad, así que ahora, que ya había vuelto, cogió el test, se sentó en el váter y meó intentando que algunas gotas cayeran en el palito. Se quedó ahí, con ese palo en la mano, esperando y pensando: «*Pero si solo lo hicimos esa vez... con ese polvo tan cutre, por favor, que no esté embarazada, por favor, por favor...*».

Y mientras rezaba con los ojos cerrados fuerte, como si así pudiera cambiar la realidad que intuía que le estaba a punto de caer encima, unas rayitas en el test empezaron a cobrar vida, cada vez más claras y nítidas, como diciendo «*para que no puedas decir que también dudas de esto*».

Ella abrió los ojos, miró atentamente, los volvió a cerrar y musitó: «*¡Mierda!*».

MARISA

Marisa se guardó las dos últimas páginas de su madre para el día de Navidad. Las había querido racionar: primero porque pensó que así la removida no sería tan intensa y brusca, y la podría gestionar mejor, pero en realidad era porque no quería que se terminaran. Así, racionándoselas, cada semana esperaba ansiosa a que llegara el sábado para estar con mamá. Hoy no era sábado pero era veinticinco de diciembre, un día que siempre, sin excepción, habían pasado juntas. Guardarse las últimas páginas para ese momento era muy simbólico porque pensó que, así, la sentiría más cerca.

Cuando Martín todavía dormía, Marisa se fue al salón, cogió la carpeta azul y empezó a leer las dos últimas hojas que le quedaban.

«*Ayer me sentí rara, Marisa. No te sabría contar exactamente por qué, pero sentí que el momento estaba cerca. ¿Te acuerdas que te dije que todavía no veía a nadie? Pues ayer soñé con mi padre. Sí, el que me pegaba con la mano plana. Venía a mí, me acariciaba el pelo y me pedía perdón. Jamás me había pedido perdón pero en el sueño de ayer fue como que era él pero distinto. Parecía comprenderlo TODO.*

Me desperté raruna. Había sudado y tenía una sensación extraña en el cuerpo, como de malestar. Pero luego, al cabo de unas horas, se me pasó. Y quién sabe, quizá me faltan años para morir, pero ayer, al despertarme, creí que eso era una señal. *Ojalá viera también un día de estos a tu padre... Le echo tanto de menos. Pero sé que me esperará, donde sea que vayan las almas después de dejar esto.*

Por si acaso lo que siento es verdad, deja que te diga lo más importante: aunque mi cuerpo no esté, no creas que te voy a dejar sola. Voy a protegerte desde donde sea que me lleve la muerte y voy a mandarte luz, fuerza, y suerte, para que tu camino en este mundo sea lo más placentero posible. Y tú... tú estate tranquila, sé feliz, goza de Martín, que crecerá muy rápido, y busca a alguien con quien compartir tu vida. Ya sé lo que crees, que sola puedes ser igual de feliz, y quizá sí, pero hija... yo siempre he creído que compartida, la vida, es mejor o, quién sabe, quizás es porque soy tu madre y me da miedo que nadie te cuide. Bueno, ¿sabes qué? Haz lo que te dé la gana y ya te cuidaré yo desde donde esté. Te quiero, preciosa mía. No lo olvides nunca, y háblale de mí a Martín, que sepa que lo amo, lo cuido y lo pienso desde aquí y desde donde sea que me vaya después. Os amaré siempre. Camila».

MAYA

«*¿Por qué no te quedas a dormir?*», le preguntó su madre cuando Maya se levantó de la larga sobremesa de la comida de Navidad que habían hecho los tres solos. «*No, prefiero volver... Quiero ver a alguien*». «*¿A... él?*». «*Sí*». Su madre la abrazó y le dijo: «*Ve y disfruta, Maya, anda tu camino libre*». Eso sí que era un buen regalo de Navidad: «*Tu madre abrazándote y animándote a caminar la vida libremente*», pensó Maya.

No sabía si Santi iba a estar o no. No sabía ni siquiera si seguía viviendo ahí. No sabía si iba a querer verla. No sabía nada. Pero sentía dentro una fuerza que derrotaba cada «pero» o cada «y si» que aparecía en su mente y la hacían seguir, determinada, hacia casa de Santi.

Había imaginado esta escena un millón de veces. Primero tímidamente, y luego con cierta impaciencia. Esos meses sola, centrándose en ella y en transitar y transformar el duelo en algo que la empujara a vivir de una forma más plena, había cambiado. Pasó de no saber nada, a saber algo, pero a saberlo muy bien, porque ese saber venía de un lugar muy profundo. Pasó de no encontrarse a redescubrirse. De ignorarse, a amarse.

Aparcó y respiró hondo todavía dentro del coche. Un «y si» asomó en su cabeza pero volvió a respirar. Se puso la bufanda, la chaqueta y se dirigió al portal del edificio que, para variar, volvía a tener la puerta abierta. Cuando llegó delante del piso de Santi, llamó al timbre y oyó unos pasos rápidos hacia la puerta que tardó algo en abrirse.

Cuando lo hizo, un golden retriever se acercó a ella a lamerle las manos rápidamente. Maya soltó un grito de sorpresa y cuando volvió a levantar la vista vio a Santi intentando frenar a su nuevo inquilino. «*Siéntate*», dijo y el perro, obediente, se sentó. «*Se llama Neo*». «Hola, Neo». Se hizo un silencio... que rompieron los dos de golpe. «*¿Quieres pasar?*». «*Ya sé lo que quiero*». Ninguno de los dos entendió al otro.

SANTI

Hacía un año que Santi se había ido solo al Pirineo a subir una cima. El primer veinticinco de diciembre sin sus hijos le costó de digerir pero, un año después, había podido disfrutar de ellos y de la libertad y tranquilidad de tener una buenísima relación con su ex. Si le hubieran dicho, un año antes, que hoy pasaría el día de Navidad en casa de Elia con sus dos hijos, celebrando y disfrutando aun estando separados, no se lo hubiera creído.

Eso le hacía sentir profundamente orgulloso de él y de Elia. Después de comer por encima de sus posibilidades, jugaron con todo lo que habían recibido sus hijos por Navidad. Fue una tarde relajada y gustosa que terminó cuando Santi pensó en Neo y en que tenía que sacarlo ya. Se fue, y al poco de volver con el perro de su último paseo del día, llamaron a la puerta.

Cuando abrió, no podía creerlo. Era Maya, ataviada con una enorme bufanda que le tapaba la boca. El corazón de Santi se desbocó. Él, que daba lo suyo por terminado y enterrado, notó como su cuerpo le decía: *«De eso, nada de nada»*. Se sorprendió sintiendo tanto y, a la vez, le asaltaron nuevos «y sis» que le hicieron contactar con el miedo de volver a lo ya vivido.

Después de atropellarse los dos hablando, callaron y empezó de nuevo ella: *«Ya sé lo que quiero, Santi. Quiero estar contigo»*. Lo dijo calmada y a la vez profundamente segura. Él pensó que quizá se arrepentiría más tarde, pero algo muy dentro de él le empujó a cogerla de la mano, hacerla pasar, apartarle un poco la bufanda y darle un largo y apasionado beso en la boca. Probablemente, fue el más libre, conectado y sentido que se habían dado jamás.

Cuando sus labios se separaron, Santi le dijo: *«Feliz Navidad, Maya. Celebro que te hayas encontrado»*.

QUICO

Esta vez había cocinado Laura. Cuando Quico propuso hacer algo él, ella le respondió en cachondeo: *«No quiero que estés otra vez una semana entera viendo tutoriales de cómo hacer un menú de Navidad»*. Habían invitado a Marisa y a Martín. Con la muerte del padre de Quico y la situación de pandemia, sus hermanos y él prefirieron no celebrar la Navidad y quedar alguna tarde más adelante para verse e intercambiar regalos. Marisa celebraba la Navidad cada año con Camila, así que como este año estarían solos con su hijo, y Quico lo sabía, les invitó a comer.

Los niños se fueron a jugar enseguida, emocionados, porque en un rato podrían abrir los regalos. Quico, mientras, se acercó a Marisa y se disculpó: *«Oye, que todavía no hemos hablado de ese día que me llamaste. Lo siento, sé que lo hiciste con buena intención, pero estaba muy mal y no quería darme cuenta»*. *«No pasa nada, el duelo cuesta, te entiendo… No me ofendí, tranquilo».* «*Pero quiero que sepas que tu lla-mada sirvió de mucho, y que estoy asistiendo a las reuniones* online *de un grupo de duelo».*

Marisa se interesó por el grupo, aunque sintió que no era para ella. Las cartas de su madre la habían acompañado en su duelo y de alguna manera notaba como si, curiosamente, su terapia fuera leer a su madre.

Todos llevaban mascarilla y, cuando Laura quiso probar el guiso, no se acordó que la llevaba puesta y la ensució. Quico y Marisa, que lo habían visto, no podían parar de reír. Cuando llegó el momento de los regalos y Quico abrió el que Marisa le había traído, gritó: «*¡Familia, lo de las paellas sosas se ha terminado!».* El libro que ella le había regalado se titulaba *La mejor paella* y él celebró recibir algo que le conectaba con su padre: «*Seré su relevo, os lo juro»,* aseguró.

Cuando Marisa abrió el suyo vio un cuadro enmarcando las le-tras «*Camila»* en él. Eran unas letras preciosas, hechas a mano, con todo tipo de colores y con una sensibilidad y trazado preciosos. «*Lo he hecho yo»,* le dijo Laura al oído y Marisa se emocionó. La abrazó fuerte y luego, mirándolos fijamente mientras los niños jugaban con los regalos, les dijo: «*Curioso que la muerte de nuestros padres nos haya dado una nueva familia. Os quiero. Gracias por acogernos».*

ELIA

«*Es raro»,* pensó Elia. Toda su vida celebrando la Navidad con trein-ta personas y este año que solamente habían sido cuatro sentía que la Navidad había tenido más significado que nunca. Santi ya se había ido a su casa, y Claudia y Max seguían jugando absortos con sus re-galos de Navidad. Entró en la cocina para preparar algo de cena y, de repente, rebobinó.

Se vio un año atrás, triste, porque era su primera Navidad como madre separada. Se daba pena a sí misma y le daban mucha pena sus hijos. Pero ahora se daba cuenta: el problema de entonces fue que se veía a sí misma como si con la separación ya no fuera completa, como si le faltara algo y como si fuera menos. También a sus hijos.

«Qué equivocada estaba», pensó. En realidad, ahora, que seguía separada, se sentía más completa que nunca. Nada le faltaba y nada le sobraba. El problema, entonces, no era separarse, sino el marco mental desde donde lo había hecho. A sus hijos los veía bien, felices, y estaba segura de que era por dos motivos: porque sus padres estaban bien y porque se llevaban bien.

Ahora, un año y pico después de la separación, se dio cuenta de lo mucho que había aprendido y crecido con ella. *«Quién te ha visto y quién te ve»*, se dijo. Ya no era la misma y este nuevo «yo» le sentaba de maravilla. Cogió la infusión que llevaba en la mano, la alzó y dijo: *«Bravo, Elia, lo estás haciendo muy bien»* y dio un trago. De fondo escuchó a Claudia preguntar: *«Mamá, ¿con quién hablas?»*. *«Conmigo, hablaba conmigo»*. Y su hija ya no preguntó más, quizá porque lo encontró de lo más normal o porque no entendió nada.

Justo en ese momento de plenitud personal, a Elia se le encendió el móvil con un mensaje de texto. *«Feliz Navidad, Elia. ¿Qué tal? Quería contarte que me he separado hace un mes y medio. Teníamos problemas desde hace muuucho tiempo y al final ha petado todo. Me encantaría verte algún día... si quieres, claro. Un beso»*.

Max, que se había acercado para que su madre le fijara una pieza del nuevo juego que estaba montando, le preguntó, cotilla como era: *«¿Quién es?»* y ella respondió: *«Matt»*.

FÉLIX

Celebrar la Navidad en ese pueblo de montaña no tenía nada que ver con celebrarla en la ciudad. Félix, Bea y Quim habían comido solos y tranquilos en su nueva casa donde todavía había cajas por vaciar. Pero en ella ya había vida, y les acogía con cariño.

Bea se sentía la mujer más feliz del mundo y Quim... Quim levitaba. Había expresado en algún momento los nervios por empezar en un cole nuevo pero ya lo habían visitado y había conocido a su nueva maestra. Le había gustado. Todo era más afín a como era él: una escuela rural con el bosque de patio y con pocos niños. Bea estaba convencida de que allí, sus necesidades de movimiento encontrarían salida y que su alma podría volar más libre que en su antiguo colegio.

Félix los miraba y pensaba: «*Solo por verles a los dos tan felices ya merece la pena el cambio*», y se reafirmaba en su decisión, aunque a ratos notara punzadas en el corazón pensando en cómo sus extrabajadores iban a salir de esta. «*La maldita culpa siempre acechando*», pensaba. Y el miedo, cada vez que pensaba a qué demonios se iba a dedicar a partir de ahora.

Por la noche, mientras cenaban, Quim dijo de repente: «*Estar aquí ha sido el mejor regalo de Navidad. Ahora, si nos confinan otra vez, ya no estaré triste*». No se esperaban esas sentencias, pero Bea lo aprovechó para tirar del hilo: «*¿Lo pasaste mal, eh, Quim?*». «*Solo pensaba en correr y no podía...*». A sus padres se les partió el alma.

«*Lo siento*», dijo Félix, y le dio la mano. Bea recordó la angustia de esos días y le entraron ganas de llorar. De repente sonó el antiguo reloj de la abuela, que lo marcaba todo a todo volumen. Se asustaron los tres y empezaron a reírse a carcajadas mientras Bea le decía a Félix: «*¡Tenemos que parar este reloj, que algún día nos va a matar del susto!*».

Para ellos, después de tantos meses de ansiedad y agobio, de alguna forma sí... el tiempo se había parado... al fin.

MIGUEL

Finalmente, el día de Navidad, Miguel, Ana y Rita comieron en casa de Esteban y Josefina. La comida la llevaron comprada para que la abuela, que todavía no estaba bien de la rotura de cadera, no tuviera que estar mucho tiempo de pie cocinando. Este año, teniendo en cuenta el miedo de Josefina y las recomendaciones de las autoridades, el día de Navidad solamente Miguel y su familia irían a casa de sus padres. Ellos comerían en la cocina y los otros en el comedor. *«Es muy* freaky *esto, Miguel, ¿no?»*, le dijo Ana cuando se enteró que lo harían así. *«Ya, pero es lo mejor: mi madre no tendrá miedo, y mi padre tendrá la vida social que tanto añora»*.

En realidad, a Miguel y a Ana les daba igual. Para ellos, la comida de Navidad no era algo sagrado y muchos años les había sobrado tanta movida, pero ahora Miguel quería centrarse en satisfacer las necesidades de sus padres.

Cuando entró en su casa vio la mesa preciosa: *«¿Lo has hecho tú, papá?»*. *«Sí… ¿qué te parece? ¿A que se me da bien?»*. *«Ni que lo digas»*. Y de repente Miguel sintió que todo había cambiado en solo un año. Su madre apareció arreglada y maquillada como si tuviera que ir a una boda y su hijo se alegró de verla así. *«Buena señal»*, sintió Miguel.

Josefina, ataviada con doble mascarilla, abrazó a Miguel y luego a Ana, que se quedó pasmada porque ese era el primer abrazo que le daba en toda su vida. *«¿Qué demonios le ha pasado a esta mujer?»*, pensó. Luego Josefina le dijo a Rita: *«¿Vamos a ver qué te ha traído Papá Noel en casa de los abuelos?»*, y a la niña se le iluminó la cara.

Esa comida de Navidad fue la más tranquila, agradable y conectada de todas las que recordaba Miguel. Hablaban de la cocina al comedor, que estaban cerca y se veían de reojo. *«Esto es muy raro, y me da la risa tonta»*, dijo Ana. Todos empezaron a reír. Efectivamente, era muy raro…

A la hora de los turrones, Josefina levantó la copa (en la que solo tenía agua), miró hacia donde estaban Miguel, Ana y Rita y dijo: *«Brindo por vosotros, que me habéis ayudado tanto estos meses. Siento ser como soy a veces pero me voy dando cuenta y, aunque a pasitos muy pequeños, intento cambiar algo. Espero que no sea demasiado tarde»*. Miguel la miró emocionado y le dijo: *«Nunca es tarde, mamá, nunca»*.

Cuando al cabo de una hora Miguel se despidió de su padre, este le dijo flojito: «*¿Has visto, hijo? ¡Bendita cadera rota!*», y se pusieron a reír los dos sintiendo una complicidad que hacía mucho que no sentían.

PAU

A pesar de estar muchísimo más tranquilo que hacía un año, Navidad era Navidad y Pau entró en casa de su madre con el corazón encogido. Segunda Navidad sin su padre y, aunque el duelo estuviera ya muy hecho, su ausencia aún dolía, y más, si era veinticinco de diciembre. África, que vio que su luz se apagaba un poco, le dijo al oído: «*Recuerda la sopa del año pasado*», que era su clave para conectar con que su padre seguía ahí, a pesar de no poder verlo. Que su padre estaba en todo, que su padre estaba en él.

Se dieron la mano fuerte y se centraron en controlar a los niños que querían hacer que *cagase el Tió** antes de que llegara su primo.

Era un día soleado que no hacía pensar en diciembre. Comieron en el jardín, con chaquetas y al sol, cambiando por completo lo que había sido siempre la comida de Navidad en esa casa. «*Oye, pues lo de comer en el jardín en invierno… no es tan mala idea, ¿no? Que yo dentro siempre tenía calor, y así los niños pueden correr felices sin que nadie de nosotros tenga que estar vigilándoles y perdiéndose la comida*», dijo Carmen, la hermana de Pau. «*Tú siempre tan positiva*», le dijo África, que admiraba el buen rollo que desprendía siempre su cuñada, que sabía encontrar luz en todo lo que la rodeaba.

Cuando terminaron de comer, Lia, sentada en las piernas de su madre, dijo en voz alta: «*Mamá, ¿por qué no cantas algo? Me dijiste que*

---

* Tradición catalana de origen ancestral que consiste en que, los días de Adviento, los niños dan de comer a un tronco, llamado «Tió». El día de Navidad, tras golpearlo con una vara, el «Tió» caga regalos y golosinas, para regocijo de los más pequeños de la casa.

podría ir a escucharte a algún concierto y no me has llevado aún». «Hija, es que no he tenido». «Pues canta aquí».

La madre de Pau dijo: *«Venga, África, sí, canta...»*, y ella, que antes de la pandemia se habría hecho de rogar un montón, se levantó decidida de la silla, miró al cielo y dijo: *«Va por ti, abuelo»*. Y fue tan bonito y potente a la vez que, cuando terminó y abrió los ojos después del último estribillo al que se había entregado en cuerpo y alma, les vio a todos llorando y aplaudiendo como si no hubiera un mañana. Porque en realidad... no lo había, nunca lo hubo.

RAQUEL

Iban todos vestidos de gala. A las doce del mediodía Raquel y sus amigas habían hecho una videollamada, vermut en mano, y se habían deseado feliz Navidad. Luego, a la una y media, empezaban la comida de Navidad con su familia (padres y hermanos) pero cada uno en su casa. La madre de Raquel les había preparado la comida a todos, que habían pasado a recogerla en táperes. A la hora convenida, cada familia (la de Raquel, su madre y su padre, la de su hermana y la de su hermano), se conectaron por videoconferencia sentados todos en mesas muy navideñas y con la comida de la abuela en el centro.

«Es lo más raro que hemos hecho nunca», dijo el padre de Raquel, *«y aunque ojalá no tengamos que volverlo a hacer jamás, por lo menos disfrutemos de este manjar que ha hecho vuestra madre con tanto amor»*.

Para poder escuchar al padre de Raquel diciendo eso, tardaron cinco minutos pidiendo silencio a los niños e intentando poner un poco de orden a una videoconferencia que había empezado siendo un caos. Una vez él hubo dicho esas palabras, todos empezaron a hablar a la vez y no se entendía nada. Entonces fue cuando Raquel gritó: *«¡Silencio!»* y todos callaron de golpe. *«No se puede comer con este follón, se nos van a indigestar los deliciosos canelones que ha hecho mamá.*

Paremos los micros y comamos en paz, viéndonos, pero sin ruido y luego, si alguien quiere decir algo, que abra el suyo y hable, ¿vale?».

Sus hermanos celebraron que fuera tan resolutiva y todos sucumbieron a su propuesta. La comida estaba deliciosa y se podía ver, a través de la pantalla, las caras de gozo que todos hacían cada vez que se llevaban el tenedor a la boca. Después de los turrones y de hablar un poco, cerraron la conexión y entonces Raquel miró a su hijo y a Julio y les dijo: *«Es la Navidad más maravillosa y más rara de mi vida. Porque al fin valoro profundamente todo lo que tengo. Soy muy feliz a vuestro lado y os quiero hasta el infinito y más allá».* Seguidamente los abrazó a los dos, y su hijo, aún apretujado entre sus brazos, dijo: *«Mamá»*, y cuando ella ya creía que le diría la frase más bonita de ese veinticinco de diciembre, él le preguntó: *«¿Puedo comer más turrón de chocolate?».*

AMIGAS

«Pero qué guapas vais todas, mein gott», dijo África cuando empezaron a salir todas en los cuadraditos de la videollamada. *«Os echo de menos»* y empezó a dar besos a cada una como si se estuvieran viendo en directo. *«Puta covid que me separa de mis amigas»*, soltó Celia, y Luna respondió: *«Bueno, también tiene cosas buenas, como que no tengo que ir a comer a casa de mi suegra».* Cuando Clara iba a hablar, Raquel dijo: *«Ya, ya, Clara, ya sabemos que tu suegra es un diez, no hace falta que nos lo recuerdes».* *«A ver, ¿qué pasa, si tengo la suegra más guay del mundo?».* *«¡Qué va a pasar, pues que nos das envidia!»*, respondió Luna. *«Bueno, no todo es perfecto. A mí, la que me irrita es mi madre»*, añadió Clara *«No se puede tener todo, supongo».*

Habían hecho tantas videoconferencias desde el inicio de la pandemia que sus reuniones ya no eran caóticas. Bueno, solamente un poco cada vez que Noe se unía y que nunca se aclaraba con el audio o la imagen y la liaba parda cada vez. Pero esto ya formaba parte de las mismas reuniones y había un cachondeo que todas ya lo esperaban antes de empezar.

«Noe, cada vez que no te entra el sonido, me recuerdas a mi abuela», le dijo Raquel. *«¡Serás cabrona…! ¿Qué culpa tengo yo de tener un adolescente en casa y una pre que me tocan el ordenador un día sí y otro también? Apiadarse de mí, por favor».* Y risas. Se notaba que era Navidad y estaban todas muchísimo más relajadas que unas semanas antes, cuando cada una estaba con los preparativos de los regalos y decidiendo qué hacer y qué no con sus respectivas familias.

«¿Todas tenéis vermut en la copa?», preguntó África. *«Yo no, que no bebo, pero tengo limonada»*, respondió Clara. *«Y yo tengo champán, nenas, que un día es un día»*, dijo Noe. *«Bueno, era un decir, me refería a si todas teníais algo que llevaros a la boca para beber, que se os tiene que concretar todo, que sois unas puntillosas. Venga, quién hace el brindis… Raquel, ¿tú?».* *«No, hoy no, que lo haga otra para variar».* *«Venga, ya lo hago yo»*, dijo Luna.

«Nenas, este año ha sido muy duro… Para mí sin duda, por el trabajo y tal, pero también ha tenido cosas muy buenas, como por ejemplo darme cuenta de lo muy importantes que sois para mí. Que os necesito y que la vida con vosotras es muchísimo mejor. Que hay cosas maravillosas en la vida, aunque estemos en pandemia y una de ellas es la amistad. El amor. Y esto lo he valorado este año como nunca y os quería dar las gracias». Cuando osó mirar la pantalla, porque le daba un poco de vergüenza, las vio a todas emocionadas.

«Ya te vale, que se me está corriendo el rímel y en diez minutos me tengo que ir a casa de mis suegros… Luna, te quiero infinito, y a las demás también», dijo África.

«Pero… ¿y el brindis?», dijo Noe. *«Ay, es que me pongo sensible y me pierdo»*, se disculpó Luna. *«Bueno, el de siempre, ¿no?»*, respondió Clara, que levantó su limonada y dijo alto y claro: *«¡Por nosotras!».* Y todas respondieron: *«¡Por nosotras!».*

FRANCISCA

«Cumpleaños feliz, Sole, que cumplas muchos más», le dijo Francisca con un plato lleno de magdalenas y una vela encendida en la del medio. Eran las ocho de la mañana del veinticinco de diciembre, y ese era el día del cumpleaños de Sole: veintisiete. *«Qué buena manera de empezar la Navidad»*, respondió ella. *«Gracias por acordarse y por las magdalenas, que ya sabe que me encantan»*.

Cuando unos días antes Francisca le preguntó a Sole que dónde iba a comer el día de Navidad, ella le dijo que como siempre, en casa, que los últimos años siempre lo había celebrado sola, que para ella la Navidad no significaba nada. *«Eso no puede ser»*, respondió Francisca. *«Este año haremos una comida de Navidad como Dios manda»*. *«Pero ¿usted no se va a comer a casa de su sobrino?»*. *«Normalmente sí, pero este año prefiero quedarme aquí, contigo»*.

La semana anterior, Francisca se había pasado muchas horas en la cocina. *«Voy lenta, tengo que ir poquito a poco»*, le decía a Sole cuando esta le preguntaba: *«¿Ya vuelve a estar cocinando?»*. Pero el resultado mereció el esfuerzo, porque Sole jamás había comido un manjar tan exquisito en su vida. *«Te he hecho la comida favorita de Pedro, que hacía mucho que no cocinaba»*. *«Su marido tenía muy buen gusto, sí señor»*. *«Feliz Navidad, Sole»*. *«Feliz Navidad»*.

Cuando ya estaban comiendo los turrones, Sole sacó un paquete pequeñito envuelto en papel de regalo plateado. Francisca lo abrió y vio un colgante con una palabra detrás: *«Gracias»*. Francisca se emocionó y no podía hablar, así que Sole dijo: *«Gracias por hacerme de madre y de la abuela que no tengo. Gracias por acogerme y darme un hogar. Jamás podré agradecérselo lo suficiente»*. Francisca le cogió la mano y finalmente consiguió decirle: *«Gracias a ti por permitirme ser la madre que nunca fui»*.

CARLOTA

Bianca y el bebé intraútero de Carlota fueron, sin duda, los protagonistas del día de Navidad. Un año antes, una ecografía metida en unos sobres regalo que todo el mundo pensó que eran vales o el anuncio de alguna boda, habían desatado un gran malestar en Carlota.

Este año era todo distinto. Estaban en un parque municipal, eran las once de la mañana y habían quedado ahí para celebrar las fiestas. Irían todos con los regalos, mascarilla y un poco de bebida y turrones para que ese encuentro no pareciera un domingo cualquiera.

«Cuánto ha pasado en solo un año... y cuánto está creciendo esta familia», dijo el abuelo en el brindis más raro que había hecho jamás. Eva y Piero estuvieron muy atareados sosteniendo a Bianca, paseándola y ayudándola a dormir. Su siesta de la mañana había quedado truncada y con tanto ajetreo estaba pasada de vueltas, con ganas de no perderse nada y resistiéndose, cada vez que su madre o su padre intentaban que se relajara.

«¿Por qué no le das un trozo de turrón y así quizá se calma y se distrae un rato?», preguntó su padre. *«Porque todavía no come sólidos, papá, es pequeña». «Ay, no sé, yo la veo tan grande desde la última vez...». «Papá, vinisteis a casa hace nada». «Pues ha crecido mucho, hija».* Eva ya no se alteraba con estos comentarios... Los aceptaba como parte de su momento. Su padre siempre intentando que la niña comiera algo: pan, dulces, o pollo, daba igual. Ese miedo tan interiorizado de su familia a que nadie pasara hambre.

Eva se dio cuenta de que ya no sentía ese rechazo hacia su madre. Podía estar en su presencia a gusto y bien, como antes de ser madre. Ese, sin duda, era el mayor regalo de Navidad: sentir que su esfuerzo en ser consciente de lo vivido y sostener a la niña que fue, tenía efectos positivos. Su madre lo notó, y ya no andaba con pies de plomo, y volvía a ser ella con Eva, como siempre habían sido.

Cuando las dos hermanas se quedaron un momento a solas, Carlota le dijo: *«Eva, sé que queda lejos y que ya hablamos en su mo-*

mento de ello, pero siento que el año pasado no pudiera alegrarme profundamente de tu embarazo. No pude evitarlo. Ojalá me hayas perdonado». «Por supuesto que sí. *Y yo siento mucho no haberme enterado de por lo que estabas pasando y no haber podido estar a tu lado como necesitabas. Te quiero infinito y soy muy feliz de que estés embarazada».* Carlota le dio un sonoro beso en la mejilla y Bianca, que quería que la miraran solo a ella, dijo para llamar su atención: *«Agú».*

CLARA

En un arrebato de seguridad y fuerza interior, ni ella, ni Carlos, ni Gala fueron a la cena de Nochebuena a casa de sus padres. En cambio, les había invitado a comer el día de Navidad. No verles ningún día habría sido demasiado para ella, por mucha pandemia que hubiera. Su madre se habría indignado como nunca y ella no lo hubiera podido aguantar.

Clara estaba nerviosa y se había preparado a conciencia para ese día: había decidido no removerse (aunque sabía que era difícil), pero deseaba tener una piel más gorda para no ofenderse a la mínima e intentar tirarse a la espalda todos los comentarios de su madre.

A los cinco minutos de llegar, sus padres dijeron: *«Qué pena que no estuvieseis ayer... nos lo pasamos tan bien... Gala hubiera disfrutado».* «Habrá muchas Navidades más, ya celebraremos todos otro año». *«Eso dijiste el año pasado»,* y Clara calló.

Comieron, y a cada plato iba dándose cuenta de que, si quería tener una buena relación con sus padres, tenía que aceptarlos, de verdad, como eran. Lo vio claro cuando le vino el pensamiento de: «*¿Por qué mi madre no puede ser como mi suegra?».* Quería una madre distinta a la suya y seguramente su madre quería una hija distinta a Clara. Manejaban energías opuestas y, si no se aceptaban como eran, sería difícil tener una relación mínimamente cordial.

Clara disimulaba pero estaba triste. Sintió, de golpe, el duelo... porque se puede estar de duelo sin que nadie haya muerto. Su madre estaba vivita y coleando, pero había muerto para siempre la madre que Clara esperaba tener y que nunca aparecía. La madre compasiva, que escucha y que te comprende. Esa que te apoya incondicionalmente. Ese ideal que habitaba en su cabeza y que jamás concordaba con la realidad, acababa de morir.

«Esta es la madre que tienes, Clara. Esta y ninguna otra. O la tomas o la dejas», pensó. Mientras comían los turrones su madre preguntó: *«¿Te pasa algo, Clara? Has estado muy callada»*. «No, mamá, todo bien». Dejó un silencio y dijo: *«Siento que a veces no pensemos lo mismo y no nos acabemos de entender, pero os agradezco que hayáis venido a comer hoy. Aunque a veces no os lo parezca, os quiero»*, y se emocionó, y con ella, su madre, que tuvo que pedir un pañuelo a su marido porque pareció como si aquellas palabras le hubieran quitado un peso enorme de encima y hubieran abierto alguna compuerta cerrada durante mucho tiempo.

Y entonces Carlos, en un intento de celebrar lo que acababa de ocurrir, levantó la copa y dijo: *«Feliz Navidad»*.

CELIA

Celia, Ramon y sus tres hijas habían pasado un día de Navidad muy distinto a otros años. Ella había preparado una comida deliciosa y había hecho un montón de cosas «especiales» para ese día. Sus hijas iban todo el día con unos ojos como platos, felices de que su madre hubiera preparado tantas sorpresas para ese día de Navidad en familia. Ramon se había pasado horas jugando en el suelo con ellas con los nuevos juguetes que les había traído Papá Noel.

A ojos de Celia había sido la Navidad perfecta. Conectada, tranquila, alegre y sin ajetreo, pero todo el día tuvo un runrún interior al pensar que Ramon hubiera preferido estar en casa de sus padres que allí con ellas. Por eso la felicidad de Celia no acababa de ser completa.

Por la noche, cuando Ramon acabó de dormir a las dos mayores y ella hubo dormido a la peque, se sentaron en el sofá exhaustos. A pesar de no haberse movido de casa, no habían parado en todo el día. Celia cogió el mando de la tele para buscar alguna serie y desconectar para terminar el día, pero Ramon le quitó el mando de las manos.

«*Celia, gracias*». Ramon la miraba fijamente a los ojos. «*Gracias por enseñarme que los cambios no son siempre malos, al contrario. Gracias por la paciencia, por aguantar que sea tan miedoso, clásico y apegado a todo. Gracias por quererme aunque a veces el trabajo me pierda. Hoy he vivido un día maravilloso contigo y las niñas, mi familia, y soy muy feliz*».

Celia estaba emocionada. «*Eres un poco terco, sí, pero te quiero así también*», dijo ella antes de besarle. Al cabo de nada, hicieron el amor en el sofá, mientras Celia sentía que era la guinda del pastel a un día que finalmente había sido, de verdad, perfecto.

NOE

A Julia le habían alargado la baja un mes más. Estaba algo mejor, pero seguía muy obsesionada con el virus, el trabajo y la responsabilidad que, según ella, estaba eludiendo. Por eso Noe, cuando estaban pensando en cómo celebrar este año la Navidad, le propuso marcharse los cinco a pasar unos días en la nieve. El peque aún no sabía qué era hacer un muñeco de nieve y a Noe, que le encantaba el frío, le empezaba a pesar que el cambio climático le diera un tiempo templado al invierno de la ciudad.

Así que, después de despedirse en la videollamada de amigas y ya con el coche cargado, se fueron. Los dos mayores se pusieron rápidamente a ver una peli en el asiento de atrás y el peque cogió el móvil de su madre y empezó a ver dibujos con unos auriculares que se le caían de las orejas cada dos por tres.

«Hemos salido demasiado tarde», dijo Julia. *«No, porque hasta las cuatro no nos van a dar la habitación, así que ¿qué íbamos a hacer con el frío ahí esperando? Comemos algo por el camino y para cuando lleguemos, ya podremos entrar»*. Pero a la hora de comer, todo estaba cerrado. *«Mamá, ¡es que es Navidad!»*, dijo la mediana. *«Gracias, no lo sabía»*, respondió Noe un poco fastidiada porque el peque tenía hambre y estaba a punto de estallar en rabieta.

Los restaurantes que encontraron estaban llenos de familias y, sin reserva, ese día no servían. Compraron unas chips y siguieron su ruta. Cuando ya la cosa estaba muy tensa dentro del coche, vieron a lo lejos un sitio de comida rápida donde podías comprar desde el vehículo, así que, sin pensárselo dos veces, Noe se metió allí. Los niños empezaron a pedir a gritos lo que querían y ella no se aclaraba.

Cogieron la comida, buscaron un sitio con árboles donde parar y salieron a comer los bocatas. *«Mira que comer bocatas el día de Navidad...»*, dijo Óscar. *«Pero si te vas cinco días a la nieve, estarás en un hotel y quizás incluso esquías... ¿de qué te quejas?»*. *«No, si no me quejo, pero es raro»*. *«Óscar tiene razón, mamá, esto es raro de cojones»*, dijo la mediana. *«Pero estamos juntos»*, dijo Julia. *«Juntos, en una carretera perdida y comiendo bocatas de chorizo... no me diréis que no tiene encanto»*, añadió Julia. *«Y lo más importante: estamos bien»*.

Ya no hubo más comentarios. Sabían que Julia no había estado bien y que todavía se estaba recuperando. Los niños se habían preocupado porque la habían visto algunas semanas muy ausente y la habían echado de menos. Y sí, para los tres, verla ahí con ellos participando de la conversación y sonriendo, les hacía sentir bien.

«Os quiero mucho», dijo Noe. *«A los cuatro. A ratos creo que me voy a volver loca con vuestras peleas pero os adoro y me encanta nuestra familia»*. *«Va, abrazo familiar»*, dijo Julia. *«Que estamos comiendo»*. *«¿Y qué más da? El amor en familia se da cuando se da y es más importante que el bocata de chorizo»*. Así que se juntaron todos, el peque se puso dentro del círculo y ahí, en esa posición, Noe pensó que no hubiera podido imaginar una mejor Navidad para ellos.

LUNA

Cuando Iñaki llegó a casa de Elsa estaba muerto de vergüenza. Luna lo había invitado a pasar el día en la playa y había dicho que sí. A Manuel le entró ternura cuando lo vio y recordó su primera vez en casa de una novia y lo mal que lo pasó. Al cabo de un rato, subieron al coche y Elsa e Iñaki se pasaron el camino cogidos de la mano. A Unai, de casi ocho años, se le hacía raro ver a su hermana de la mano con un chaval y pensaba que él, eso, nunca lo haría.

Cuando llegaron a la playa casi a las dos del mediodía, no había nadie. Era lógico, casi todo el mundo estaba gozando de la comida de Navidad. Ellos, en cambio, desembarcaron allí con una nevera portátil y bolsas con telas para poner en el suelo y comida. Se sentaron bastante cerca del mar y Luna empezó a sacar cosas deliciosas. Iñaki se alegró de que no fueran a comer bocatas y notó que se sentía cómodo y a gusto con esa familia, aunque todo, desde el primer momento en casa de Elsa, hubiera sido un poco raro.

Elsa era feliz. No hubiera podido imaginarlo unos meses antes, y pensó que la vida es incierta y, a la vez, maravillosa porque lo puede cambiar todo a mejor en un momento. Cuando estaban a punto de empezar a comer, Luna se quitó el jersey y los demás le preguntaron: «¿Qué haces?». «Me voy a bañar». «¿Cómo? ¿Ahora? ¿Con este frío?». «Mamá, estás loca», dijo Elsa. Manuel no daba crédito, con lo friolero que era.

Se quedó en bikini y corrió hacia el agua, donde, sin pensárselo dos segundos, se tiró de cabeza como si fuera un delfín. Buceó un momento, impulsándose con piernas y brazos sintiendo el agua en su piel. El frío, la arena, la sal… Y ahí pensó en todos los que ese año le había tocado acompañar y despedir. Pensó en Julia, que no había aguantado la presión y le mandó un poco de mar regenerador. Pensó en ella, y en lo difícil que le había sido a ratos ser la médico fuerte de la planta de enfermos de covid. Pensó en Manuel y en lo mucho que la había apoyado siempre. Pensó en sus hijos, y en lo mal que lo pasaron en el confinamiento. Pensó en sus amigas y la suerte que tenía de tenerlas.

Luego tocó con los pies en el suelo, el agua por su pecho y mirando hacia el horizonte dijo: «*Sígueme dando fuerza, que esto todavía no ha acabado*». Y salió, feliz, satisfecha, reanimada y con ganas de reír de ver la cara de su familia alucinando con su baño. «*Qué majos son*», pensó para sus adentros. «*Y cuánto me quieren*».

DOLO

«*Adoro ser de tu burbuja de convivencia y adoro que solamente seamos dos*», le dijo Dolo a Juan cuando subieron al coche dirección a un hotel rural muy cerca del pueblo de ella donde, al día siguiente, irían a felicitar la Navidad a sus padres. El hotel lo había reservado Dolo como sorpresa de Navidad. La noche antes, en casa de la madre de Juan, le dio un sobre y él dijo: «*Pero si mi regalo ya me lo diste hace quince días*». «*Había otro*».

A Juan le encantaban las sorpresas y, cuando vio que iban a pasar un día y una noche en un pequeño hotel precioso, abrazó tan fuerte a Dolo que ella soltó un pequeño grito y dijo: «*¡Juan, que me espachurras!*». La cena en casa de Carmen, la madre de Juan, había sido muy agradable y Dolo pensó en más de una ocasión que estaba feliz de pertenecer, ahora, también a esta familia.

Dolo conducía el coche de Juan y sonaba su lista preferida de música. Estuvieron en silencio mucho rato. Juan le tocaba el pelo o le masajeaba las cervicales y ella no podía ser más feliz. Sentía que todo, absolutamente todo, estaba bien y, más allá de un amor profundo hacia Juan, sentía agradecimiento a la vida por regalarle ahora, en plena pandemia, a una persona como él y una relación como la que tenían.

Cuando llegaron al hotel, les acompañaron a la habitación y Juan se sentó en la cama para comprobar que el colchón era cómodo.

Dolo dijo: «*Voy un momento al coche, que me he dejado el neceser*», y se fue. Juan corrió al baño, abrió el grifo de la superbañera que había allí y fue directo a su maleta a buscar algo que había traído para la ocasión.

Al entrar Dolo en la habitación, él le tapó los ojos con las manos. La condujo hacia el baño, y cuando se los destapó, Dolo vio la bañera llena de burbujas de jabón que olían a lavanda. «*Ya que somos burbuja de convivencia, ¿te hace un baño juntos?*». «*Es lo que más me apetece del mundo*». Y poco a poco, se fueron desnudando el uno al otro y besando cada rincón de su piel. Eran felices.

Al cabo de media hora, en remojo dentro de la bañera, Dolo dijo: «*Me he pasado muchos años buscando mi hogar y me acabo de dar cuenta de que mi hogar somos nosotros*». Juan y Dolo se acercaron, se besaron y sintiendo un amor profundo que creyeron inquebrantable, hicieron el amor entre burbujas de jabón con olor a lavanda.

FIN

NOTA DE LA AUTORA

En un tiempo de intensa remoVida, ha quedado más patente que nunca que somos energía. Energía que se traduce en dolor, en miedo, en amor, en vínculo, en celos, en acción, en llanto y en muchísimo más... Energía que emana de nosotros y que, junto con el encuentro de la energía de los demás, de la Tierra, y de la Vida misma, nos va transformando.

La remoVida sigue, nada termina cuando hablamos de energía, porque la energía ni se crea ni se destruye, se transforma. Y eso es lo que les ha pasado a los personajes, a mí, y seguramente a ti también. Que ya no son los mismos, que ya no SOMOS los mismos ni las mismas porque todo lo vivido nos ha ido transformando y nos sigue transformando día a día, momento a momento.

Con la pandemia, los cambios han sido más evidentes, la incertidumbre más notable y las crisis más potentes y generalizadas a todos los niveles. Tomar consciencia del cambio que hemos vivido y de los obstáculos que hemos tenido que superar, junto con valorar profundamente nuestro ahora y aquí será esencial para sentir que nada ha sido en vano y que todo nos ha empujado a ser los que somos hoy.

Las historias de estos personajes quedan abiertas porque abierta queda la vida. Me he removido con ellos y me sigo removiendo conmigo y lo que vivo día a día, también ahora, escribiéndote aquí.

Si has llegado hasta el final, te doy las gracias más sinceras. Ojalá mis palabras hayan resonado en ti. Ese ha sido mi objetivo: resonar, remover y que, de una forma u otra, con un personaje u otro, te pudieras identificar. Pudieras comprenderles y vibrar en la misma frecuencia. Ojalá haya servido para que hayas recolocado cosas en ti, o hayas comprendido y sentido «clics» dentro de ti. Porque a veces la lectura nos ayuda a soltar alguna lágrima que andaba bloqueada en nuestro interior. A veces nos ayuda a encajar piezas del puzle que somos que andaban un poco descolocadas.

Si has resonado así, te abrazo y te animo a abrazarte también. Porque nos queda mucha remoVida todavía y será imprescindible abrazarnos mucho a nosotros mismos para permitirnos sentir, respirar, recuperarnos y seguir remando en esto tan maravilloso, único y removido que es la vida.

¡Feliz travesía!

Ecosistema digital

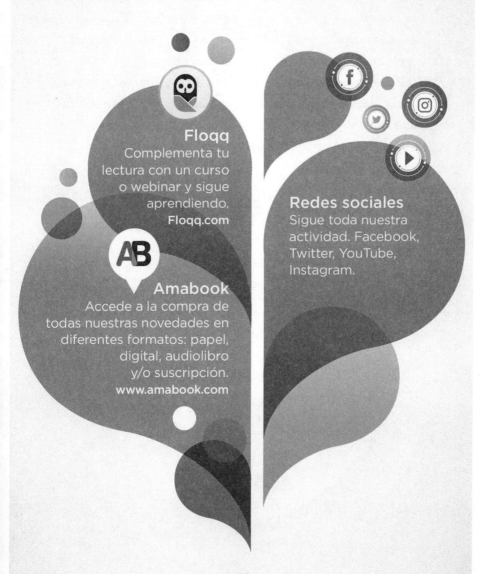

Floqq
Complementa tu lectura con un curso o webinar y sigue aprendiendo.
Floqq.com

Amabook
Accede a la compra de todas nuestras novedades en diferentes formatos: papel, digital, audiolibro y/o suscripción.
www.amabook.com

Redes sociales
Sigue toda nuestra actividad. Facebook, Twitter, YouTube, Instagram.

EDICIONES URANO